秋天的天气是最可爱的

毛时安 著

上海文艺出版社

篆刻 / 沈雪江

不语
山高水长
篆刻 / 韩天衡

夜色中有一盏孤独的灯。

——题记

序　只是想和你说几句话

《秋天的天气是最可爱的》要和读者见面了。我曾为这本书准备了几个书名。那天编辑陈蔡来取书稿。电脑上，一页页地浏览过去。在一篇怀念郑超麟老人的短文前，我们停下目光，她指了指，说："就这句，秋天的天气是最可爱的。"就这样勾起了我对秋的美好记忆：每年秋天去华东疗养院体检，驻立在太湖岸边，烟波浩渺，心静如秋水；九寨沟五彩湖如梦幻般绚烂斑斓的秋色；小区门口黄金城道，秋天铺满街道或飞在空中的金黄银杏叶片，人们穿着节日的盛装，在树下摆造型、拍照……经过三年席卷全球，吞噬了无数鲜活生命的新冠肺炎，我们更明白活着的意义。只有爱，才能战胜恐惧，才能赢得未来，才能体会"秋天的天气是最可爱的"这句话本身有多么可爱！

《秋天的天气是最可爱的》有我们共同经历的业已消逝的时代。是我人生列车驶过大地后留在我记忆里的一幅幅生命的风景，就像秋天的风和冬天的积雪。是我耳朵里听到的时代和上海的呼吸，犹如黄浦江和苏州河静夜拍岸的涛声。是我献给上海的一首恋歌，这一座生我养我的城市，有一路相伴而行的我的亲人、我的老师、我的朋友……有我每天匆匆走过的步履，留下的人生足迹和思考、情感的印记……

鲁迅先生说过："当我沉默着的时候，我觉得充实；我将开口，同时感到空虚。"一个人胡思乱想的时候，思想的火花像夜空中的烟火，漫天飞舞，绚烂无比。夜深人静，高楼窗口的灯光渐次熄灭，有无数的往事汹涌而来，不时有熟悉的人闯入我的梦境，编造出匪夷所思的戏剧场景，有幸福的快乐的，也有忧伤的悲恸的，在记忆的复写板上倾泻着斑驳、迷乱的色彩。

提起笔来，四大皆空，一片茫然。从1973年发表第一篇文章，五十年过去了。文字里留下了我的生命、我的时间。我是一个以文字为业的人，尽管努力刻苦，还是无法像一个高超的工匠那样把文字的产品加工打磨到理想的完美之境。可见自己有多笨！而且，这是一件多么令自己痛苦的事情！我知道，自己写得不那么才华横溢灵光四射，但我还是可以毫无愧色地说，我也许肤浅，但我真诚、真实，绝无假话和谎言。我是一个想到什么说什么，心直口快的人。我不喜欢巧伪人，也不喜欢"精致的利己主义者"。我写作，就是老老实实地把自己内心的真实想法，真诚地交给读者，特别是交给年轻的读者。很幸运，经常有不相识的读者朋友，喜欢我的文字。一次朋友请我在凯宾斯基大酒店喝下午茶，一个年轻的女服务生轻轻问我："你是毛老师吗?"看我点头，一会儿拿着我的《敲门者》微笑着让我签名。窗外，挨着浩浩荡荡滚滚东流的黄浦江的，是曾经的浦东公园，拐角处曾经有过一棵我站立其下的大树……一次看戏，在逸夫舞台工作的一个小伙子，腼腆地拿出多少年积攒下厚厚一摞我写的书，向我走过来。戏忘了，小伙子的脸却记住了……散文《金色的飘落》发表后不久，居然先后被全国各地语文课采纳为阅读范文，始料未及的是还成了一些地方的语文考试题，时至今日;《月亮之美》不但作为美文、范文被广泛流播，而且入选了《中华活页文选（高二、高三年级）》……我太喜欢孩子了，能为孩子们的阅读、写作提供一些素材，是我最大的快乐。

一日，好友陈思和教授读到我外孙陈诺十岁时写的作文《我的外公》，赞不绝口，再三提议作为序文放在文集前。我也是再三思忖，遂作为代跋放在书后，也供读者了解文字后生活中的"我"。我倒是特别推荐跋后附图，是他七岁半时画的《成长树》，会唤起我们已被生活和时间麻木的心，瞬间回想起那么遥远的童年，曾经有过无瑕的朴素的诗的涟漪……哦，我们都曾这样长大！

这是一本迟到的散文集。从二十多岁第一次踏进绍兴路54号，我和上海文艺出版社开始了近五十多年的来往，和出版社的几代出版家同声相求，成了好朋友。2007年《让上帝发笑去》在上海文艺出版社出版时，时任总编郏宗培亲自设计封面，加印后，他又一直催我把新书交给他出版。我慵懒无比。现在，他远去了，我交卷了……

夜色中总有一盏孤独的灯，属于你，属于我，属于每一个想让生活过得有点意思的人。

最后，我要感谢对我的挑剔不厌其烦的敬业的责编陈蔡和美编钟颖，感谢上海文艺出版社。感谢用鞭子一样的语气向我约稿催稿的编辑们，我戏称她和他"某世仁"。感谢所有为本书提供了摄影插图的朋友们！

毛时安

2023.6.29

目录

辑一　我之所爱在脚下

思南路，一本耐读的书 ……… 003

一条路 ……… 012

为上海这座城市造房子的人——邬达克来到上海一百年 ……… 015

在有风和无风的日子里 ……… 023

它是一粒种子 ……… 034

漫步在永不拓宽的六十四条街道 ……… 040

用生命大声喊出有力量的思想——濮存昕执导上海戏剧学院西藏班毕业公演《哈姆雷特》 ……… 043

那千千万万的平常日子 ……… 051

艰难中书写人心的高贵 ……… 055

我们站立的地方就是上海 ……… 057

听到了鸟鸣 ……… 060

时间，我们一起走过——为上海文艺出版社成立六十周年而作 ……… 063

天堂里的笑声——忆程乃珊 ……… 072

秋天的天气是最可爱的 ……… 081

唱自己的歌——音乐爱好者心中的李光羲 085

一个掌柜人的远行——小忆任鸣 089

大地春光 092

泛黄信纸后的淡淡记忆——关于'86海平线绘画联展及其他 095

不老——草草社二十五年 102

拥抱和平的双臂 105

书写，而且继续书写奇迹——亲历改革开放四十年的一点感慨 109

欧游掠影 116

辑二 人生何处不青山

金色的飘落 125

长子和男人的肩膀 129

爬树记 133

梦出发的地方 137

两张照片的回忆——我的少先队生活 144

三代人的"六一" 147

怀念朱赫来的日子 151

高考1978 155

我的最后一课 160

致女儿的三封信 163

"我还是可以为大家做事情的"——选举的故事 ………169

生的向往 ………172

一群快乐的"敲门者" ………176

是生命就要开花——在《毛时安文集》研讨会上的答辞 ………180

三生有幸——2012年上海市"三品"表彰感言 ………185

做个"心地好"的人——本命年生日感言 ………187

辑三 说人话，抒人情

天籁 ………193

宝宝要自由创作 ………196

无拘无束地放飞——为宋庆龄幼儿园画册而作 ………201

后浪·巨浪·冲浪 ………203

我想让"年"飞一下 ………206

面对沉默——致上海书展读者 ………209

粉墙黛瓦与高楼大厦——江南文化与海派文化浅说 ………213

新交规的思考 ………215

与其"大师"，莫如新人 ………217

说明书说明什么 ………220

一地鸡毛的开幕式 ………222

不要拒人千里之外 ………226

文化批评要说"人话"………228

无形的"沙龙女主人"………230

微笑而伤感地告别………233

冰雪红梅——北京冬奥会开幕有感………235

忧伤、悲壮的动容——看2021年东京奥运开幕式有感………238

享受奥运………241

奔跑中的《大众哲学》——我看世界杯………244

健康养生杂说………247

辑四 风儿吹书读哪页

大数据时代的书香………253

像春天对待樱桃树般地对待你——《谈戏》序………255

弄堂里格"日脚"是哪能过格？——《弄堂旧趣录》序………262

龙骨与血肉——读计敏教授新著《双生与互动的美学历程：
中国戏剧与电影的关系研究（1905—1949)》………269

钟情的守望——《苏州河，黎明来敲门》序………273

灼烧过心灵的文字………281

有意味的啰唆——王安忆小说《阁楼》………286

阅读与印象——为马克思诞辰二百周年而作………289

在"流过"中留下诗情——读徐芳的《日历诗》………294

永远的玫瑰，静悄悄地开——陆萍诗集《玫瑰兀自绽放》

《生活过成诗》合序.........297

生机勃勃的评论文字——《千万个美妙之声：作家的个体创作与

文学史建构》序.........306

仰望长天——《仰望长天：怀念我们共同的朋友赵长天》序.........312

飘荡在水面的美丽文字——《寻梦江南》序.........315

碎影与碎言——《海上洋人》序.........320

日常生活的呼吸——《假如我再活一次》序.........324

秋草的声音——《秋草赋》序.........328

艺海浮游——《穿越，写在舞台边上》序.........331

有趣的交汇——读《我和徐家汇》.........336

小处不小.........339

空碗不空——读姚育明新著《手托一只空碗》.........342

赤子丹心照汗青——《赤子三人》序.........344

诗画中国——《中华诗词精粹：名家绘画点评本》序.........349

漂泊，我们向何处——《E时代的戏剧批评》序.........353

精致的写作.........357

妥协也是一种智慧.........359

代跋　外公，我最喜欢的人.........362

辑一　我之所爱　在脚下

生于斯，长于斯。深深挚爱着这座弥漫着烟火气和现代感的东方都市，它的人和事……

思南路，一本耐读的书

我这个人，一辈子喜欢的只有一件事：读书。打从小学三年级第一次买了长篇小说《宋景诗》以后，欲罢不能。走路、吃饭、休息，都是捧着一本书。小时候读的都是那些现在被称为"红色经典"的革命小说：《红旗谱》《红日》《红岩》《林海雪原》《烈火金刚》《敌后武工队》《小城春秋》《野火春风斗古城》……常常读得废寝忘食，激动得无法自已。三十岁以后上大学，读《文心雕龙》《沧浪诗话》《诗品》《艺概》……也是一卷在手，食不知甘苦。现今家里堆得到处是书，卧室、书房、客厅、洗手间，不是打开的书，就是合拢的书，不是站在书柜里的书，就是横放在家具上的书。以致妻子时常一边打扫整理一边埋怨嗔怪，你呀，除了读书写文章，什么都不会干！是啊，我实实在在是个四体不勤、五谷不分的"无用之辈"。

因友人之约，让我谈谈一条路。这条路不算长，也不太宽。但这条路却是以举世闻名的淮海路华灯璀璨的极度繁华为底色，以一种"绚烂之极归于平淡"的特别气息，吸引着过往行人。这里没有车水马龙的喧嚣，代之而起的是可以听见夏日绿叶婆娑、冬天黄叶落地声音的宁静。这里没有灯红酒绿的缤纷，代之而起的是灰白色的朴素和极为省俭的色彩。这里没有步履匆匆的紧张，代之而起的是散步式的潇洒和放松，是慢生活的节奏和步子。沿着淮海中路一路向西，在最热闹的地段，你向南一拐，不期而遇，"思南路"三个字飘然而至。倘若说，淮海路是一条奔腾不息的长江，思南路就是它的支流小三峡大宁河。这种令人印象深刻强烈的对比，让人恍然间由火树银花的不夜城来到了一片世外桃源。是真正的"身居闹市，一尘不染"。

审美有点像爱情，是很个人很奇特的，几乎是一点没有理由的。不知为什么，"思南"这两个字总让我觉得其背后潜藏着令我怦然心动的情愫。中国最早的诗歌合集《诗经》，其最打动人心之处，就在于"思"——思无邪。"思"什么？又为什么思"南"？南方有嘉木，南方有"美人如花隔云端"般抱恨终生的浪漫，南方有草木葱茏的青山，有清澈见底的绿水？南，是一个让人充满遐想的方位符号，可以激发你无穷蹁跹的广阔联想。思南，一个闭口音一个开口音，读起来也很有音乐感。其实我知道它来自法国作曲家马思南的历史，但我觉得这样更有意思。

说来很惭愧，我从小生长在这座城市东北城乡接合部的工人新村。那里集聚着无数几千人上万人的大厂。除了"文革"大串联那会儿，我二十岁前的足迹几乎没有走出过那片新建的红砖灰瓦的工人新村和附近的大片大片的田野。我的目光一直逗留在那个今天看来很小很小的世界里。我对思南路的最早感悟也来自田野，来自晚霞笼罩着的田野上偶然偷听到的那些对话。那时，我正年轻。一天下班经过田野，田间一条小河岸边坐着一老一少的两个男子。年长的男子在教年轻男子画画。他们在打开的画夹上勾勾画画涂涂抹抹。令人惊讶的是，在他们画纸上出现的不是眼前满眼蔬果的田园风光，而是那些带着尖顶、立柱、券门、高高的烟囱，门前有一块如茵绿草,窗前栽着冬青,掩映在梧桐绿荫里的小洋房。是我从来没有见过的另一种房子,是我从未去过的另一个世界。我一直站在他们背后,看他们画,听他们指指点点地说,隐约中听到了"思南路"几个字。那时正是一个无书可读,却又是我年轻求知欲旺盛得像夏天大地上疯狂生长的野草一样的岁月。借书、读书、抄书,成了发泄我青春生命力的唯一去处。为了美化我抄下的那些书本上的文字,我就在手抄本的封面和空白的地方画些小小的风景,其中就有不少想象中带着古典意味和贵族气息的老洋房。也有时候,我从未谋面过的思南路,会以自己新奇而陌生的面容,突然闯入我青春的梦境,它们真实而虚幻,近在眼前又遥不可及。奇怪的是,它们和多年后不期而遇的思南路竟有着几分的相似。静静的,狭狭的,有人推开镂空的黑色铸铁大门,推开带着铜插销、铜把手,用棕色条状木板拼起的大门,婷婷袅袅地蜿蜒而来……

世界上的很多事物和书,都有着某种相似性。如果说,思南路是一本摊开的书,那么思南路上那些围着篱笆和围墙的别墅,就是一本合上的书。书,有的浅显有的深奥,有的粗鄙有的精致,有的低俗有的高雅,有的读了几页就了无趣味和它永别,有的却可以陪伴到你生命的终点,塑造着你的灵魂,影响着你的一生。思南路,就属于后一种书。

俗话说,书读三遍,其义自见。思南路,是一本可以反复阅读 N 次的经典。初读思南路,你震惊于它的沉着、朴素,高贵而不张扬的大气。很多年前,我在淮海中路上的上海社会科学院工作,会去思南路口的邮局领取稿费。出得邮局有时我会慢慢朝南走去,将近复兴中路,思南路开始散发出一股不显山不显水,不同于流俗的格调和气息来。道路两旁的梧桐树几可合抱。历经上百年的风霜雨雪,树杈横斜逸出,犹如连理枝般地在空中紧紧交错着。一道浓绿的长廊一直伸到视野的尽头。炎热的夏天,一踏

你每推开一扇门,就有一段承载着百年沧桑的故事……
(摄影/张载养)

上思南路便有一股森森的凉意可人地沁入你的肺腑。下雨天，要过好长一阵子，雨滴才能打湿树下的马路。一座座色彩并不那么耀眼夺目的小别墅，犹抱琵琶半遮面，欲说还休地躲在绿荫之中，不经意中露出一点俏丽却足以让人心动的姿色——或者是一堵嵌着黑色鹅卵石的墙头，或者是一截红砖砌起的烟囱，或者是一扇朱唇微启的窗户，或者是在风中微微颤动的满墙爬山虎，或者是呈现长方三角几何状连续展开的色彩明快的明木骨梁，或者是从主楼挑出的有铸铁花纹栏杆的阳台，还有向着前方蓝天敞开心扉的尖尖的天窗……几乎你眼前所遭遇的每一处风景，都是一首抒情意味浓郁得化不开的小诗。后来我因心脏不适住在瑞金医院，无聊之时，我最喜欢做的事便是独自一人伏在窗口，久久凝视着脚下，那片像诗一样带着抑扬顿挫平仄变化的红色大瓦片铺就的屋顶，鳞次栉比起伏有序地铺向南方的蓝天下。不时有大块白云投下的阴影从屋顶依次飘过，它们或快或慢自由地掠过思南公寓的别墅群。有时雷雨来临前夕，那些尖尖的屋顶就像绿色波涛中升起的一片片风帆。这使我想到年轻时曾看过的苏联电影《红帆》：一个年轻的姑娘站在海边，任脚下的波涛溅湿飘起的衣裙，在等待着遥远海平线驶来的一叶红帆。虽然，那时我已年过半百，不再年轻，但面对着思南海上这一片片的红帆，我的心依然会飞出很远很远，依然会憧憬着未来美丽的红帆。思南路，是一首诗。

再读思南路，你可以停下你匆匆的步履，细细打量它修辞的精致、考究、到位。那些经过精心设计施工的别墅，它的门窗、墙面、阳台、屋顶、烟囱、栏杆，每一个局部，都像一篇绝妙好文，字、词、句、篇，安排得服服帖帖，流畅、舒服、顺眼。每个局部都知道自己在这幢房子中扮演的角色，既散发着个性的魅力，又服从整体章法的安排。特别是建筑的细部，值得你仔细地观察，反复地玩味。天花板和墙体、墙体和地面交集的"收头"处理，交代得清清楚楚，一丝不苟，经得起推敲。就像一支万宝龙的钢笔，一块百达翡丽的腕表，放在洒满阳光的手里经得起最严厉眼光的百般挑剔，十分耐看。

随着人生阅历的不断积累，你会觉得思南路和路边的每一幢建筑，都是一部叙事性极强的小说。你每推开一扇门，就是打开了一部小说的封面，许多承载着百年世事沧桑、人间悲欢离合的故事，会向你迎面走来。冯玉祥和他手下那些曾经戎马倥偬叱咤风云但最终厌倦了军阀征战民不聊生的将军们，在这里找到了自己人生平静的归宿。《孽海花》的作者曾朴住过的曾经的115号（现81号）客厅里似乎还回响着陈望道、邵洵美、郁达夫、李青崖、叶圣陶、顾仲彝这些至今如雷贯耳的一代名士的谈笑风生。可贵的是，这里不仅是一片风花雪月，更在冲淡中升腾着一股浩然正气。曾经的121号草坪上，我们可以看到抗战严酷环境下蓄须明志的梅兰芳在明净的窗前挥毫，洁白的宣纸上一株凌风怒放的梅花夹着内心的悲愤，呼之欲出。庭院里隐隐传来小梅葆玖"咿咿呀呀"吊嗓的稚嫩声音。周恩来、程潜、柳亚子、孔祥熙、李烈钧……多少历史上的风云人物在这里驻足、逗留。这里可以呼吸到他们生命的气息，目睹他们跌宕起伏史诗般壮丽的人生故事。它们用顽强而沉默的语言向你诉说着岁月的无限况味。有趣的是，思南路的许多别墅有一个共同的不多见的结构方式，楼梯架在别墅外墙的侧立面。春雨淅沥的时候，恍惚中，你可以看到靓男倩女，穿着红色、米色，能勾勒出青春挺拔身影的紧身雨衣，款款步下楼来。而那些形态色彩结构材质各异的阳台上，痴男怨女诉说着火热的情话，或者孤身只影扶着栏杆，独自品味着一段失恋的往事。仿佛"梧桐树，三更雨，……空阶滴到明"的唐词，就是为着20世纪初的思南路而写的。此时，雨水正顺着高高隆起的红色屋顶，顺着瓦片的缝隙，沿着冰凉外墙的砖缝，沿着水泥的台阶，悄然无声地流入了长着青苔的泥土里……思南路是一个可供人们伤感、想象的所在。有时想想，伤感真是一种昂贵奢侈的情愫。有钱有闲有青春，才有伤感的资本。《红楼梦》里的林黛玉会伤感，弱不禁风地面对落花吟哦，而刘姥姥和板儿"日出而作，日落而息"，怎么伤感得起？柯灵先生曾经构思发表了几章关于上海百年的长篇小说。倘若有心挖掘一下，思南路倒真是一部已经凝固了上海百年历史的长篇小说！它在上世纪20年代，曾是一个高贵典雅，文静而洋溢着青春气息的大家闺秀。她窈窕的身影曾经吸引了多少上流社会人士的目光。及至1949年以后，新政权为了解决广大劳动者的居住困难，原来独门独户独院的别墅一下子改换门庭，变成了七十二家房客，一楼的墙上猛然排满了十二只电表！宽敞的过道堆满了各家各户的杂物。但这些别墅虽然开始破落、斑驳，即使素面朝天，却依然掩不住她们的天生丽质。好像解放后脱下了旗袍，穿上列宁装、工作服的大户人家姑娘，败落中仍不失金枝玉叶原有的矜持和尊严。毛泽东有句词，谓"萧瑟秋风今又是，换了人间"。这些年，经过整旧如旧的改造，思南路不但恢复了她昔日的姣好容颜，而且有节制地点缀一些现代的建筑手法。就像一个有历史传统的老贵族后代，高贵之中又融进了一些时尚的穿着。好在所有徜徉在思南路上的人都会自觉地不大声嚷嚷，以保持它一贯的宁静和低调。

思南路，是一部感悟人生意义的哲学书。在那些月明星稀水积空明的秋夜，你踽踽独行，踩着透过梧桐绿叶洒落在夜色中斑斑点点的光影，看见穿越了一百年风雨而不为所动，集万千风情宠爱于一身的藏而不露、极其内敛、矜持而不骄奢的老洋房，静静地屹立在暗蓝色的夜幕下，你可以领悟到"曾经沧海难为水"的从容沉稳。看着21世纪新人类进出其间，喝着蓝山咖啡，高脚玻璃酒杯里荡漾着玫瑰色的波尔图葡萄酒，一根蛋卷

1　21世纪的新人类穿行在思南公寓之间,休闲而自信。
2　恍惚中,有昔日的少男少女,款款步下楼来……
（摄影/张载养）

斜插在哈根达斯冰淇淋的圆球上，怀想洋房主人们进进出出不断地沉浮变迁，你才会真正明白，人生的无常；才会真正明白，人间正道是沧桑。水满则溢，月满则亏。贫穷不会永远，富贵也不会永远。用不着去妒忌羡慕什么，也不用去自贱自轻什么。

一个飘雪的冬夜，我去过思南路。雪落大地静无声，一片一片，在街灯橙黄的光芒中，在光秃疏朗的树枝中，自由散漫地飘落下来，屋顶上一层不厚的白雪，仍然依稀可见的红瓦，有点暗。一间间拉着纱帘的窗户，透出微黄的不那么耀眼却让心温暖的灯光。一瞬间，我内心感到了人间的无限温情。这么好的东西，不必拥有，看看就行。

人，活着，是多么的好啊！

2013 年 2 月 17 日于办公室

一条路

　　景物是我们活动的空间,是每一个时代的审美对象,是回忆温柔触摸的时间。

　　这条路沿着黄浦江西岸华丽的S形曲线,由东向西,全长5586米。这条路没有南京路的繁华、淮海路的华丽、武康路的高雅,它只有戴着袖套,穿着一身油腻粗粝的背带裤的五大三粗。这条路一百五十岁的光华,堪称中国近代工业的一卷波澜壮阔的史诗,是中国产业工人的摇篮,孕育、承载了中国工业的光荣、梦想和顽强不屈的强国情怀。路南,四十多家国营大厂像旗舰昂首挺立,纺织、发电、煤气、饮水、化工、造船……鳞次栉比的三百家大大小小的工厂,像生火待发的舰队,从东向西列队,把伟岸的身影投射在波光粼粼的水面上。曾经亚洲最高的105米的上海发电厂烟囱像一把高高的火炬燃烧、照亮着夜空,点亮了外滩流光溢彩的虹霓和夜上海的全部璀璨华灯。走进中国第一座现代化水厂上海自来水厂,仿佛走进梦幻和童话中的英国古城堡。哥特式的尖顶,黑色清水砖墙,镶着红砖的腰线。对面是非常有品味的上水公房,住着我的学生。路快尽头处,是近万人的大厂国棉十七厂,白天黑夜穿梭在轰鸣的纺机长廊里,养成了纺织女工大声说话的习惯。20世纪50年代,这个厂出了一个有名的全国劳模黄宝妹,现在九十多岁了,风采依旧,前不久还受到中央领导的接见……上世纪50年代,这条路无私地为新中国的工业化向全国各地输送了数以万计熟练的技术工人。那年头,工厂的常日班是四点半下班。每当下班时分,这条路上黑压压,像潮水,工人拥出厂门。路北,是密如蛛网的街区弄堂,居住着世代与榔头、锉刀、凿子、机床、机器打交道的工人家族。弄堂里的主妇们戴着饭单,围着接水站哗哗的水声,淘米洗菜搓衣服,生儿育女……8路无轨电车沿着这条路,叮叮当当,从大杨浦一路开到大上海(市中心)。马路南北沿街,粗犷的大工业进行曲的码头号子和世俗的人间烟火市井喧嚣,相映成趣。这条路有着大上海内在的血、泪、根脉、奋斗和温情,还有消失在岁月中的红色的记忆。路边的秦皇岛码头,上世纪初,二十二岁的周恩来、十六岁的邓小平和蔡和森、向警予、聂荣臻……六百五十多人分六批,就在这里启航,远渡重洋,赴法国勤工俭学,是何等的意气风发!而夏衍笔下瘦骨嶙峋的包身工原型就来自路上第五毛纺厂的前身怡和纱厂。

  这条路上住着我初中高中的同学,还有我曾经一起学徒的师兄弟姐妹。上世纪70年代我做学徒时,每年大年初一清晨,二十岁的我,拎着一小竹篓苹果,就在先驱们登船的码头摆渡去浦东给师父拜年。童年少年,我都是枕着这路上工厂机器的轰鸣声入睡,呼吸着一路的机油味道长大的。

  世纪之交,这条路在历史急转弯之际,突然按下了暂停键。城市转型,工业改造搬迁,一路的劳动密集型企业关停并转。纺织砸锭,壮士扼腕。曾经的喧嚣化为一片沉寂。一眼望去,路北的民居之破旧自不待说,最让人感触的是,曾经像工业血管一样沸腾的这条路,坑坑洼洼七高八低,满是裂缝。那些大名鼎鼎的工厂冷冷清清,人去楼空,静静地站立在路的南边,待价而沽。目睹那些曾经为新旧中国书写过如此辉煌的老工厂艰难转型的坚韧和悲凉，面对"夷为平地，一直晒着太阳"的国棉十二厂，我似乎听到从那些冷落斑驳的厂房里传来了我师兄弟姐妹青春的笑声，还有我的父辈，抚摸着亲人一样朝夕相处的车床刨床铣床，酣睡中念叨榔头锉刀的梦呓。全世界老工业基地都经历过这样的艰难，有的就此一蹶不振。

萧瑟秋风今又是，换了人间。进入新时代，这条路，不甘沉沦，重燃起了希望。十年中，冷灰色的昔日工业锈带华丽转身，成了市民们江边漫步，亲近自然，放飞自我的生活秀带。2021年10月我来到这条路。我想亲吻这块我梦牵魂挂的土地。一路走来，过往的历史和时尚的风采迎面扑来。原来的上海烟草公司仓库被改造成了网红打卡地"绿之丘"，一座现代的立体的巴比伦空中花园。丘下，白色的芦苇摇曳，杂树生花。中央大厅没有封盖，中庭栽着一棵高大的朴树，白云从头顶的蓝天悠悠飘过。沿着螺旋形的扶梯盘旋而上，登上顶层挑空的环形平台，浩浩荡荡的黄浦江水逶迤而去。对岸是浦东现代化的摩天楼群，近岸是一座朱红色的塔吊和绿之丘墙上混凝土的斑驳痕迹。左手杨浦大桥，右手南浦大桥，像两道凌空飘起的绸带。江风猎猎，十一岁的外孙和他四岁的妹妹，像两只小鹿在沿江木板铺设的栈桥上欢快地奔跑，依稀传来他们咯咯的笑声。装束千姿百态的少男少女们悠闲地漫步依偎。曾经的国棉十七厂成了国际时尚中心。奥地利珍得巧克力在这里创立了海外第一家巧克力体验工厂。娃娃们透过玻璃，开始从一颗颗可可豆到一块块香浓巧克力的奇妙之旅。

人民的土地，人民的空间，理当人民分享。

春华秋实。"一条路，落叶无迹/走过我/走过你……"这条路，就是杨树浦路。

2022.7.11

为上海这座城市造房子的人

——邬达克来到上海一百年

他是一个幽灵。

在我生活的这座现代化大都市里,如水银泻地无处不在。他像长笛透明的音符潇洒地洒落在湖畔河边弄堂深深的尽头,像气势磅礴的交响曲轰响闹市宽阔的路边。你可以不知道他的名字,不认识他这人,但你无法避开他,因为不经意之间你就会在这座城市遇见他。他把他的灵魂他的才华镌刻在了这座城市的大地上。然后他就一去不归了,消失在一片茫茫的虚无之中了。

六十年前,我还是个懵懵懂懂少不更事的孩子。那时弟弟妹妹还没有出生,家境也还过得去。有一年过生日,父母带我走进南京西路头上一栋深棕色的高楼。它陡峭的雄姿矗立在路边,是那个时代上海的地标,最高的建筑。在周围楼群的簇拥下,它像帝王那般尊贵显赫,那么地一览众山小,就像姚明站在我们中间。大家习惯用上海话亲切而尊敬地叫它"廿四层楼"。父母带我在三楼的窗边坐下。大街上铺满了金色、透明的阳光。南京路永远川流不息的人群和各式各样的车子,隔着同样透明的一直顶到天花板的巨大窗玻璃,在阳光里自由地挪动。不时,还有拉着铁栅栏门的

如果没有邬达克，上海的建筑史也许要重写。
（照片提供：邬达克纪念馆）

1路有轨电车,拖着长长的"辫子",叮叮当当慢悠悠地驶过。父母给过生日的我买了一本《小朋友》。一个长着很长白胡子的消瘦老人在雪白的书页里微笑。我看懂了,这个叫齐白石的画家,得了国际和平奖。他的伟大,我一直要到很多年以后才明白。但那些虾真和活的一样,在看不见的水里游动,感动了一个孩子的一生。于是,我记住了一座叫国际饭店的建筑,一座半个多世纪内雄踞亚洲高度宝座的建筑。旁边还有一座浅黄色的横在南京路上,隔着黄河路,似乎在和国际饭店悄悄说话的建筑。建筑像在一片片连续的薄板中升起一道风帆般隆起,写着"大光明影院"几个大字,入夜,霓虹灯在夜空中骄傲地闪烁。上世纪八九十年代,我一度和电影走得很近很近,很热络。在那里,围着白杨、张瑞芳、孙道临、秦怡,还有谢晋、吴贻弓,指点中国电影如画江山。还有张艺谋、陈凯歌、吴子牛等许多若干年后如日中天的电影艺术家们坐而论道,目睹了中国电影的又一段一去不复返的红红火火的流金岁月。

后来,我像做梦一般跨进了童年向往的圣殿般的作家协会工作。开始有人介绍说是旧社会"火柴大王"刘鸿生的宅院。待了一阵子,有人纠正,是他弟弟刘吉生的府邸。绘着风景的长条彩色镶嵌玻璃窗,神秘美丽的光亮中,异常气派的旋转扶梯从一楼盘旋到三楼,扶梯的铸铁栏杆有"KS"的纹饰,证实了主人的信息。从楼梯顶部往下,可以看见楼梯像海贝一般美丽的圆弧袅袅升腾而起。底部黑白相间的地坪,像数学方程式般简约明快。我在小楼西南角的204房间办公。一个房间里,年长的有我老师徐中玉、诗人罗洛,还有同龄的赵长天、宗福先和叶辛。南面有铸铁的大门,门两边有连着墙体装着大镜子的欧式雕花水曲柳衣柜。推开大门,就可以看见花园,不管世事变迁,永远郁郁葱葱的绿。那尊由巴金的老花匠李师傅在"文革"中保下来的女神普绪赫的大理石雕像,伸展着美丽婀娜的半裸躯体，仰望着蓝天。几个娃娃和一汪清水，围绕着她。有时独自一人，有时和长天一起，我们站在阳台上，伸手几乎可以摸到撑起小楼的希腊爱奥尼式的圆柱。爬山虎的藤蔓和枝叶婆娑地沿着深棕色的墙头不依不饶地伸过来。小楼的东边是《收获》编辑部。巴金先生的女公子李小林和她的编辑们，永远地埋在来稿堆里。编辑部房间外面有一个阳台，它的下面同时也是进作协小楼的必经之地。作协成立四十周年，为了拍电视片我和赵长天、陆星儿、彭瑞高、竹林一起拉开嗓子高唱过《年轻的朋友来相会》。其实那时我们都已四十出头了。204房间是当年作协所有事情的开端。无论对的还是错的，一切都远去了，连同当年主人家几个房间里发生过的各种惊险浪漫传奇的故事，唯有房子，总屹立在院子里。

在文化局工作，逢年过节我去看望老艺术家孙道临、王文娟夫妇。淮海路和武康路的夹角，一栋七层的高楼拔地而起。从上面看，像一只巨大的熨斗。从正面看，像一艘起锚远航乘风破浪的巨轮。这座楼使周围一切猛地就有了庄重恢宏优雅的不凡气度。七楼的环形大阳台，可以极目远眺，似乎能把人间万象尽收眼底。整栋楼就像马勒的交响乐，宏大而不失秩序。沿街长长骑楼下的连续券门，就是一小节、一小节由小号吹奏出来的嘹亮乐句。孙道临、王文娟夫妇就住在这栋大楼后来加的四楼里。当年赵丹、王人美、上官云珠、秦怡、郑君里这些在中国家喻户晓万众瞩目的电影明星都曾在这里过过"日脚"。在孙道临和王文娟的面前，我真正领略了气质和风度。大楼曾有过一个显赫威风的名字：诺曼底公寓。现在很平民，武康大楼。还有我写过评论的《蓝屋》的原型绿房子，即染料大王吴同文的宅邸。在华东医院老楼，我闻到一股混合着来苏水味道的肃穆气息，在走廊间飘浮……雁过留声。这座城市星星点点到处回响着他留下的声音。那是建筑，凝固的音乐。

恕我孤陋寡闻，在很多年以后我才知道，这些建筑出自同一个建筑师的手笔。他就是如今已赫赫有名的邬达克，一个来自欧洲的建筑师，一个连国籍是匈牙利还是斯洛伐克都不太分明，身上却流淌着两国血脉的建筑师。就是这样一个建筑师，在上海，他居然留下了住宅、影院、教堂、医院、饭店大大小小近百件建筑作品。其中三分之一列入上海优秀历史建筑。它们不娇不宠却流光溢彩，装点着这座城市。就建筑师和上海这座城市的关系而言，迄今无人能出其右。以致建筑史家如此断言，如果没有邬达克，上海的建筑史将完全是另一部建筑史，而且上海的近代建筑史将不得不重写。这种情景，在人类建筑史上实属罕见。

就建筑师和城市的关系的重要性而言，邬达克使我想起西班牙巴塞罗那的伟大建筑天才高迪。那是一座和上海同样伟大的城市。虽然20世纪最伟大的现代艺术家毕加索、米罗、达利都和巴塞罗那有着千丝万缕的联系，但走在巴塞罗那街头，我最大的感动居然不是他们，而是，那个叫"高迪"的建筑师。他的旖旎瑰丽像来自云端的奇思妙想，飘忽在巴塞罗那街头的屋顶瓦檐烟囱砖墙门楣窗台上。米拉公寓、巴特拉公寓、古埃尔公园……它们像海浪一样的曲线汹涌澎湃地涌来，室内像大海里的贝壳盘旋蜿蜒，充满了自然主义神秘诡异而又生动的气息。圣家族大教堂170米高的尖顶，巴别塔般直刺蓝天，犹如一部结构宏伟迷宫般的交响乐，永远被脚手架和塔吊簇拥着，一百多年了，建造还在"正在进行时"中。在巴塞罗那，你似乎走不出高迪的怀抱，就像我一个穷人的孩子，在上海，还不懂事，就被邬达克拥抱过了。

让人感兴趣的还有两人虽有不同却同样奇异的人生。邬达克的传奇在于，一个从一战战俘营逃出来的战俘，穿过风雪弥漫的西伯利亚大平原，颠沛流离来到远东。在一个举目无亲的大都市留下了一批熠熠闪光的"房

1 林木扶疏中的邬达克旧居。
2 有飞鸟停在屋顶，是主人设计的铁片雕塑。
（照片提供：邬达克纪念馆）

子",成了这座城市最青史留名的建筑师。他一定很富有。梦里不知身是客,直把他乡作故乡。在一个战乱不断的时代,连国籍身世都无法确定,没有了栖身的祖国,他的心恐怕是一直有点支离破碎,甚至千疮百孔的。这种隐隐的痛,真是无人诉说的。作为建筑师,在他最困难最低潮的时候,上海接纳了他,让他得以在此安家落户,结婚生子。同时,他也把自己献给了上海,把一生的心血和辉煌留在了上海。上海是他建筑设计才华横溢的巅峰时期,那些建筑也成了他留在大地上的永远的足迹和纪念碑。今年,是邬达克上海的一百周年。遥想当年,这个来自欧洲的游子一个人踏上这块陌生土地的时候,我们真是百感交集。

从1918年孑然一身踏上外滩到1947年举家飘然而去。他像一颗划过夜空的流星,一瞬间留下了耀眼的灿烂。他离别得那么决绝,此后,再没有给世界留下一张图纸,一座建筑!最后,心肌梗死,客死他乡,结束了六十五年生命旅程。高迪性格乖张古怪落落寡合,三年五年,天天同一套衣服,又脏又破,终生未娶。最后,他被通车典礼上披着彩旗的有轨电车撞倒。人们把这个糟老头视为乞丐,送到医院就咽了气。唯有一个老太,后来认出了他。他终年七十四岁。全城的百姓拥向街头,为他送葬。他们两人把所有的才华毫不吝啬地挥洒给了一座城市。作为建筑家,他们当得起后人的尊敬和赞美。我们这些庸人各有各的庸俗,唯有天才的命运都是相似的。

为了缅怀这位建筑师,我们把"向邬达克致敬"的画展送到了斯洛伐克和匈牙利。这些画家,我大都很熟悉。他们生活穿行在这座城市的大街小巷,致力于在宣纸和画布上描绘这座城市的肖像,用原创的发自内心的艺术语言。这座城市已经成了他们心头永恒的爱人。她绰约的风姿,内心的律动,寒暑晨昏的表情,乃至她的忧伤,他们都了然在心。展现在他们的作品里，和现实一样的清晰，又像梦境一般遥远缥缈。他们真的是爱这座城市，爱这些房子，爱设计这些房子的邬、达、克。

对我来说，终于有一天，来到番禺路弄堂深处129号的邬达克旧居。邬达克有幸。这栋1930年落成的都铎式乡村别墅，在当年西郊大片田野的衬托下，明木的结构和雪白的墙体，色彩明朗脱俗，曾经优雅清新得像飘然而来的简·爱，亭亭玉立。如今在经历了大半个世纪的风雨洗礼后，门窗脱落，墙面翘裂神情呆滞，像一个风雨中的弃儿。这座曾经风光的老房子，已经衰败凋零了。也是异乡人，一个在商海沉浮多年的湘西女子居然在茫茫人海中一见钟情地瞅上了她。就像一个痴心的女孩为了心爱的人，不惜飞蛾扑火，甘愿为此献出一切。像抢救一个奄奄一息的婴儿，她克服了各种难以想象的困难，一千多个日日夜夜的心血洒在了这座老房子的每一个角落。我曾经在她的陪同下，从一楼到三楼，走进每一个房间。人去楼空，冥冥中，往昔的岁月像月光下的晚潮无声无息地汹涌而来。主人一家围坐在大厅餐桌边的欢笑，在吊灯下回响。21世纪的邬达克旧居，焕发了昔日曾经的姣好容颜。

入夜，在扶疏的林木间灯光摇曳，很温暖。有飞鸟永远停在了尖尖的屋顶上，那是当年主人设计的飞鸟铁皮雕塑。难道那是主人灵魂的归来？停留？这个为上海造房子的人啊。

2016.10.23 完稿

2018.5.28 修改

在有风和无风的日子里

这些年上海作家协会的院子,经过改造,草坪比原先大了很多,树却似乎比记忆中少了一些。

在作协工作的八年多时间里,偶有闲暇,我会一个人推开办公室南面的落地钢窗,外面有个极小的阳台,往东可以看到小楼挺拔的雅典式立柱,左下方是那个现在在上海已经赫赫有名的大理石少女——爱神丘比特青春美貌的妻子普绪赫。她立在一方小小的水池中,大理石雕像上依稀挂着多少年岁月触摸留下的黑灰的印记。透过斑驳的黑灰,依然可以感受到大理石材质独有的细腻光滑。她柔曼优美的曲线像爱琴海蜿蜒的海岸和蔚蓝的波涛。抚摸着少女滋润的肌肤,你可以看到那位无名的艺术家赋予这块石头的纯净灵魂,谛听到灵魂微微起伏的呼吸。

铸铁小阳台的四周挂满了鳞甲般的片片绿叶,和穿插其间的书法线条般的藤蔓。它们不管人间的世事沧桑,披星戴月也好,曙光初镀也好,岁岁年年枯荣一个轮回,黄绿一个轮回。西南方是一块草坪。草坪四周围着一圈浓荫匝地的林荫小道。低头就可以看到阔大的梧桐树叶,像一片片张开的手掌。有风的时候,可以看到它们在彼此招呼,听到它们的鼓掌声。

清风起处，那声音有时像低语，有时像涛声，带着生命的气息和情感。

精神倦怠，办公室没人的时候，我最喜欢做的事情，就是站在这一方小小的阳台上，倾听风起时的喧闹和风歇时的静谧。风起时，会把我的思绪送到很远很远的远方，我不知道那么远的远方是什么样子。风歇时，则会把我纷乱的思想凝固成一片小小的琥珀。在一团微黄的晶体中保留了大自然中某一次生命的扑动，就像琥珀中永恒的一只很小很小的昆虫，甚至可以看到透明翅膀上毫发毕现的筋脉。

在后来那些有风和无风的日子里，我时常会怀想起作协小楼西南角那间办公室里朝夕相处八年之久的同事们。

诗人罗洛到作协主持工作，一直坐在我对面。我们俩共用着一张年代久远的老红木办公桌。他一点不像诗人，矮墩墩黑乎乎的长相，倒像个长年野外作业的工人。由此也可见，人们概念中的存在和事实的存在，相距有多远。

真的，他一点不像诗人。说话轻声轻气，慢条斯理，而且条分缕析，很少有诗人惯常的激情和冲动。相反，他倒像个经济学家。每次会见外宾，他都如数家珍地报出一连串上海经济建设的精确数字来，让我们这些搞文学的人惊讶、佩服得五体投地，目瞪口呆。他到作协的时候，正是作协大病初愈的时候，他以他的历练、沉着、老到，稳定了上海文学的大局和士气。他有时候会说一些不太高的高调，我们私下里也会悄悄议论几句他的"有点儿左"。多少年后当我也有了些阅历的时候，才知道其实他的文学观念并不左。一生吃了那么多苦头，他比我们更知道"主要是反左"这样的道理。他只是用他稍稍偏左的言辞和姿态，在保护和他一起的那些年轻人，保护整个上海文学的健康发展罢了。

老罗去世以后，他的夫人送了我一套他身后出版的四卷本《罗洛文

1　儿时梦想进去的地方。
2　美丽的爱神与典雅的小楼。

集》。在浏览文集的时候，我深深地感到了他的博大。真的无法想象，作为一个诗人，他竟然能长年累月埋头在中科院西北高原生物研究所图书情报室发黄的故纸堆中，写出了《关于青藏高原国外文献的收集和研究》《河源考察：历史的回顾》《沙俄在我国边疆地区的考察活动》，这些远离缪斯却令学界同行赞叹不已的科学论文。我想，正是在近四分之一个世纪底层的苦难生活中，在二十多个充满把大树都会连根拔去的狂风的年头里，在连续一万多个"没有春天"的日子里，他为自己构筑了一块无风的心灵家园，甚至是风和日丽，溪水潺潺，群鸟和鸣的心灵春天。

在经历了那么多常人难以想象的苦难之后，依然能把诗写得从容清丽的人，是在内心深处保留着大写的尊严的"人"字的人。他晚年写的《阿垅谈片》，题目平淡而不惊人，但"于无声处听惊雷"，闪光的才华和燃烧的激情，交相辉映，让你的灵魂震颤不已。作为同是以文字为生的人，我羡慕而嫉妒，我怀疑自己这一生能否写出如此令读者刻骨铭心的文字来。

在作协八年，我有幸与一群与自己年龄相仿的作家为伴。赵长天性格沉稳，为人和善。他三十多岁英姿勃发之年来到作协，安营扎寨。也许作协将成为他终生的事业。他办事极为仔细周到，很少冒冒失失，三四十岁就显出老成持重的气质。在工作中他总是会给我许多必要的提醒、提示。这些提醒、提示，现在像夹在旧书中发黄的签条，我有时仍然靠这些签条去打开人生大书的某一页。长天在不知不觉中，把多年工作积累的宝贵经验，如春风化雨般传授给我。至今回想起来，依然有一种"润物细无声"的感动。那年头，我们两家住得不远，同车上下班，高架道路还在规划中，地面的交通非常拥挤。在小车蜷蚁似的挪动中，我们会无主题变奏式地闲聊，有一搭没一搭的，使话题像窗外的风景那样流动、变形。小小的车厢里,有时是比一根螺钉还细的某小说的一句话、一个词,有时是国计民生、世界风云。我们两人像欧共体不设防的"申根"国家,自由地坦直地交流着各自的看法,彼此影响着、改变着各自的立场、观点。

长天是小说家,我是搞评论的,文学是我们之间最经常的话题。对小说、对艺术,他有着许多独到、精辟的见解。我总觉得,长天似乎一直没有充裕的时间,把自己的小说美学变成自己的创作实践。这是件十分让人惋惜的事。

长天是个外柔内刚的人,我则是一个表面随和骨子里顽固的人。个性的不同并没有妨碍我们成为朋友。后来,我们发现其实在很多与己无关的重大问题上,有着很一致的看法。

我离开作协后,长天服从组织分配去当了《萌芽》的主编。他极其投入、忘我而有创意地工作,顺应时代的阅读变化,很快就把这份上世纪五六十年代显赫一时、90 年代又跌入谷底的文学刊物,推到了新的光荣的巅峰。发行量从苦苦挣扎的一两万份,骤增到四十来万份。由刊物推出的新概念作文大赛,成了在青年中无人不知且最有号召力的文学品牌。现在他又不辞辛劳地在浦东创办了以新概念作文为教育理念的萌芽实验中学。五十知天命,他在一份新的事业中发现了自己新的价值和生活新的乐趣。

坐在赵长天对面办公的是小说家叶辛,他以一部蜚声文坛的长篇小说《蹉跎岁月》成为中国知青文学的代表作家,上世纪 90 年代重回故乡上海,又以电视连续剧《孽债》轰动全国。他经常会给我们讲一些发生在贵州山寨里的故事。虽然回到了上海,他却依然保持着山里人的倔犟脾气。他习惯用贵州方言来表达自己内心的激动。至今,他仍然喜欢把孩子叫成"娃娃":你家娃娃、我家娃娃。工作闲暇时,他会从肚子里拎出一串串贵州俚语、苗家山歌,土得掉渣而有趣。因为有了他,我们的办公室有了一

1. 东厅，沉静典雅。1993年，会见诺贝尔文学奖获得者、英国作家多丽丝·莱辛。她轻轻地提醒我们，现代化要预防出现"文明的野蛮人"。
2. 楼梯像海贝一般美丽的圆弧袅袅升腾而起……
3. 扶梯铸铁栏杆上的"KS"纹饰，印证了当年小楼主人的信息。

（摄影/许根顺）

股乡野清新的来风。也许因为自己曾经是个吃过不少苦的知青叶辛，他给自己的孩子取了个不吃苦的名字"叶甜"。叶辛很勤奋，写得很多、很快。他能把自己在市人大常委工作中搜集到的许多生活素材，创作成故事性可读性很强很有读者市场的小说。我始终认为，他本质上是个喜欢讲故事编故事的小说家而不是政治家，内心深处依然不乏那种搞文学的人才会有的天真、率性和幻想。

周介人去世多年后，有许多怀念他的文章。确实，他是个值得怀念的人。

上个世纪80年代，李子云和他一起，把刊物办得红红火火，为中国的思想解放运动作出了重要的不可磨灭的贡献，发表了许多在文学界思想界产生了重大影响的小说和理论、评论文章。特别是因为他们两人对时代变革、文学变革共有的敏感嗅觉，在他们主持的《上海文学》理论栏目中发表了不少老中青三代批评家极具锋芒和见解的文章。风起于青蘋之末。这些文章引领着当时的文学思考，预示着一个新的时代和新的思潮的到来。李子云有良好的修养和大局观，周介人办事谨慎周全。两人的工作搭档，堪称完美，传为一时之美谈。当时群星璀璨、令中国文坛风气清新的上海中青年批评家群体，都出于他们两人的精心操持和扶植。我想，今天上海慢慢进入中年批评家行列的人，只要还有点良心，是不会忘记他们的，甚至应该是永远感激他们的。如果没有这两位先行者，我们很难想象上海的文学批评在今天会是一个怎样的格局。《上海文学》当时发表的每一篇理论、批评来稿，都倾注了他们的心血。

在作协三楼那间朝北的小房间里，冬天会生火炉。马口铁皮的烟道管黑黑的，从炉子上方弯成直角，再从头顶向窗外伸出去。炉门打开时，红红的炉火会把大家的脸映得通红闪亮。听着炉子里哔卟卟的爆裂声，炉子上水壶里水开后蒸汽的嗤嗤声，周介人几乎和所有来稿的青年批评家交谈过。几乎对每一篇来稿，他都会从立意、结构、文字到表述语态，字斟句酌地提出精细到连作者自己都丝毫没有想到的问题。那时候，冬天很冷很冷，真正的天寒地冻。白花花的冰结得很厚。但那时候，我们都是那么年轻。周介人虽然比我们大不了几岁，但我们都愿意听他的意见。那时他和我们都有一腔青春的热血在脉管里沸腾，足以战胜任何的严寒。

后来李子云走了，还不成熟的市场经济来了。《上海文学》的路也慢慢地走得艰难起来，甚至一度望出去，苍苍茫茫的一片黯淡。此时，周介人以一介书生的羸弱身躯，扛起了他力不胜任的重负。像一株孤独的树，却要撑起一片沉重的天空和漫天的流云。在组稿编刊物的同时，他不得不拉下自己书生的脸面，为刊物的生存去四处化缘募捐拉赞助。那时还没有民企，他周旋在一些乡办、社办企业之间。他完全知道那些所谓的企业家是些什么东西，但他不得不赔着笑脸去与他们拉拉扯扯吃吃喝喝，他不得不在刊物需要的金钱面前忍气吞声，低声下气。那时候他开始依赖药物了。经常中午去他办公室，可以看到他捧着一杯白开水，把大把大把五颜六色的药片药丸，像什么好吃的零食一样，"咯咙"一声送到自己的喉咙里。

被他视为一生最骄傲的成就，一度身前身后簇拥着自己的青年批评家们功成名就、事业有成，也各人去忙自己的去了，各领风骚。为此他很失落。其实他不明白，这就像你再爱孩子，孩子大了总会成家立业离你而去一样，就像《红楼梦》说的那样，千里搭长棚，没有不散的宴席。他是个好强的人，他积极争取入党。他实际上主持着《上海文学》，在茹志鹃去世后，尤其如此，内心一直渴望能够名正言顺地做《上海文学》的主编。因为各种原因，久拖不决。为此，他内心很苦恼。但他一直默默地忍受着、支撑着，为了《上海文学》，也为了自己的信念。

《上海文学》能够度过它最难熬的那些日子，周介人是为此付出了生命的代价的。

老周对文学现象有极强的理论穿透力。他阅读分析作品有着极好的天分和很高的悟性，经常能用一些极平易却很新颖的语词，引人注目地概括、预示文学的流变趋势。如果不是碰上一个风波迭起的时代，他会成为优秀的有眼光的文学批评家。今天活跃在文坛上的成为中坚力量的许多作家，很大程度上得益于他上世纪90年代的发现、扶持和推荐。令人扼腕叹息的是，他走的是另一条路，一条不文不官的路。我不知道当他走到这条路的尽头时在想些什么。但是，他身后留下的许多东西，直到今天还在暖着大家和我的心。

周介人本质上是一个善良软弱的读书人。可是面对社会的现实，他必须坚强，否则，就会被压垮被摧毁。上世纪80年代初清污的时候，《上海文学》因为发表了许多富于创见又与众不同的理论文章，一时间受到了来自方方面面明里暗里巨大的压力。有一次，我去看他，还是在那间朝北的办公室里，他脸色灰暗，神情沮丧地向我诉说了自己内心深处被抛弃被批判的恐惧。那时，我三十五六岁，还保留了点血气方刚的东西。我宽慰他说，上海出了那么多青年批评家，这是你的功劳，历史会记得你。我还对他说，你放心，我今后决不会违心地去写大批判文章的。听我说完，他脸上露出了稍稍的一丝放松。

在公众场合，周介人总是表现出一种从容自在自信的姿态。特别是在和年轻作家的交往中，显得格外亲切和蔼。可是，有谁知道，他一直在用坚强掩饰自己的脆弱，在用洒脱修饰自己的寂寞，在用满不在乎掩盖内心的困惑和苦恼。在周介人的身上，我看到了这个时代许多知识分子的精神形象，看到了理想和现实的冲突，看到了一个试图"介入"的知识者的沉重。

在作协八年多，大家在一起工作难免有矛盾有冲突。随着时间的推移，所有从前的不好，都烟消云散了，留下的全都是"好"。而且随着岁月的流逝，所有留下的"好"，益发地好起来，鲜活起来。八年多，我自忖做了许多好事，也做了不少错事。但我问心无愧，无论是好事还是错事，我都尽心尽力了。在上海市作家协会五十年的历程中，我恪尽职守地贡献了自己一生中最成熟最有光彩最能干事的八年。作协也给了我一个圆梦的机会，使我儿时关于文学的梦想变成了活生生的现实，在我后来的人生中留下了宝贵的印记。值得欣慰的是，我离开作协将近七年，作协中依然有些朋友时不时地想起我，想和我说说话。

年轻的时候心很大，直挂云帆济沧海，总想着干一番轰轰烈烈，经天纬地，为天地立心，为生民立言，永垂青史的大事业。后来终于知道，心其实比拳头大不了多少。心，就小了。前不久在国画大师吴湖帆先生一百一十周年画展上读到一副对联：

何以至今心愈小，只缘已往事皆非。

心动了一动。作协四十周年胜景还在眼前，那回我们在灯火辉煌的市政府大礼堂举办了庆祝晚会。我们这些男作家还上台唱了一首《莫斯科郊外的晚上》，赢得了满堂掌声。前不久，经过市政府大礼堂，灯火阑珊，人影寥落，已不复当年好戏散场后的车水马龙，一派败落，做了停车场，停满了浑身尘埃的大大小小的汽车。

是的，我会永远想起在上海市作家协会度过的那些有风和无风的日子。是风动、树动？是水动、帆动？是人动、心动？

外面永远有风。重要的是，保持心的无风的静。人，内心永远要有一种岿然不动的定力。作协的八年给了我这种内心深处的定力。

为此，我将永远感谢，这个世界上有这样的一个组织：上海市作家协会。

2004 年 8 月 30 日

它是一粒种子

老夫聊发少年狂。但不是像苏东坡先生在密州那么意气风发,左手牵着大黄狗,右手擎着威风凛凛的猎鹰,漫天尘土飞扬,骑着高头大马席卷山岗地去围猎,而只是像孩子一样,为了满足自己的好奇心,去了两次正在试运转中的上海自然博物馆。第一次去晚了,匆忙中就如刘姥姥进大观园,留下一片眼花缭乱新鲜而刺激,犹如印象派绘画的感觉。拣了一个空闲的下午,心平气和地去看。正是早春二月,微寒的细雨斜斜而疏朗地刚飘完。这才发现,新建的上海自然博物馆的选址实在是太好了。这个好不仅在地处市中心的静安区,更好在它竟那么高贵地相拥在静安雕塑公园的怀抱里。门前沿路一片梅林,满枝的梅花层层叠叠,沾着晶莹的雨珠,粉粉嫩嫩地开着。高高低低的雕塑错落有致地立着蹲着趴着。许多伟大的自然科学家都对艺术和美,有着浓烈的情怀。用艺术的美,展开科学的想象翅膀,寻找发现的灵感,推动科学和艺术的交汇融合。譬如诺贝尔物理学奖获得者李政道博士,不但自己画画,而且力推科学家与艺术家的对话交流。而我国两千多年前的伟大诗人屈原竟一口气向天空和大地提出了一百七十二个问题。这些问题直到今天,依然是困扰折磨着现代人探索的问题。在这样的环境氛围中浏览自然博物馆，还没进去，已然心醉了。实在是难得的心灵熏陶。

背后一片梅林，眼前耸立着一座巍峨的白色建筑，就是新落成的上海自然博物馆。馆前是一片宁静的镜子般的水面，倒映着天光和自然博物馆的身影。朝南乳白色的幕墙，镂空成一片巨大的细胞图像。巨大的细胞核细胞壁像一只乳白色的鹦鹉螺盘旋而上。每个参观者，都会不由自主地想起自己童年上植物课时的动人情景。在老师的指导下，我们用小刀剖开洋葱，剥下一片薄薄的透明的皮，铺在玻璃片上，放到显微镜下。然后拧着旋钮细心地调整焦距，模糊的图像在镜头下慢慢变得清晰起来。细胞里的细胞壁、细胞核、细胞质被一片白光衬得晶莹剔透。大自然的奥秘第一次以如此美丽的花纹图案展现在我们的眼前……五十多年过去了，这堵墙激起了我对遥远岁月的记忆，使我真切感受到了曾经的发自童心的喜悦和激动。开馆后，这堵墙将会在夜色中，演绎各种充满科学幻想色彩的影像。和洋溢着童心童趣美丽的南墙不同，西北的墙体像大山裸露的峭壁，粗粝斑驳，层层叠叠，令人想到亿万年前大地生成时在地壳板块狂暴地冲撞、挤压下，岩浆喷薄而出，烈焰升腾映红了天空，一霎山呼海啸的壮观景象。

人的联想是那么的奇妙。恍惚中那个童年小小的稚气的我从时间的对岸欢快地向我走来。

曾经的上海自然博物馆浮现在一片记忆的云朵下。老馆是一张已经泛黄发脆的老照片。从外滩西拐进延安路，不远，一栋线条挺拔分明的新古典主义风格的大楼静静地矗立在路边。它的门不大，在领略了外滩雄伟的楼群风貌后，更能感觉到它不显山不显水的朴素端庄。就是它，承载了这座城市五十八年的沉甸甸记忆，承载了无数和我一样的普通上海人刻骨铭心的情感。

只有高小文化程度的工人父亲，却喜欢读书，喜欢自然科学。家里订了苏联出版的科普杂志《知识就是力量》。就在那本杂志里，我知道了人从爬行到行走的艰难进化，太阳和它的八大行星家族，迷上了与我相距十万八千里的遥远星空，迷上了肉眼看不见的分子、原子，它为我打开了未知世界的大门。将近一个甲子前终于有一天，我兴奋而庄严地跨进了上海自然博物馆的大门。对于家住大杨浦的少年的我来说，冒着烈日，徒步，满头汗水地穿越几个区，跨过外白渡桥，沿外滩走进博物馆，真是一次科学的朝圣、知识的长征。虽然今天看来不远，那时我们却称之为"到上海去"。博物馆室内的光线有点暗，看不甚真切。几柱光束静静地投射在庞大的恐龙骨架上，恐龙头高高地伸向空中，威风凛凛，好像还在仰天长啸。在它的面前，我们变得那么渺小。随着讲解员阿姨清脆的讲解，我们一路走去，从悠远蛮荒的远古开始，大自然渐次撩开了它神秘的面纱，一块块化石向我们讲述了生物漫长演变的岁月。曾经书本上的知识，在博物馆全都变成了眼前陈列的实物。从星空坠落的陨石闪着神秘的银灰色的光，地层深处的矿石带着地壳撞击的纹路，你可以听见大森林里自由生活的飞禽的鸣叫和走兽的吼叫，闻到植物世界奇花异草飘来的清香。特别让我兴奋的是，那么多五彩斑斓叫不出名字的小昆虫，可爱得让人入迷。虽然我后来从事的是文化工作，但我终生迷恋自然世界的林林总总，就是自然博物馆在我幼小的心灵里播下了对未知世界好奇探究的种子。直到今天我依然对人类捕捉到的任何一丝来自太空深处的信息，充满了兴趣。只要有空，就会抬头仰望星空，低头观察脚下草丛鸣叫的秋虫。

说到博物馆，我们总会想到艺术和历史的博物馆。它们能让人为自己的文化、历史创造而自豪。那固然重要。但在我看来，自然博物馆能让孩子从小爱上大自然，爱上科学，明白人类在大自然中所占的位置，不要在大自然面前狂妄自大地为所欲为，知道尊重自然规律，敬畏、爱惜和保护我们生活的世界。这即使不是更重要，至少也是同样的重要。这是科学，也是人文。崇尚科学，是上海作为现代国际大都市的一条重要文脉。早在19世纪六七十年代，上海就在徐家汇和外滩，建立了近代中国最早的博物馆，即徐家汇（震旦）博物院和亚洲文会上海博物院。新中国成立不久，百废俱兴，党和政府在资金和条件极其困难的情况下，把两个博物院合并，成立了上海自然博物馆，其间百年筚路蓝缕背后的种种艰辛，可歌可泣。

　　如果说，老馆代表了我们曾经生活过的年代，那么，新馆就是上海现在和未来朝气蓬勃的缩影和象征。旧貌换新颜。新馆毕竟是新馆。空间布局充满了现代化国际大都市的气质。借着天光将五层楼高的大厅照得敞亮敞亮，经过精心组织的气流在大空间自然地流淌，轻抚着观众的肌肤。博物馆不再是过去那种简单展览物的陈列、有点冷漠的纯客观叙述，观众也不再是被动的听众。大自然按精心设计的一个个专题，在每一个观众面前，敞开了它宽广火热的胸怀。我们看到的不再是略显枯燥的单个陈列的动植物标本，它们全都生气勃勃地游走生活在大自然的怀抱里。我们看见狮子、大象、长颈鹿穿巡在夕阳西下的非洲大草原，企鹅成群结队在南极的冰川上东张西望，水鸟飞翔伫立在芦苇摇曳的湿地滩涂……它们和原生的环境浑然一体，构成了生命和大自然的和谐场景。每一处都有令人意外欣喜的互动设备。你可以听着呼啸鸟鸣当场模仿得到一个分数。当你一路走过动物世界，所到之处头顶是小鸟婉转的啼鸣，身边传来小动物们可爱的叫声。博物馆特别为幼儿园，小学低年级、高年级，初中，高中各年龄段的儿童、青少年观众，精心设计了由浅入深、适合各自接受的参观路线。平缓的坡度,让腿脚不便的参观者省却了攀登阶梯的辛劳。看累了,到处都有歇脚的长凳。每一个观众都会在大自然温暖的怀抱里得到精心的呵护,感受到温馨的人文关爱。

新馆的每个角落都洋溢着令人精神振奋的现代气息。简约流畅的线条,大弧线串联起毫不犹豫的硬边切割的空间,明快爽朗,热情单纯。现代声光电影像的运用极大地丰富、延伸了展览的内涵和广度。在目睹了一块块天外来客的陨石尊容以后,再在巨大银幕前被宇宙大爆炸震耳欲聋的声浪和扑面而来的星团碎片所包围,看着一颗颗星球在你眼前生成,你才会明白眼前那一块块宁静的陨石包含的巨大而丰富的内容。手指轻轻一触,四处可见的电脑屏幕,就会源源不断地为你提供着你期待的各种各样精确有趣而又有一定深度的知识信息。新馆最让人感动的是大家肉眼看不见的环保科技:太阳能发电、地热节能空调、雨水回收……经过漫长激烈的人与自然的改造、对抗、搏击,我们终于明白,和谐必将取代冲突,既要多样也需协调。大自然是这样,人类社会也是这样。当这世界还有人在试图用武力和战争解决一切问题的时候,我们则确立了合作双赢的理念。

自然科学在不少人心目中是一副严肃的公式定律面孔,和艺术是两股道上跑的车。新馆改变颠覆了我们的偏见。不仅馆舍、展厅充满了现代建筑精心设计的形式美感,用年轻人的话来说,新馆很"酷"很"潮",美得现代,美得落落大方。布局则带点新古典主义园林的意味,明暗交错,是简约过了的曲径通幽。几乎所有的专题展示都经过了富于形式美感的考量、设计。参观自然博物馆,既是一次穿越时空生命长河的科学巡礼,又是视觉和心灵的美的熏陶、享受。特别是走进缤纷生命展馆,各种颜色、形状的蝴蝶翅膀排成整齐的同心圆图案,犹如七彩光谱,层层叠叠,美不胜收。几十只挂着羊角的羊头悬挂在本色的木板上，犹如远古的图腾，散发着神秘的美感和气息。

可以想象，在不远的将来，参观过上海自然博物馆新馆的青少年，在走向广阔世界的时候，心里终生都会萌动着这里播下的那颗自然和科学的种子。就像我们怀念感恩老馆一样。

2015. 4. 9

漫步在永不拓宽的六十四条街道

北方有座美丽的海滨城市，更北方有一座美丽的临江城市。北方的海滨城市那些年出落得俏丽动人，更北方临江城市的领导羡慕而虚心地登门取经求教。问：何故？对方引而不发悠然答曰：猜！北方的领导误以"猜"为"拆"。一回当地即大拆大卸。一夜间，旧日风光夷为平地。

在城市建设发展中，这些年我们经历了一些曲折的认识过程。作为一个上海人，我与这座城市朝夕相处，这座城市已经完全内化为我的生命。她的每一次表情的变化，我都心领神会。她的每一次痛苦、沉思和快乐，都时时牵动着我的神经。同样，作为一个上海人，我曾经的羞愧和焦虑，竟然是来源于这座城市几十年如一日不变的"旧"。我和所有在这座城市生活的人们一样，那么急迫地期盼着自己生活的城市有朝一日"新"起来。将近二十年过去了，我们才发现，我们新的焦虑和恐惧，竟然是来自这座城市如此不可思议的日新月异的"新"。走在曾经熟悉的街道，不期而遇一座座拔地而起的高楼，我们会在心里困惑地问自己，这就是给了我生命血肉的那座城市吗？是像好朋友一样朝夕为伴的熟悉的那座城市吗？难道那座有着如此独特文化和容颜的城市会有一天就永远留在过去的时光里了吗？我们所有人生中关于自己和这座城市动人的诗意牵连，竟然突然失去了物质空间的依托，成了空中楼阁般缥缈的往事梦忆了。

城市的文化和记忆，不能只是一堆空洞的街道名词的堆积，而必须有物质的依托。这种依托的最重要载体就是街道和建筑。就像我们在夕阳中凭吊罗马的废墟，可以想象两千多年前古罗马大军凯旋的辉煌，想象古罗马市场人头攒动的繁华一样，上海的大街小弄深藏着这座城市的全部心情和历史。在那些有人与无人的夜晚，它们会敞开心扉向每一个过往的路人和暂居的房客，讲述着它们前世今生的沧桑。那种讲述像化石的切片，令你想到历史的体温、生动和诗意。街道具有叙事性，城市是叙事的长篇。

一座拆除了老街、老房的城市就失去了它从历史深处绵延流淌出来的记忆。生活在那样的城市里，人们就会像无根的浮萍，灵魂永远上不连天下不着地地悬浮着、漂泊着。

上海市政府决定用法律法规的形式，永远保留六十四条马路，使之成为"永不拓宽的马路"，是一个顺应民意民心的明智决策。这一决策不仅是物理性的，从物质空间上保留了整条街道和两边建筑；更是化学性的，它能温润地作用、浸泡、滋养城市公民的心灵。让我们徜徉在这些街道，依然能和历史里的往昔时光对话、谈心、遐想，依然能勾起自己对学习、恋爱、生活的无限回味。

六十四条街道同时蕴含着这座城市内在的精神和气质。它们中既有高大巍峨具有崇高气象，如外滩、淮海路、南京路这样的通衢大道；更有湖南路、康平路、汾阳路这样气质优美典雅，洋溢着诗情的曲径小路；还有夹杂着一丝书卷气息，充满着日常生活情调的山阴路、祥德路。这些马路风貌所体现的正是上海城市海纳百川的谦和大气。这些街道的宁静和喧闹，这些街道边的房子树木店铺阳光，构成了你我他的共同背景。

市政协为让六十四条街道得到更艺术化的呈现，决定组织上海和外埠的艺术家，用油画的形式来表现六十四条街道的风貌，是一个充满了艺术智慧的举措。如果说，中国画长于表现江南水乡风情的话，那么上海的这些街道是最适宜于油画展现的空间。油画丰富多变奔放明亮的色彩和六十四条道路的近现代文化气息，几乎有着一种与生俱来的联系。许多街道几乎就是一幅未加裁剪的天然的油画。感谢这些油画艺术家们用画笔在油画布上为六十四条街道，留下了一幅幅表情生动的城市肖像。

　　海德格尔希望，人类能诗意地栖居。2010年中国上海世博会，希望城市让生活更美好。月明星稀，乌鹊南飞；绕树三匝，何枝可依？而我们所做的一切，最终是要让每个人的灵魂有诗意的栖居地，让我们的精神都有归宿的家园。让我们静静地阅读走进油画布上呈现出来的那个世界吧！

2010.4.19

用生命大声喊出有力量的思想

——濮存昕执导上海戏剧学院西藏班毕业公演《哈姆雷特》

看过无数次莎士比亚戏剧的演出，看过许多版《哈姆雷特》的演出，但濮存昕执导的上海戏剧学院2017级西藏班毕业公演《哈姆雷特》的首演确确实实给我很大的震撼。我没有想到能再看到这样一台《哈姆雷特》，用心、投入、严谨、讲究。而且这种讲究传递到整个演出过程的每一个瞬间和舞台的每一个角落，每个人物的上下场，以及灯光的不张扬的小幅度的变化调整。舞台艺术综合性的魅力就在于它的精准严谨用心。它像一首律诗既严正规范又自由奔放。

在演出中我看到了四个版本的复合和两种目光的集合。

整台演出是《哈姆雷特》四个版本的复合。一是莎士比亚的原作版本。如果说，莎士比亚剧作是人类戏剧宝库中当之无愧的经典，那么，《哈姆雷特》无疑是名列这位戏剧大师四大悲剧榜首的经典中的经典。他借助丹麦王子哈姆雷特复仇的故事展现了人性深处的无可比拟的复杂，生存和死亡抉择的犹豫、艰难和痛苦。四百多年前，他就预见了现代人面临的巨大精神困境。《哈姆雷特》提供了体量庞大内涵丰富得像莽原一样的精神世界和令人神往不断有演出欲望和冲动的艺术世界。二是林兆华先生

1 《哈姆雷特》再现了现代人类的精神困境。
2 "生存还是毁灭?"这个古老而恒新的命题,有了雪域气息的版本。
(摄影/轰炸机)

1990年的原创版本。林兆华是中国戏剧走向现代的当之无愧的戏剧实验、探索的大师级导演。他导演的由高行健编剧的小剧场话剧《绝对信号》已经被戏剧史认定是中国小剧场戏剧的开山之作。90版《哈姆雷特》是当年话剧新观念的"探路先锋"。十数条宽大的棕色布条暗淡地围起了舞台,世界是如此的寂寞空旷荒凉。幽暗中,唯有一束顶光冷冷地投射到我们在理发店常见的扶手椅上。这就是人类不惜血流成河争夺的权力象征——王座。以极简主义营造的舞台空间,虽然三十多年过去了,这个版本在今天看起来依然是充满了全新时代感的力量,没有落伍过时的陈旧。同时,很重要的是,艺术家濮存昕的选择,以这个版本表达了自己内心深处对戏剧前辈林兆华充满温情的致敬。就是这个版本打开了濮存昕的艺术天地,由此,这个在表演上,"没有上过大学,连高中都没有上过,初中都没上"(见2021.5.9研讨会记录)的年轻人进入了"自由表演"的戏剧王国,成就了他日后话剧表演艺术家的坚实基座。用他自己的话来说就是"三十年前,我曾因林兆华先生导演的这部戏,成了好演员"。三是濮存昕的版本。这一次濮存昕以自己深湛的艺术修养和对莎剧的理解——他是中国舞台上演出莎剧最多的演员——对原来版本又经过精心的删削、整理、加工。幕间反复出现的掘墓人面对着骷髅冷峻而不失幽默调侃的对话,意蕴丰富,表达了底层人对上层的冷眼观察、对生死无常的感喟。特别是大幕落下前夕,那段经典台词"生存还是毁灭"从掘墓人、从那些苟活者和死去的哈姆雷特口中用各种语调的反复,大大强化了原剧背后蕴含的普遍性和当代性。在经历了2020年肆虐全球,夺去无数生灵的新冠疫情后,这版《哈姆雷特》无疑成了我们生活的当下世界的投影。《哈姆雷特》经过濮存昕的再思考,迫使我们痛定思痛,看到了现代人类的脆弱,生存的无奈,还有在灾难面前的种种表现,有逆流而上的英雄无畏,还有软弱、无知、推诿和阴谋……同时，濮存昕的版本精心而有机地植入服装、造型、音乐等藏族元素组合：那首纯洁无瑕的藏族民歌《天使歌》伴着展翅的白鹤簇拥着奥菲利亚的肉体和灵魂，一字儿缓缓飘进舞台深处的时刻；结尾，伴着哈姆雷特倒下的身躯，我们再次目睹了圣洁的场景；极具地域特色地再现了原剧"愿成群的天使用歌唱抚慰你安息"的意境。濮存昕说："我是来找散文的，没想到遇到了诗。"散文，是他四年来为藏族孩子们琐屑日常的助教，帮他们一步步理解艺术和表演，而最后选择了《哈姆雷特》这首"诗"。但他也许没有意识到，诗的背后是关于我们生存困境的哲学。最后，就出现了今天我们在剧场看到的二十二个藏族孩子——十四个男生、八个女生——的演出版本。这个版本既是藏族的，也是中华民族的，也是人类的，因为带着来自西藏孩子那高原雪域的原始浑茫的气质。这些孩子的演出肯定是不完美的，我也不期待他们完美，因为我一直认为太早的成熟对于年轻的艺术家，特别是这些来自青藏高原，人生第一次接触话剧艺术的牧民的孩子来说不是一件好事，甚至是导向腐朽和没落的起始。这天的演出，我特别欣赏那种纯粹纯真的气质和澎湃磅礴的气势。这种东西使那天的演出特别感人。濮存昕就是濮存昕，他让孩子们放松，希望他们"用生命大声喊出有力量的思想"。我常常在想，我们的戏剧、艺术和文化的贫弱、苍白，其实就是既缺乏"有力量的思想"，也听不到生命的呐喊。失去了生命和思想的艺术，就是枯萎的花。

　　两种目光的结合。在首演谢幕时濮存昕最后上台。他把二十二朵玫瑰递到每一个孩子的手里，他自己也像孩子一样，又蹦又跳又说又唱。生活中他可能不是那种能言善言的人，但他在那一刻断断续续地说了么多那么多！我特别注意到濮存昕父亲一样慈祥、充满爱意的目光，在舞台上掠过，从每个孩子的脸上抚摸过去，真的非常动人。他其实很忙。作为中国最知名的表演艺术家、中国戏剧家协会的主席，作为一个怀着慈悲心的志愿者，有那么多的事等着他，但他为了这个戏，两个多月和这些孩子们在一起，一句台词一句台词，一个动作一个动作。他对这些西藏孩子就像父亲或者爷爷与自己的儿子、孙子，使我想起我和我的外孙、外孙女一起时的情景。充满慈爱，这是非常令人感动的。二是，这些孩子们在舞台上闪亮的目光，对艺术对未来的充满强烈渴望的目光。我们真的不能让这样的渴望夭折中断。尽管他们的汉语，不那么熟悉熟练。尽管有的地方我们拼命地在听，还有些听不甚清楚。但可以看见他们渴望在舞台上争取创造自己的未来，因为濮存昕激活了他们生命的激情。《哈姆雷特》是艺术王国耸入云天的一座雪峰。走进上戏校园的四年里，他们曾经在老师的讲课中，站在山下，敬畏地仰望过峰顶积雪在湛蓝天空下的圣洁的光芒。《哈姆雷特》是他们艺术生涯中的第一座雪山。现在，他们在濮哥的鼓励下翻过了这座高耸的雪山。当他们翻过这座山以后，就知道艺术是怎么回事，在他们眼前就可以看到艺术广袤无垠的莽原了，可以撒开四蹄，奔跑了。

中华民族是个多元一体和谐共生的大家庭。汉族、藏族和各兄弟少数民族在中华民族大家庭当中互相交流、互相对话，是非常重要的。二十多年前我在九寨沟就碰到过一个像网红丁真那样的藏族孩子。他一个人守在一个僻静冷落的所在，等着游客来拍照。我说，你到热闹的地方，那里拍照的游客多。他说，我喜欢这里，这里美，肯定有懂得美的人，会来的。头上是一片浓郁的树影，他孤零零地站在木板铺的栈桥上，眼睛里闪着未被污染的纯净得就像九寨沟海子那样的光。还有一年我到四川岷江源，一个藏族老人守在那里，我要探头进去张望。他拦着说，不行不行！还反问我，你知道生态环境保护吗？他还给我背了几句生态保护的领导语录。记得都江堰宝瓶口，奔涌、湍急、喧哗的岷江水，此刻犹如一条细细的带

1 "同学们,用你们的生命,大声喊出有力量的思想!"濮存昕如斯说。(摄影/王犁)
2 濮存昕耐心、细心、用心地给藏族孩子说戏。(摄影/孙瀚洋)

子，泛着微光，弯弯曲曲流在伸向地平线的广阔大地上，那么温柔安静，有点像刚产下宁馨儿的年轻妈妈，阳光下，闪烁着圣洁自足的光芒。还有2009年为庆祝建国六十周年，音乐舞蹈史诗《复兴之路》在北京西三环中国青年政治学院排练。我每天天蒙蒙亮，就在学院操场和剧组的西藏军区藏族舞蹈演员们一起。他们晨练，我跑步。休息交谈中，我发现他们内心有很多非常纯朴的东西，在市场经济突然降临那片纯净的雪域高原的时刻，他们也会有些心动，但他们实在太缺乏从商必需的那套谋略和心机。他们怕心被扰乱，极力保持着内心的宁静和纯净。这正是我们这几十年被过度市场化熏染后的心灵世界所缺失的。很多我熟悉的汉族艺术家，一旦踏上那片地球上最高的土地，就会不由自主地被皮肤晒得黝黑的藏族同胞吸引。画家方增先花甲之年七次深入藏区，他说，自己逐渐在"苦恼"中找到了"亮光"。他还说："这些都是我家乡和杭州、上海无法感受到的生活底蕴，雄浑、粗犷、悍朴，那一个个悲天悯人的场景。"以致像河南画家李伯安历时十年，呕心沥血创作《走出巴颜喀拉》，以史诗的情怀展现了中华儿女、藏族同胞生生不息的生命伟力，最后倒在未完成的作品前……

  濮存昕这三年没有挂着藏族班老师的虚名，他是真干。每学期抽出时间，定期来上海，毫无保留地把自己几十年来积累的表演体会传授给孩子们。他亲力亲为，全程手把手，一句一句台词教孩子们演戏。和他一起的班主任杨佳老师告诉我，为了这些藏族孩子，他找企业家赞助孩子们的助学金、生活补贴。他买了解读、欣赏莎士比亚的书和余秋雨的《中国文化课》，让他们尽快进入莎士比亚和中国文化的博大世界；组织他们观看演出，拓展视野。排练场里，他像兄长，和孩子们一起端着盒饭，吧嗒吧嗒地用餐。眼看着孩子们快毕业了，他又找自己熟悉的企业家，为即将回家的每一个孩子备了一个拉杆箱。让他们的箱子里装着上海，装着和他们朝夕相处的所有汉族同学和老师的绵绵深情……当他听到二十二个孩子全部被西藏话剧团录取的消息后，长长地舒了一口气。

我有时候会想，濮存昕在把表演艺术传授给藏族孩子的同时，也一定会在如圣湖纳木措般清澈，像湖上夜空中的星星一样明亮的眼睛里，感受到一种生命的意义。

我对濮存昕说，要把这个戏送到国外去——舞台上的哈姆雷特、奥菲利亚、霍拉旭、丹麦王……来自西藏的那曲、山南、阿里、拉萨。他们曾经在雪山下的大草原上放牧牛羊，搬过砖，当过服务员——让全世界知道有一群藏族的孩子，在上海戏剧学院学表演，在演英国的莎士比亚，有一个汉族的大艺术家带着一群藏族孩子们在排练《哈姆雷特》。尽管有人对我们说三道四，但我们依然是那么坚定地珍惜人类的优秀文化。包括西藏孩子在演的莎士比亚，要把这个藏族版的《哈姆雷特》保留下来……

三千来字的文章断断续续写了将近三年。一是越到晚年，越敬重文字，越觉得自己才华不足。二是三年疫情，我把目光聚焦到了黎民苍生的生生死死上。更重要的是，素朴的文字要对得起濮存昕这样的艺术家，对得起我自己有限接触中的对藏族同胞的那份冥冥中生发的感情。

2021.5.16，2023.3.18

那千千万万的平常日子

"叮咚、叮咚……",门铃响了。打开门,是小区志愿者,穿着白大褂。现在上海人亲切地称呼他们"大白",新鲜而温暖。这些日子,多亏大白们没日没夜地奋战在抗疫一线。门口一群大白,其中一个身高将近一米九的大高个像柱子般矗立在眼前,戴着大口罩,有点面熟,又不敢贸然相认。"毛老师你好,我是张建鲁,给您送抗原检测的试剂。"声音浑厚结实,沉着洪亮,就像地层深处传来岩浆涌动的回声。怪不得面熟陌生(上海话:有点面熟),是上海歌剧院曾经的男低音歌唱家张建鲁,我曾看过他主演的歌剧《阿依达》《图兰朵》《卡门》,特别是原创歌剧《赌命》。声音醇厚,极富感染力穿透力,是国内难得的优秀男低音歌唱家,偶尔在小区散步时见过,住15号楼。说着,他摊开大手把两盒试剂递给我。"毛老师,注意用法,看说明,我还要到别的人家去……"说话间,他和几个大白走进了电梯。

第二天,4月1日凌晨,摄影家祖忠人发了一张从长宁区到普陀区曹杨路桥的照片。几百米长的大桥跨越苏州河,宽阔的桥面上没有一部车,完全失去了昔日的繁忙,河水像一条玉带,如此温柔安静地在桥下流过。网上许多照片向我们展现了没有人影没有车流的外滩、南京路、

2022年4月1日清晨,摄影家祖忠人从窗口拍下的横跨苏州河的曹杨路桥。多么肃穆的庄严的历史瞬间!

外白渡桥……那一刻，我们听到河两岸1600万人沉重而均匀的呼吸。这座生我养我一辈子，充满无穷活力，永远沸腾的城市，一座2500万常住人口的特大城市，就这样瞬间安静得几乎听不到一丝声音看不到一个人，让你动容落泪……历史会铭记这一天，2022年4月1日。

4日，早晨的阳光是透明的，风是肃穆的，大地是安详的，心是澎湃而庄严的。小区的地上每隔两米贴着黄白相间的斑马线。从窗口望去，五点，医生和大白已经开始准备。六点不到，人们像流动的行道树，依次接受核检采样。来核检的医生是昨夜顶着满天星光，从安徽六安赶来的，今晚他们要赶回六安，不给上海人民增添负担。每个居民做完核检，都轻轻地向她们道一声："谢谢！"我又看见了大树般的张建鲁。晚上我和他通电话，谢谢他。他说，我感动，我们的居民真配合。上午十点多，完成了核检样本采集的医生护士，站在小区的门口，穿着白色的防护服列队向小区居民告别。小区大楼里的居民纷纷站在阳台上，从各角落呼喊着："谢谢，谢谢你们！"

还记得前几天妻子去医院配常用药，看见人多怕感染。当晚刘医生打电话说："你是对的，年纪大，保护好自己。明天我在病房里值班，你过来拿药。"上海人所有的爱都是细微的。一位从南京来上海工作了几年的教授在微信中留言：即使迫于压力不得不封城，即使有颇多瑕疵和怨言，但其务实和勤勉，其谦卑和温暖，依然让人感动。

在我们街道工作的小成发了一条微信：

最近负面情绪有点多，我只想说社区不是万能的……但如果没有社区呢？

我身边的社区人起早贪黑，每个人的手机里有无数个防疫群，各种政策、各种口径、各种诉求，一会儿封楼，一会儿封小区，一会儿人群核酸筛查，一会儿抗原检测……即使前一天通宵达旦，筋疲力尽，第二天依旧要精神抖擞战斗在街头巷尾——他们每一个人都在尽自己所能守护着上海。

现在打的这一仗，我们谁都没有经历过。与其谩骂抱怨，在微信群里吃瓜，不如真心实意做点什么！即便不能帮助别人，也请照顾好自己和家人！我想，我们的目标和期许是一样的——还大家一个"一切如常"的上海！

这些年，我把许多藏书捐献给街道文化中心，都是小成上门来取书的。她说出了许多基层干部的心里话。她们和我们一样，有孩子，有老人，有家庭，这些日子她们忍受了多少委屈！是晚，我和居委会盛书记打电话表达感谢。电话里，她的声音沙哑、疲惫，"我们坚守着……"放下电话，我耳边还一直响着她沙哑疲惫的声音："我们坚守着……"

是的，上海字典里没有"害怕"，只有"坚强""黎明"和永远不变的对这座城市和人的"爱"。上海的传奇就是每个普通市民，就是每天日复一日的平常生活。

2022.4.5

艰难中书写人心的高贵

奥密克戎的突然大规模袭击，使动态清零的日期发生了变化。原定以4月1日为时间节点，上海浦东浦西隔江封控各四天。现在为了切断狡猾的奥密克戎传播链，封控不得不延长。许多市民备货不足。在物资供应一时困难之际，在高楼林立的黄浦江两岸，有一股暖流在许多楼里传递、涌动。各楼栋邻里之间互助合作，结成了一个个团购微信群。有热心的邻居毛遂自荐，义务肩起了为大家采购的重任，被大家公推为"团长"。他们通宵达旦地在网上搜寻，帮大家团购急需的生活用品。由此又发明了一个新词，买菜变成了"团菜"。高层独住，原来只是在电梯、大堂里偶遇的面熟陌生的邻居，疫情中，每个人都感受到了他们热情的心跳。三楼住着一户外国邻居，在楼栋微信群告急，家里鸡蛋快没有了。不久，微信群里先有中国邻居送了五个鸡蛋，接着"团长"通知他，我已经替你买好，把鸡蛋放你们家门口了……封控前一天，我和妻子看到站立在风雨里的小区保安，心有不忍，赶紧回家，把刚买好的一大袋蔬菜送给他们。九十六岁的岳母和三岁的重孙女住在浦东偏远地区，封控二十余天，眼看就要断炊，妻舅在微信群求助，邻居们听闻后立刻送来了两整袋大米，还有散装在塑料袋里的大米和方便面……

难免会发生摩擦和矛盾的小区物业和小区居民，在危难的瞬间成了一条战壕里共同抗击病毒的亲密战友。因为封控，人手严重短缺的小区物业像拖不垮、打不烂的钢铁运输兵，每天把一批又一批的粮食、蔬菜、水果和婴儿急需的奶粉、尿不湿，及时送到每家每户的门口。3号楼的居民们怕物业太辛苦，本想核酸检测顺便取快递。没想到，门打开，几盒红艳艳的草莓一早就送到了门口。微信群里每天都会不断传来上百条大家收到放在家门口的快递后，发自内心的真诚的感谢。心疼物业的居民们，家家户户接龙，几乎有点搞笑地把香肠、麻油、虾皮、鸡肉丸子、午餐肉、即食海蜇、泡面、鳗鱼干加火锅调料、芒果干、罗宋汤、黑芝麻糊、特级酱油、VC泡腾片，还有"剃须刀少许""一次性鞋套100个""2包75%酒精清洁巾""酒精湿纸60抽""芒果干1袋""5小瓶可乐""12卷厕纸""鸡蛋32个""鸡1只""鲳鱼、海鲈鱼各1条""电磁炉1个"……应有尽有，五花八门的宝贝一大堆，简直像个杂货铺，全献给了奋战在一线的物业工作人员。热情得让物业管家疾呼："真的够了，谢谢大家，请赶快停止吧！"这些来自天南海北的年轻人，不是文学家，他们用没有修饰的最朴素的语言表达着自己内心的感动和自豪，"说实话，在这个小区里，我得到了尊重和温暖！再辛苦，也是值得的！谢谢大家理解"，微信后面缀着一朵鲜红鲜红的玫瑰花，两片碧绿的叶子托着。

在这些有些艰难而平常的日子里，每个人，都以他的忍耐坚守和相互的理解配合，书写着人性的高贵。

2022.4.9

我们站立的地方就是上海

4月5日《新民晚报》发表了我写的短文《那千千万万的平常日子》。我用没有任何形容词的白描，大白话地记叙了我目睹耳闻的上海人最平常的核酸检测、大白和居委会的抗疫小场景。没想到这一千五百来字激起了想象不到的社会反响。先是文化部的"中国艺术头条"精心地用红字突出重点语词的阅读效果，收到18.5万读者点赞。搜狐、新浪、腾讯、网易、上观、人民资讯、界面新闻……各大网站纷纷转载。新华网客户端银河事务所工作室转载时，主编张书云女士请上海画家叶雄精心选配了汪家芳、朱新昌、张安朴等上海画家的抗疫主题作品，同时，新华财经、光明日报、中国军事网推荐关注，转载当天就有121.9万读者点击，截至我写稿时，六天下来点击累计151.7万。在这一刻，上海不孤独，全国人民都把他们关切的目光投向上海。

这些年，我的大多数文字都是报刊和方方面面朋友挥着鞭子逼出来的。这些日子里，我目睹疫情肆虐，心忧如焚。《新民晚报》编辑4月1日封城后的几天里不时催促我，"想约你写一篇居家感受行吗""关心民生，拜托写给我们一篇吧""今天可以来一篇振奋人心的吗"……还给了我一个生活中的实例。特别是"给上海加加油"一下子触动了我的泪点。我是该为这座生我养我的城市和正在苦苦坚守着的父老乡亲写些什么。

我在上海作协工作八年。每年11月25日我们都会捧一束鲜花给巴金老人祝寿。巴老教导我们，讲真话，把心交给读者。我既不想无病呻吟，也不想廉价地肉麻吹捧。我只想表达我看到的哪怕还是表层的真实。所以，我写的都是最常见，没有任何戏剧性的情景。最后记录了我们街道干部小成的一段微信，不回避内心的负面情绪，然后，为了"还大家一个'一切如常'的上海"，负重前行。

生活在上海，我们几乎天天都和顶天立地的摩天大楼擦肩而过，它们在阳光下画出一道现代意味十足的天际线。其实摩天楼的巍峨壮丽全靠深扎在地下的地基坚实地支撑着。正是2500万普普通通的上海人，支撑着这座伟大的城市，上海。2500万上海人，足不出户，大家可以想一想，这意味着什么？每个人，都这样默默地承受着，坚守着，抗击着看不见的奥密克戎，一次次核检，一次次急救，无数楼栋的团长们夜不能寐通宵达旦的团购，难以想象的被克服的困难，还有"时空伴随者"等许多新词，写下了人类历史最沉默最悲壮的一页。不同于战争年代的英雄炸碉堡、堵枪眼，和平年代的英雄就是在逆境和危难中，守望相助。毋庸讳言，我们听到了哭泣，有过伤痛，但我们也呼喊，更互助……每个人都以自己的尊严，坚守着如普希金诗句中的"高傲的忍耐"。当今年最后几缕春风掠过我们核检队伍的时候，它一定听到了我们依然激越的心跳。2020年，新冠突袭江汉平原，上海医疗队在除夕夜逆风而行的时刻，我发过一段后来全网转发的微信："很喜欢一个城市这样的两面，一点的事就怕死，如履薄冰；天大的事不怕死，舍生取义。城市越文明，个人越珍惜个人的生命价值，同时也越乐于将个人的生命价值发挥到极致。"曾有人说，你所站立的地方，就是中国，你光明，中国就不黑暗。是的，每一个上海人站立的地方，就是上海，就是一座伟大的英雄的城市。我们光明，上海就不黑暗！

在默默的等待中，2022年春天的背影正渐渐消失在江南的细细雨丝中。从4月7日楼栋发现一个阳性邻居，到4月19日第一次允许下楼做核检，现在才发现所有飘落金色叶片的银杏树，在不经意中，满树满枝的绿，绿得发亮发沉，还有一棵半截的枫树桩，伸出一段树枝，其形状居然像火一样在大楼的一角燃烧着。

窗外，阳光正好。我们，足不出户。抬头看，天蓝得比海水还透明。这些日子里，我不是没有忧伤迷惘悲痛，不时有需要帮助和救援的微信。但看到大白志愿者、物业管理、快递小哥、居委会干部，还有来自全国各地的医生护士，他们忙碌的身影和疲惫的面容，我只能战胜自己的软弱，只有坚持、坚持，再坚持……已经坚持了那么多天，已经看到了长长隧道尽头的依稀亮光！为了上海和所有上海人的明天，我们唯有选择毫不动摇的坚守……

2022.4.22

听到了鸟鸣

没有弥漫的硝烟和呼啸的枪炮,"大上海保卫战",是人类历史上空前的别一种悲壮的战争记忆。

2500万人以静默坚守着生命的每一寸土地,抵抗着新冠病毒的攻击。终于,我们看见了胜利的曙光。3万个保供型团长,65万个改善型团长,80万浩浩荡荡的团长,白天黑夜为邻居"团"急需的柴米油盐酱醋菜。我在小区的门口看见他们青春的脸庞和风雨阳光下分配物资的活跃的身影,里委、街道、社区的干部、物业志愿者,互助、友善、支撑、守望相助。我们突然发现,平时有点陌生的邻居和自己肩并肩坐在一条船上,穿越着袭来的风雨。作为老人,我们受到了邻居们用微信不断发来的青春的眷顾。这是上海城市精神力量的一次沉默的爆发。一百岁的电影表演艺术家秦怡去世,我回答采访的记者说,对于身处疫情困境中的上海人,今天秦怡有着非常特别的意义。她面对一生所经历的那么多难以承受的苦难,以非凡的意志和力量活了下来,而且活得那么典雅而美丽。在苦难的包围中,她始终保持着一种信念、一种力量、一种向前和一种温婉。在苦难中,我们怎么闯过去,怎么坚持下来,秦怡是我们生命力量的一个坐标。

小区降级为防范区的那天，我看到一个邻居背着长镜头的相机，在小区的林木间穿行。一只白头翁突然飞过。他对我说："你知道吗，我一直在小区里寻鸟，在听，在辨别各种的鸟叫，我们小区有一只会学各种声音的鸟。"也是在前几天夜里，妻子老问我："你听到了吗?"夜空中飘着一种未曾听到过的生命发出的奇怪的声音。我也听到过，我们一直很担心有人会熬不住封控日子的孤独寂寞，看轻自己的生命。"应该就是那只鸟了。"说着，他领我走到一棵大树下，指着树梢，你看到鸟巢了吗？那里正在孵小鸟，快孵出来了……抬头可以看见，悬在高高树杈间的黑黑的鸟窝，还可以看见，母鸟的尾巴在摆动。倾听鸟鸣，关注生命。我想，这才是上海人，不同凡响并赖以最终赢得被称之为"大上海保卫战"的胜利的真正的市民精神。

2022.5.23

2022年6月1日《新民晚报》特刊《上海宁 100个普通人亲历的大上海保卫战》封底刊出陈尔真、张文宏、桑玉成、毛时安的点评。

时间，我们一起走过

——为上海文艺出版社成立六十周年而作

　　老友郑宗培的一个约稿电话，让我逼仄的书房漾起了一股漫过一个甲子的浓浓书香，久久不散。他说，上海文艺出版社建社六十年了，约你写一篇稿子。这是件喜事，我几乎是毫不犹豫地答应了，没问题，一定写。可是，放下电话，我突然陷入了一片手足无措的虚无之中。上海文艺出版社，是中国当代文艺出版的重镇。在很长的时间里，它和人民文学出版社并驾齐驱，南北呼应，撑起了中国文艺出版的浩瀚天穹。以我的卑微，能为它写些什么呢？它曾经的辉煌和显赫，难道还需要我用苍白的文字为之置喙置评吗？

　　考虑过后，我开始搜肠刮肚，在记忆深处搜索我和文艺出版社的交往。原来以为没有内容可写的题材，却因着浮出记忆水面的漂浮物，而清晰起来明亮起来：我和上海文艺出版社的直接交往，差不多已经有四十来年的历史，竟然占了它六十年时光的三分之二，占了我自己生命的差不多三分之二。年纪渐大，总有历史，也总有可供缅怀的往事。

　　上世纪70年代初，在经历了史无前例的"文化大革命"最初的横扫一切的狂飙以后，国家已经开始意识到以一种极端粗暴的态度扫荡一切文化，不利于政治意识的建设，不利于人民的精神生活，必须给已经荡涤一空的人民的文化生活，贯注、充实一些文艺和文学的内容。于是，原先被彻底批判否定的文学、文艺，按照当时的政治需要，显现出了一些微薄的生机。这对于所有的文化人（除了那些今天自封的先知先觉者外），都是一种意外的欣喜。喜欢音乐的人终于开始有歌可唱，尽管唱的是《战地新歌》。直到今天其中有些歌曲的旋律，如《毛主席走遍祖国大地》《我爱五指山，我爱万泉河》《北京颂歌》，还有如耿莲凤、张振富的二重唱，马玉涛、贾世骏、胡松华、李双江的独唱，依然十分顽强地活在我们这代文艺爱好者的心头，抹也抹不去。喜欢文学的人，慢慢有了《区委书记》《朝霞》《特别的观众》可读，尽管这些是属于"阴谋文艺"。钢琴伴唱《红灯记》，交响合唱《沙家浜》《智取威虎山》，钢琴协奏曲《黄河》，渐次登台，把长期压在古典西洋音乐爱好者心头的阴霾，开始驱散。尽管过于高亢过于豪放，与心目中真正经典的格调、趣味，相距甚远，但毕竟在幽暗中看到了微弱的光亮，在绝望中透出了依稀的希望。爱好文学的人，慢慢有了可以看的小说，后来成为我朋友的叶辛、孙颙、赵丽宏、王小鹰、姚克明……那时在荒芜的文坛开始陆续破土而出。

这是人们期待已久的久旱以后的甘霖，尽管那么少，那么不解渴。人，有时候真贱啊。

那时候，我在上海东区的一家工厂当木匠。被冠以"革命"二字的群众文艺活动开始恢复。我在被称之为上海工人作家摇篮的沪东工人文化宫担任杨浦区工人革命故事组组长。整个夏天，带着一群比我更小的家伙，在夏夜的星光和凉风里，在向阳院的院子和中学的礼堂、操场里，给大家绘声绘色地讲故事。一天到东宫的文艺组落实纳凉晚会的演出，听到负责文艺组的刘宝妹在通电话，说是上海人民出版社文艺组出版了《怎样识五线谱》,希望到东宫向工人文艺爱好者普及五线谱知识并听取工人群众的意见进行修改。东宫人手很少,活动很多,想拒绝。我见她面有难色,就对她说,我来负责帮助接待他们办"怎样识五线谱"的学习班吧。这个上海人民出版社的文艺组就是此前此后的上海文艺出版社。

出版社文艺组来了四个人。他们是,编辑李丹芬、上海音乐学院教授邓尔敬、上音附中教基本乐理的老师陆钦信、上音附小教视听练耳的老师刘佳音。我整天帮着他们处理学习班的班务,发通知、打电话、落实教室、联系学员、刻印学习材料……李丹芬那时大概也刚从上音毕业不久,比我大不了几岁,充满了年轻人的青春热情。邓尔敬、陆钦信、刘佳音都是在"文革"时热火朝天的上海音乐学院吃过点苦头的人,估计刚"解放"不久,说话、处事、讲课,都有点小心翼翼。他们心里一定以为我是个风风火火的造反派和凶神恶煞般的红卫兵。后来他们看见我热情好学投入,不断向他们提自己学习中不懂的难点,不断积极地配合他们工作,协助他们解决各种办班的困难。慢慢地,他们解除了对我的戒备心理。坦率地说吧,他们喜欢上了我。就是在那个班上,我学会了许多五线谱的知识,什么首调唱名法、固定唱名法,什么大调、小调,不同的调和升降号的联系,大小音程、五度相生……临到学习班结束时,我们之间竟有了点依依惜别的意思。他们对我说,以后有事还找你,你有什么事也可以到出版社来找我们。在我的书橱里至今还藏着一本当年的《怎样识五线谱》。橘黄色的封面,右上角压着一块紫红,印着一个大大的高音谱号。书的里面除了五线谱知识外,打开第一页是毛主席语录,接着是《国际歌》《东方红》《三大纪律八项注意》这三首歌曲的五线谱。结尾附录了《万岁,毛主席》,改写了歌词的《歌唱社会主义祖国》《草原上的红卫兵见到了毛主席》等九首歌,其中还有三首阿尔巴尼亚、朝鲜、越南的外国歌曲。

那是1972年八九月的事。虽然那时我个人的前途一片黯淡，国家的未来也显得渺茫未卜，可以说中国政治的天空里仍然阴云四合。但那些日子对我来说，竟然生出了些晴朗天空的感觉。我对那些游弋在五线之间的小蝌蚪发生了浓烈的兴趣，一有空就读谱视唱。九月，总是那么的碧云蓝天、秋高气爽啊！

后来文艺组重新出版《怎样识简谱》时果然找到了我。编辑是儿童歌曲作家汪玲，一头短发，白白净净，很和蔼的样子。这本书是根据屠成若的旧著重新修改的。简谱学习班结束后，我为大家刻制了一本火柴盒大小的通信录，留作纪念。封面是大海棕榈远帆。

那时候我住在大杨浦的鞍山新村。在和平公园买张五分的车票乘61路到周家嘴路保定路，再花一角钱转乘17路，乘足，到重庆路站下车，沿着一堵高高的红砖墙转弯，沿瑞金路，向南，走到绍兴路54号的小院。一路上，慢慢地，杨浦区的现代大工业风光和郊野的田园风光在身后退去，代之而起的是法国梧桐掩映中的我小时候在童话书插图里看到的一栋栋尖顶的小洋楼。绍兴路上弥漫着我完全陌生的说不出的一种气息。后来我知道了，那，就是一种被叫作"文化"的东西。54号院子里有两栋楼。一栋是方方整整的水泥墙面的大楼，大楼中间有一个宽宽的中庭，一到三楼的所有编辑室都四四方方地围着这个中庭。永远笑嘻嘻的端木月玲，是管编务的，坐在门口，出入都是第一个和我招呼。久而久之，我和编辑室所有的人都交上了朋友。大家叫我"小毛"。"小毛来了"，然后小毛长小毛短地说着闲话。

后来他们编辑《革命样板戏音乐评论集》，约我写了"样板戏过门"的评论。再后来，文艺开始慢慢有点复苏的迹象了，他们要编一本音乐作曲原理的书，约了作曲家王云阶先生。王先生曾在《万家灯火》《乌鸦与麻雀》《护士日记》等许多电影中担任作曲。还写过大部头的《第一交响乐》《第二交响乐》。他的大儿子王龙基是电影《三毛流浪记》中"三毛"的扮演者，那时在上海的一家无线电厂做领导。王先生需要一个粗通音乐的业余音乐爱好者当助手，听取文字加工的意见，出版社就推荐了我。

我们厂星期二厂休。每个星期二一大早我离家出发。乘55路到外滩转26路，到淮海中路。他家的门牌号码是淮海中路1480号。推开门一个大院，绿茵茵的草坪，并排两栋楼。我们一老一少就在他家的客厅里看稿子。王先生是一个气质非常高贵的人，就是在"文化大革命"中他的白头发依然梳理得整整齐齐，讲起话来声音不大，速度不快，但每一句话都说得清清楚楚。客厅里收拾得干干净净，阳光肆无忌惮地把客厅的每一个角落都照得清清楚楚，包括细条打蜡地板好看的木纹。通常是他把写好的稿子架在打开的钢琴上，结合谱例，边弹琴边解释。我则似懂非懂地听着，点头、摇头、插话。有时候，他像白居易请老妪给他诗作提意见那样，很谦和地让我在他的稿子上作修改。那时，我一窍不通但又年轻得胆大妄为，居然会拿铅笔去作什么"像煞有介事"的修改。今天想想都有点无地自容。作为一个工人的儿子，这是我一生中第一次登堂入室推开西区小院的大门，看到了以前从未见过的人间风景，从未见过的如此有文化有品位的生活。由此，每个星期二就成了一个文艺青年的文化长征，一个工人儿子的精神朝圣。正是在他家的客厅里，我接受了全面的音乐启蒙。我知道了三部曲式，知道了呈示部、发展部、结束部的关系，知道了不协和音程向协和音程的转换，知道了长笛的音色居然可以用"透明"来形容，知道了怎样去听懂音乐的动机和主题，知道了什么是卡农什么是倒映卡农……因为是在那个时代，非常难为王先生，所选的谱例都是当时革命样板戏的前奏间奏、交响合唱《智取》《沙家浜》、钢琴伴唱《红灯记》、钢琴协奏曲《黄河》中的内容。王家的人都很有教养、讲礼貌，待人周到，不温不火。有时候工作晚了，他们会留我用餐。菜都烧得很清淡的，就像他们家里的气氛一样。后来那里先变成了外国领馆的幼儿园，再变成了卫生局的幼儿园。四十年过去了，这世界就像毛泽东主席诗词写的那样，"神女应无恙，当惊世界殊"。但是，那里的门牌号码依然是淮海中路1480号。经常路过那儿，就会情不自禁地想起自己年轻时在那儿度过的那些时光。那时的我是多么好学啊！

《革命样板戏音乐评论集》和《音乐作曲原理》带着那个时代的深深的印记，最后全都胎死腹中。

说来真是有趣，我和上海文艺出版社的最早交往居然来自音乐的媒介。我家卧室挂着书法家费新我先生的字，那是文艺出版社拷谱的小费请他的老父亲为我结婚题写的。我女儿童年时去山阴路46号刘佳音女士那里学钢琴。我一度时常作客学习的地方是黄云阶家对马路、上海新村邓尔敬先生的寓所。在那里我又认识了大指挥家李德伦，把他请到华东师大演出。他和我的导师徐中玉先生同岁。他说过，指挥家天天在做甩手疗法，大都长寿。他一生以向国民普及交响乐为乐。如果活着，今年该九十六岁了。虽然我们交往有限，但我在政治、艺术上很受他影响。他那时在上海音乐学院带了两个指挥进修生。一个是今天已跻身中国大指挥家之列的谭利华。还有一个是陆钦信老师的儿子娄有辙，在流行音乐红火的年代，他录制过许多磁带、光盘，很风光过一阵。我最早发表的文字都在新创刊不久的《音乐爱好者》上。我写过贺绿汀、李德伦、黄贻钧、上音附小，还像模像样地为邓尔敬先生代笔写过《访法散记》。

1978年我进华东师大中文系读书，由此我开始和文艺出版社的文学编辑打交道了。那是一个思想大解放，文学思潮迭起，风云变幻的大时代，是被今天许多过来人怀念着并诗化神话了的大时代。文学处在时代的制高点上睥睨一切，是全社会万众瞩目的中心。有许多中文系的同学想当作家，成为中国的托尔斯泰。在中文系校园里，经常可以看到文学青年围着文学编辑在谈自己的新作品。其中有个人的身份显得很神秘很暧昧，说文学编辑吧，他时常来听课，说学生吧，我们有许多课他不来听。他在校园里穿过时总会在中文系学生中引起一点小小的动静。他就是文艺出版社的文学编辑郏宗培。他长得很憨厚的模样，却像《悲惨世界》里的沙威警长，忠于职守且职业嗅觉敏感。为一份即将诞生的文学刊物满世界寻找好小说。1981年5月《小说界》问世，这是当年上海和中国文坛石破天惊的一件大事。

　　由此，我走进了54号院子旁边的那栋小楼。小楼前有个小小的水池，垒着几块山石，好像还架着石桥，永远细水长流地滴答作响。水面不大，却时常会飘着几片莲花圆圆的绿叶。记得王安忆描写过那栋小楼，有迷宫一样的结构，曲里拐弯，要去了N次，才能比较准确地找到你要找的房间。这里聚集着上海乃至中国最优秀最敬业的文学编辑。消瘦的左泥石破天惊地编辑了《重放的鲜花》，让一批在1957年被打成"毒草"的作品重新绽放重见天日。胖胖的老谢，谢泉铭把每个年轻作者当作自己的亲人，把每一部来稿当成自己的作品。终身以编辑为业的江曾培。一代代的编辑、一茬茬的作家、一批批的作品，从文艺出版社涌向中国大地每一个热爱文学的读者那里。一度他们搬进了绍兴路74号那栋有转角楼梯和西式大镶嵌彩色玻璃的西式楼宇里，现在他们安营扎寨在绍兴路7号那栋深棕色新古典主义风格的大楼里。《小说界》主编从江曾培、郏宗培、魏心宏直到年轻得令我无法想象的谢锦。他们又有了一批年轻充满锐气而且敬业的编辑。我，也有幸成了他们的作者。

2007年上海文艺出版社出版了我的散文随笔集《让上帝发笑去》。虽是小文章的结集，却编排装帧得简洁、朴实而大气。编辑吕晨细心地一次次帮我这马大哈校对改稿。郑宗培亲自操刀设计封面。他在我提供的照片里，选了一张我在奥斯陆郊外雪地里伫立的照片，做了淡棕色虚化的艺术处理，压在色调接近的亚光封面左半面，右上角竖排烫金书名，格调高雅庄重且突出醒目。在图书市场不太景气的情况下，两次印刷脱销，马上又要加印。我的文章写得一般般，实在是封面设计帮了大忙。

2009年我被抽调到北京，担任中华人民共和国成立六十周年大型音乐舞蹈史诗《复兴之路》的宣传部主任。我和郑宗培决心要在这个国家级重大文艺创作中为上海争取份额。最后经过极为艰苦的努力，终于拿到了其中图文书的项目。郑宗培接到项目后，带着文学编辑丁元昌、美术编辑袁银昌和五六个人在京城一家宾馆里，日夜奋战。我们在二十多天的时间里组稿、拍摄、设计、排版……剧组的艺术家们都忙得不可开交，我和助手金妮，像黄世仁逼债似的催着总导演张继钢、年近八十德高望重的阎肃……限时限刻要他们交出稿子。逼着张继钢的助手要剧本。每拿到一篇稿子，丁元昌立刻就做文学编辑工作。袁银昌则带着他的美编班子每天从人民大会堂的西门进去，看人民大会堂的排练，现场抓拍。然后将图片稿件送往北京外文印刷厂，进行编排。我和印刷厂的电脑师傅小陈在剧组，袁银昌在宣传部的摄影团队提供的三万张图片中，进行海量筛选。我在半天多时间里为最后选定的二百多张图片写好说明。郑宗培始终在一线和大家一起，在宾馆看稿，在印刷厂看大样、调色彩。外文厂为了完成好这个任务专门做了一次实战模拟训练。因为这是一项不容有任何差错的项目，中间还不时反反复复。终于赶在9月28日中央领导现场观看前，完成了这本图文并茂、装帧精良、技术难度极高的《复兴之路》。当晚，天安门广场华灯绽放。夜色中,我们站在人民大会堂西门,可以看到国家大剧院巨大的银灰色弧顶倒映在一片宁静的水中……心里真是百感交集。我们想到自己祖国经历的那么多风雨。想到能在这样的重要历史时刻,为祖国母亲的华诞献上一份儿女情意,深感光荣。同时让我耳濡目染了一本书的艰苦诞生的全过程。我永远难忘和他们一起度过的那二十几个近乎疯狂的日日夜夜。

上海文艺出版社有一支具有高度职业素养、特别能战斗的敬业团队。这就是她未来仍然前程似锦的力量所在。无缘六十年相伴,有幸四十年共同走过。人的命运是一点一点改变的。文艺出版社是改变我命运的一个转折点。她给我推开了一个新的世界的大门。从这扇门,我渐渐走进了另一个世界。四十年后,我看见自己在和文艺出版社同行的路上,渐渐长大、渐渐变老的身影。我们老了,但上海文艺出版社依然年轻……

2012.5.5

天堂里的笑声

——忆程乃珊

程乃珊给我的最深印象是她的笑声。总以为大户人家的女子,笑得莞尔、文静,带着点修饰的意味。就像文学作品的句子要有那么点修辞,来显示文采的不同。程乃珊的笑,是大声的,人未到,声先到,笑先到,几步开外就可以听到。程乃珊的笑,是不加掩饰的,发自内心的开怀爽朗的笑,是率真而富有感染力的。那种纯净的笑,总使我奇怪地联想起阳光下堆着的细细的白糖来。五年来,每当想起程乃珊,我就会听到她的笑声,看到她生动飞扬充满了活力的笑容,那来自天堂的笑声。是的,我断定,在天国她依然保持着当年在人间的热情和爽朗。

我和程乃珊认识在上世纪 80 年代。最初的照面应该是上海作协和《上海文学》举办的青年作者的学习班上。那是一个文学风云际会的大时代,是一个靠文学可以经天纬地一举成名的"神话时代"。当然,四十年过去了,我们可以更平静地看那个时代,怀念那个时代的文学的真诚,洋溢着青春气息和狂飙突进、打破禁区的时代精神。但就文学的成熟度而言,恐怕也不是没有可商榷余地的。就是在中国文学大河陡转的节点上,程乃珊勇敢且带着点胆怯、羞涩和遮掩,开始了她的文学书写。像世界其

每当想起程乃珊,我就会听到她的笑声。
(摄影/程乃珊夫君严尔纯)

他大城市一样——伦敦的东区和西区，北京的东城和西城——上海的空间有它"上只角"和"下只角"的独特的历史文化格局。大体以闻名中国的南京路商业街所在的黄浦区为分野。东北属于"下只角"，西南处于"上只角"。一般来说，上只角和下只角形成了上海空间富裕的/贫困的、享受的/艰苦的、充足的/匮乏的、华丽的/粗糙的、脑力的/体力的、商业娱乐的/工业产业的、文化素养高的/文化教养低的二分格局（请注意，我这里没有价值褒贬之意，只是中性的描述，而且是就一般而言）。上只角在上海人心目中是想象中的"上流社会"。绿树掩映中的尖顶小洋房，落地钢窗打蜡地板，地坪装着弹簧的舞厅，烛光灯下在高脚玻璃杯里晃动的血红的葡萄酒和琥珀色的威士忌，钢琴、电扇、西餐、咖啡……1949年以后相当长的时期里，因为历史和当时时代的需要，下只角是文学当仁不让的主角，那里的工人、工厂、新村，他们的劳动和生活，成为作家们描写讴歌的主要题材。上只角在文学书写中是被遮蔽的失言的缺位的，只有极少的文艺作品试图表现过他们，当然主要是作为被教育被批评被改造的对象。但即使这类作品，也是雪泥鸿爪，而且很快自己也成了被批判的文学对象。从1979年《上海文学》发表处女作《妈妈教唱的歌》开始，生活在上只角的那些人们在程乃珊的小说中陆续登场。他们已经是新时代的一部分，以他们的文化和知识服务于一个新的时代新的国家，但他们的身上和血脉里也流淌着过去时代的痕迹，保留着不同于下只角人们的衣食住行生活习俗和修饰得体的文化教养。然而，毕竟那还是一个冰河解冻的时代，程乃珊的叙事是试探性的小心翼翼的，同时也带着她初登文坛的青涩和稚嫩。但那些男女主人公文质彬彬的气质，文字间弥漫着和大多数当代文学不同的气息，很快就吸引了读者。可以想想，上海西区住着多少居民，他们被表现的渴望，试图在文学的"镜像"中看到自己的期待，又被压抑了多久。对于他们来说，这是一种切切实实的精神的释放，也意味着一个新的时代对他们的庄重承认和接纳。对于广大已然习惯了主流的工农兵文学的读者来说，程乃珊正在建构的文学世界则给他们带来了许多全新的阅读快感和体验。1984年2月《上海文学》发表了我写的程乃珊小说评论《独特的生活画卷》。这是我写的第一篇作家论，也是程乃珊小说的第一篇综合评论，次年得了上海文学作品奖。对我、对她，都影响深远。

因缘际会。因为写作，我们认识，成了朋友。我是个记性较差的人，记得的东西少。因为少，记住了，就是一辈子。西方礼数我记得两条。一是"After you"，是跟外籍英语教师凯瑟琳在电视《Follow me》中学的。出国在电梯里，遇见老人孩子女士，说一句，很溜，老外会格外待见，以为我英语底子有多棒。还有一句就是"Lady first"。而程乃珊的夫君老严就是"first"的模本，永远忠心耿耿，保镖似的保护着太太。这多少也强化了我对女性尊重的意识。开始，我们都比较拘谨。后来熟悉了，时常会听到她大声开怀地笑。事实上，程乃珊成了上只角，成了一个这座城市一度被冷落被边缘化的那群人的代言人。她在《新民晚报》发表《你好！帕克》，一下子唤起了这座城市蛰睡已久的对好莱坞巨星格里高利·派克的怀念旋风，而且居然还收到了派克的签名影集。几年后，又和白发苍苍的派克在美国的寓所见了面，谱写了一段令人难以置信的几乎奇迹般的浪漫神话。程乃珊，是一个曾经被冷落的群体的情绪的代表。

程乃珊是个热情人，是个喜欢热闹，醉心于生活品质的人。她家三楼的客厅自然而然成了她身边那群人活动的沙龙，经常宾朋满座。他们大都是住在静安、徐汇的名门之后和高知的后代。老式的留声机里放着好莱坞歌星平·克劳斯贝磁性十足的歌唱，那是程乃珊的所爱。她曾好多次对一脸茫然的我讲克劳斯贝的歌声如何美妙，让那个脸蛋圆圆的小女孩郭庭珂弹一曲《少女的祈祷》。在沙沙的歌声交替着甜甜的琴声里，大家手持一杯咖啡，吃着老严特意从凯司令和上海咖啡馆买来的西式小点心。有说有笑，人像流星一样撞过来撞过去。上世纪 80 年代中期社会刚开放不久，记得我第一个圣诞节就是在她家客厅里过的。恕我孤陋寡闻，那也是我第一次看见艳红欲滴的圣诞花，把客厅燃起一蓬节日的红火来。他们也偶尔谈点文学，大都不是我们中文系教的左翼作家，而是被忽略的张爱玲、苏青，还有刚出版的张恨水的《金粉世家》。她的一个小闺蜜还托我买过这书。多少年后，据老严说，这孩子在美国做了房地产商。程乃珊与大家周旋，如鱼得水。她的笑声漂浮在各种声音之上，是每次 Party 的主调，像圣诞的烛光感染着大家。那种无拘无束的交谈，让学文学的我，不由自主地想起书本里见过的乔治·桑和巴纳耶娃的文学沙龙。

难能可贵的是，程乃珊不仅在时代浪潮的冲击下，顽强地延续了来自名门望族的历史文化基因，而且始终揣着难得的一腔朴素的平民情怀。生在静安区的高门大户，工作在棚户公房连片的杨浦区。作为班主任和英语教师，她满怀赤诚地把知识传授给那些像我一样在寒风里长大的工人的儿女们，给他们的人生注入了善良信念的暖流。这种截然不同的两个世界的穿插往返，也震撼改变丰富了程乃珊自己的精神世界，不但使她的笔尖涌现了《穷街》《女儿经》这样写下只角，有着对平民人道主义温情的小说，而且也赢得了学生们发自内心的爱戴。她在病榻上的日子里，这些当年的穷孩子们轮流为她值夜班。遗爱在人间。她把这一切写进了她晚年留下的文字里。和《蓝屋》一样，《穷街》也引起了极大的轰动，不但拍了电视剧，而且成了上海下只角新的代名词。《解放日报》记者张文中当年采访我的报道标题就是"他从穷街来"。

程乃珊是一个优秀的小说家。从取材于夫君严尔纯外公的绿屋的中篇

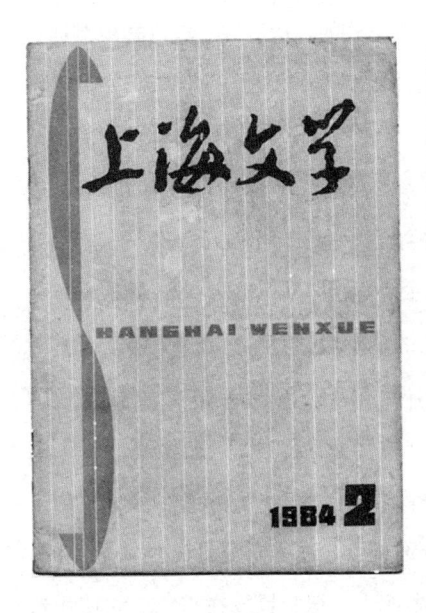

1　1984年2月《上海文学》发表了毛时安撰写的程乃珊小说的第一篇综合评论。
2　《独特的生活画卷——程乃珊小说漫议》，对程乃珊和毛时安都影响深远。

小说《蓝屋》到取材于银行家祖父的长篇小说《金融家》，她的目光从自己这一代人身上回溯到祖父那代人。《金融家》原名"望尽天涯路"，有着说不尽的沧桑，望不断的悠远，意味深长。我们看得到，随着时代的进步和开放，程乃珊创作雄心的拓展和视野的开阔，她试图像高尔斯华绥创作《福尔赛世家》那样，打造一部家族史式的鸿篇巨制，史诗式地贯通一段中国民族资本与众不同的波涛汹涌曲折艰辛的秘史。说到程乃珊小说，大家总提《蓝屋》《女儿经》《穷街》，其实《金融家》才是她文学的高峰之作。可惜的是，也成了她作为小说家的压轴演出和谢幕之作。从精神现象学的角度解读程乃珊小说，时代在她心里留下了微妙的投影。一方面，她那么依恋沉浸在对往昔"好时光"的回味中，那是一种真正的烙印。另一方面，又为有在一个"昨日不再"的新时代里能不吃祖宗老本自食其力的亲人而自豪。她的遗著《远去的声音》第一篇《钢铁是这样炼成的吗》，从标题就可以听到来自地表深处的恍惚，传达了对出生在同一个家庭的妹妹心里的哥哥那自豪与惋惜交织的复杂心理。童年大少爷气质的哥哥和几十年后入党成为厂长、副市长的哥哥，连程乃珊自己也"剪不断，理还乱"。老严不愧是最理解自己爱妻的人，把它置放在头条。它使我这个远离他们生活的工人的后代，都为之怦然心动五味杂陈。这个时代，我们戾气十足，总喜欢二元对立绝对化地评价人物、生活、时代和历史。人的内心其实经常会一言难尽地很纠结。这，才是真实的"人性"。

　　说到程乃珊的小说，有人把她称为张爱玲的"传人"。其实文学的价值在于每个作家叙事、书写的不可替代性。王安忆《长恨歌》一问世不久，就有评论家把她比作张爱玲。我当时就撰文坚决不赞同。程乃珊欣赏、喜欢张爱玲不假。但同样出自名门大户，张爱玲眼里看到的都是恶，她对人性、人生、社会有一种来自血液里的仇和狠。《金锁记》里曹七巧对女儿的乖戾和变态,她几乎是怀着绝望在和一个世界撕咬。而程乃珊《女儿经》里的沈家姆妈为了三个待字闺阁的大龄女儿的婚事的美满,恨不得把自己的心掰碎了给她们。那种爱是大大溢出了自己的能力。她把寻常人间烟火气,写得真切到有了身临其境的肌理感,把一个既不富裕也不贫穷的母亲和三个女儿的心理刻画得入木三分。王安忆前不久撰文纪念程乃珊,说到她的小说"和文学奖的缘分,总是差了一点点"。这"一点点",我亲身经历过。1988年1月,我担任全国中篇小说评奖的初评委。程乃珊有两篇入围,其中一篇就是《女儿经》。王安忆入围的是《小鲍庄》。几轮投票都有《女儿经》。最后一轮,获奖的是十四票。《女儿经》十三票,以一票之差出局!是真正阴差阳错的"失之交臂"。初评委大都是我的同龄人,我们无话不说。交谈中有评委觉得"俗"。我很有点为之打抱不平。其实有些获奖的作品我实在也没有读出多少雅来。而且,怎么说呢?《三国演义》《水浒传》,宋词、元曲在它们出生的那个时代哪个不是拿着市井的户口簿和身份证。但是我想,经过沉淀,多少年以后谈论20世纪八九十年代中国都市文学,程乃珊的小说一定是一个绕不开的存在。那年,程乃珊的第三部小说集出版。她自己在代序中写道:"我替她取名《女儿经》,似有点俗气,但按民间习俗,似孩子取名俗一点,容易长。更何况,我的孩子,不过来自寻常百姓家。"

　　后来在香港兜了一圈,程乃珊又回到了上海,回到了愚园路。世道已经大变。上海开始了比香港更香港的时代。新时代的上海需要一个昨天风情的讲述者,一个历史底蕴的填充者。作家程乃珊理所当然是一个天然理想的讲述者。她充满热情奔波活跃在传统的纸质媒体和新兴的电视媒体之间,讲述着曾经的上海的万千风情。小说家天性流行细节,程乃珊的非虚构上海讲述中的那些小洋房、高级公寓楼,总是藏着、掖着一些动人的

"小东西"。许多上海人喜欢她,许多新上海人也喜欢她。她还是个热情的社会和文化活动家,上海因为她,有了一种热闹。香港则不会因为她的离开,少了什么。我想,这也是她重回上海的原因吧。

程乃珊用她的小说书写,充实了上海城市文学叙事的另一半。又用非虚构的文学书写,完整了上海文化和历史的另一半。上海,有许多可以进去的门。其中一扇关闭了许多日子的大门,因为她,终于打开了。上只角加下只角,才是一个完整的上海。

但我以为,或许有更重要的,就是程乃珊在后来的各种文化场合,她的那一生未变的纯粹的充满感染力的笑,和笑容背后传达的达观爽朗的人生态度。她,没有心机,通透豁达,活得快快乐乐。几乎所有认识她的人,都愿意接近她。尼采说过,一个人精神层次越高,心里就越健康,发自内心的微笑与喜悦的表情也越多。因为感受得到细微的事物,发现人生中竟藏着许多快乐的事物。

程乃珊离开我们快五年了。她是在细雨纷纷的四月里走的。五年来,我耳边仍不时会响起她的笑声,那来自天堂的永不消失的笑声。

2018.1.19 为程乃珊逝世五周年作

秋天的天气是最可爱的

苏智良同志第一个发言对我和陈思和两个人的定位是跨界，为什么要跨界、越界过来？就我个人来说，不是党史专家，就是表示三个敬意。

第一个当然是郑超麟先生，老布尔什维克，活了九十八岁。今天已经很少有人记得郑老了。他中学毕业后于1919年远赴法国勤工俭学，是1922年6月发起旅欧中国少年共产党的十八名代表之一。1924年他在莫斯科加入中国共产党，参加过震惊中外的五卅运动和上海工人的三次武装起义，是中共四大的会议记录员，并在参加中共五大后任湖北省委宣传部长……作为一个党的早期历史的参与者、见证者和历经磨难的极少幸存者，为我们党史研究提供了很多不为人知且弥足珍贵的第一手资料和回忆，填补了党史记忆中的一些空白。直到晚年，他依然在思考、总结国际共产主义运动的经验教训。第二，是他的亲属郑晓芳。没有她这样勤勤恳恳，近乎精卫填海的精神，是无法完成两个夙愿的。一个是郑超麟先生想要给党、给国家和后代留下来的东西，是他对自己一生和时代的追忆。一个是完成了组织上对她的要求，在她被调回来，悉心照顾没有子嗣的郑先生的晚年生活的同时，得以整理、完成大量的回忆记录。第三，向虹口区的四大纪念馆表示感谢！因为他们的努力，有了这第一次为郑超麟先生举行的严肃的学术研讨会。事情总得有人去做，特别是那些看起来可以不做，但实际上必须做的事情。这需要一定的担当，也是对我们党的历史负责，对那些先驱者负责。打捞被遗忘的被边缘的先驱者，永远是我们后人应尽的职责。

当然，最重要的是向郑先生表示我的敬意，我自己也是一个共产党员，在他身上我看到了一个早期的共产党员，一个翻译了布哈林《共产主义的ABC》——这本曾引导许多进步青年成为革命者的影响深远的入门书，连邓小平都称之为"入门老师"——的马克思主义播种者是怎样在坚持自己选择的信仰。一个人会经历各种曲折的人生，被世俗所不理解，乃至走上一条也许是一时错误的道路。但是，我以为，信仰和人格实际上是超越世俗判断的对错的。我很感动，郑先生是一个旧阶级的背叛者，同时是一个新时代的播火者。新旧时代前后三十四年，他都蒙受过牢狱之苦，但他的初心没有动摇过，特别是在极度困难的人生境遇中保持了坚定的人格操守。我钦佩他的人格。第一条，郑超麟是陈独秀的秘书，他被捕，有人劝陈独秀赶紧搬家，以防被出卖。陈独秀说，郑超麟绝对不会出卖我。从中可见他的人格所赢得的信任。而郑先生晚年，每次中共中央党代会召开，他都会写信给党中央，希望党中央给陈独秀平反。现在，历史终于实现了他的夙愿。第二条，他参加革命，考虑三天，有没有决心牺牲、坐牢。他晚年还说，我现在还在这里，对比牺牲的同志惭愧。一个革命家应该有这个立场，就是准备好去牺牲的。第三条，他自己给自己写了一个讣告。第四条，"文革"时批判一个重要领导人，据说只有一个人在当时中央全会上投了反对票。还有一个就是不在党内的郑超麟先生。外调人员到监狱叫不在党内的郑超麟先生揭发这位领导人在武汉被捕、叛党，结果他明确表示在"七一五"之前武汉的国民党当局没有抓过一个共产党员。既然如此，那么就不存在这位领导人叛党的问题，而且这个证词成为后来该领导人平反的一个重要史实依据。这个完全是出于一种人格和信念。最后一条，我觉得他真是一个很有意思的老人。他在给湖南人民出版社老编辑家朱正的一封信中最后讲了一句话："秋天的天气是最可爱的。"我想，现在我们到了冬天，冬天的天气也应该是最可爱的。一个认定一年四季可爱的老人是真的可爱了！

2022.1.20 据 2021.12.26 发言记录修改

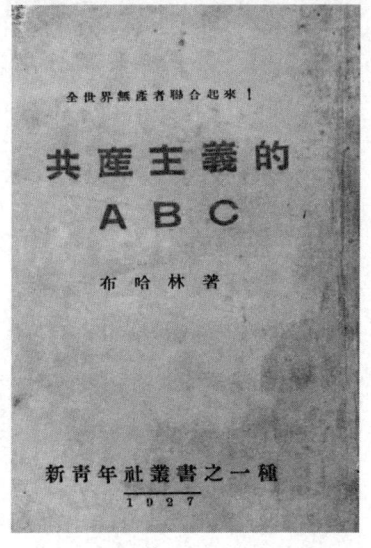

1. 郑超麟和孙女郑晓芳合影。
2. 郑超麟翻译的《共产主义的ABC》是引导进步青年成为革命者的入门书。
3. 郑超麟回忆《共产主义的ABC》的翻译情况。

唱自己的歌

——音乐爱好者心中的李光羲

3月13日深夜从微信朋友圈得到"著名男高音歌唱家李光羲去世"的消息，非常震惊。

因为友人郭小雨的关照，我应邀担任集聚了一大批文化名家的西湖文化俱乐部的学术主持，曾有幸多次与自己心仪的男高音歌唱家李光羲见面。去年5月西湖文化俱乐部举办庆祝中国共产党百年诞辰"文化代代相传"的书画展。24日当晚，小雨女士在西郊宾馆设宴。

知道李老要来，我和马莉莉、宋怀强都很兴奋。我们这代人都是听着他的歌长大的。话剧表演艺术家雷恪生，也是他的歌迷。九十二岁高龄的李老在女儿——上海音乐学院声乐教授李棠的陪同下，风尘仆仆，专程从北京赶到上海，一进门就打招呼："对不起，让大家久等了。"依然声如洪钟。李老还是那样高高的个子，挺直的身板，穿着浅色短袖条纹T恤，满头茂密的灰白头发，一脸慈祥亲切的笑容。还是记忆中的模样，完全不像一位九十岁出头的老人！

落座不久，李老急了起来。匆忙中，拉杆箱忘在车上了。他说，主要是演出服在箱子里。我们见他着急，都安慰他，没事没事。李老说，这是最重要的事，演员上台，一定要仪表端庄，对得起观众啊。直到听说箱子已经放到大堂了，他才放下心来。

我是一个痴迷的音乐爱好者。当年他在《东方红》中演唱《松花江上》的英俊形象和漂亮的男高音音色，迷住了年轻的我，直到今天依然历历在目。他演唱了六十年的《延安颂》，宽广而深沉，民歌《太阳出来喜洋洋》犹如大山深处飘来的樵夫的歌声，每次路经长安街头都会响起他《北京颂歌》的雄伟壮丽。在那些迷茫而看不见未来的长夜，我一个人在工人新村的月光下反复唱过这些歌……一个人能终生迷恋、热爱一个艺术家，其实是一件很幸福的事情！

李光羲演唱的最脍炙人口的歌是《周总理，你在哪里》和《祝酒歌》。1976年中国站在历史转折的路口。年初周总理逝世，全国悲痛，而"四人帮"却不许人民悼念自己的总理。

一首柯岩作词、施光南作曲的《周总理，你在哪里》经李光羲首唱，立即传遍了大江南北。李光羲含泪演唱，真假声结合，营造了人民大声呼唤周总理和高山大海森林大地回声交融的庄严深情的意境，真切表达了历史瞬间的人民情感。1976年10月粉碎"四人帮"。不久，他又以一首欢快热烈的《祝酒歌》，唱出了亿万人民"胜利的十月永难忘""八亿神州举金杯"那不可遏制的内心喜悦。可以说，他的歌唱，是一个大时代永恒的声音记忆，是屹立在中国改革开放道路上，用歌声标记的历史书签和界碑。

去年5月25日，书画展在刘海粟美术馆开幕。大家觉得他那么大岁数，又旅途劳累，有人建议他可以对口型。李老二话没说，一句话，歌唱家一定要真唱，不能假唱，要对得起听众！

他第一个登台，深色西装，银灰领带，裤线笔挺，九十二岁高龄，引吭高歌《革命人永远是年轻》，虽然高音略有气息不足，但全曲唱得满弓满调，唱得大家心潮澎湃。可以想象，他平时的练声多刻苦。

演出结束，我祝贺他，他送了亲笔签名的《李光羲演唱专辑》碟片，是自费录制的。很多年前，我收到孙道临亲笔签名的朗诵碟片，也是自费录制的。他们这代艺术家就是这样，低调谦和，不肯动用社会资源，不愿惊动他人。让我惊讶的是碟片里除了《北京颂歌》，居然有他演唱的流行歌曲《小苹果》《让我欢喜让我愁》，还有京韵大鼓《大西厢》、京剧《打龙袍》选段"龙车凤辇进皇城"。一个老人的艺术观念如此开放、年轻！我曾有幸在美琪大戏院聆听他演唱的《祝酒歌》和歌剧《货郎与小姐》中的《卖布谣》。作为一个经典歌剧的男高音歌唱家，李光羲的音色不但既华美又朴实，而且吸收了民族声乐和戏曲的唱法，吐字清晰，字正腔圆。《卖布谣》的尾声显然借用了戏曲的润腔，高亢之余还有委婉细腻。

碟片封面是老作家冰心的题词"唱自己的歌"。确实，这个海河的儿子，一辈子就是唱自己的歌，为人民服务。

2022.3.14

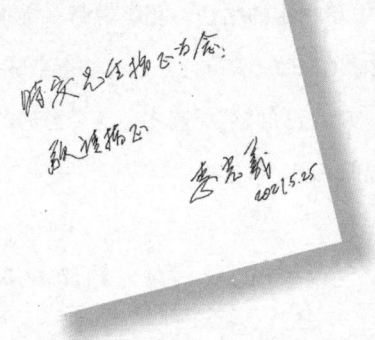

1 2021年5月25日，小雨女士宴请李光羲（前右一）时合影。
2 李光羲赠毛时安自费录制CD的题字。
3 他的歌声是我们时代的记忆。毛时安与李光羲合影。

一个掌柜人的远行

——小忆任鸣

前几天收到北京人艺成立七十周年的院刊。首页就是院长、导演艺术家任鸣写的题为《踔厉奋发、笃行不怠，开辟人艺新时代》的祝贺文章。配了一张照片。照片中，一米九，高高大大的他站在书柜前，灰色的西服，内里一件红色T恤。脸上带着他招牌式的微笑，朴实、谦和。每次见他都是这样。昨晚，半夜醒来，接到朋友微信："北京人艺院长任鸣逝世：35年70多部戏……"风吹落叶，斯人去矣！只是何其速也！让你不敢相信，不愿接受！六十二岁，该是多么艺术上炉火纯青的年华！

北京人艺，是新中国创办的第一家国家话剧团。七十年风雨阳光，在它的名人榜上有郭沫若、曹禺、老舍、焦菊隐……如雷贯耳的名字，有《雷雨》《龙须沟》《茶馆》《蔡文姬》《狗儿爷涅槃》《天下第一楼》《李白》《知己》……这样响当当的戏码。那是一个怎样群星璀璨的艺术星空，一片怎样文化深厚的艺术土壤！在我心目中，北京人艺的院长，不是一般的艺术表演团体的院团长或有限公司的董事长总经理，而是一家老店的掌柜，就是《茶馆》里的王利发，不但要把这杯飘香的茉莉花茶泡好，而且要招待口味随着时代变化的八方来客。这是一个七十年始终群星荟萃、大腕云集的艺术殿堂。老一辈艺术家于是之、林连昆、林兆华、刘锦云都对他青睐有加，扶持、帮衬他。作为一个掌柜人，任鸣尽心尽职，守住了北京人艺像全聚德这样的一块金字招牌，一块有自己文化底蕴的老招牌。北京人艺，一是它厚重的民族化的现实主义戏剧传统，二是浓得化不开的"京味"。在北京人艺他导的第一部戏就是吕齐主演的《回归》，接着就是林连昆主演的京味十足的《北京大爷》，日后的《金鱼池》《北街南院》《全家福》《玩家》……他赓续了北京人艺的艺术衣钵，俗话说，创业难，守成更难。在这样一个年代，恪守传统，传递下去，征服观众，是一件很难很难的事。任鸣不是那种才华横溢、个性飞扬的艺术家，他内敛厚重沉着，更像一个勤勤恳恳的工兵，挖坑道，掘掩体，排雷抢险，以他的忠实，守住了北京人艺那块牌子！诚如他自己说的，我不希望走捷径，就愿意简单、本分、老实地走。十八岁梦想启航，四十一年执着坚守，九十八部舞台作品，甚至不惜高中毕业休学，以三年的等待，等到中戏导演系的招生轮回。在这老实本分的背后，是他对艺术始终不渝的爱的初心。他一生的梦想就是要导演一百部戏剧，却最终倒在了"九十八"这个门槛上。诚如"出师未捷身先死，长使英雄泪满襟"的蜀相诸葛武侯，令人扼腕叹息。我自己渐渐上了点年纪，就更深刻理解了"宿命"。

任鸣守正，但不保守。在恪守北京人艺艺术传统的同时，不拒绝时代的八面来风。在艺术上他包容和开放，先后导演了《我爱桃花》《第一次亲密接触》《燃烧的梵高》这些现代意味很强的，散发出时代青春气息的作品。他以《胆剑篇》为起点，在《知己》《我们的荆轲》《司马迁》中探索历史剧新的可能空间。《玩家》中他追求新京味的开放性和现代性。经典剧目《玩偶之家》《日出》《榆树下的恋情》也不断以崭新的舞台呈现，激发起观众的激情。

在北京人艺和戏剧艺术遭遇时代审美急剧变化的严峻挑战时刻，在曹禺、刘锦云、张和平之后，他成了北京人艺第四任院长。朋友说，他是一个看见蚂蚁都会绕道的好人。院团长一要能吃苦肯干，二要视野开阔，三要有亲和力。任鸣以他勤恳、奉献和友善的亲和力，感染了北京人艺的老老少少上下几代艺术家，赢得了他们的器重和尊重，撑起了北京人艺这家七十年老店的门面。事非经过不知难。我深知院团长之艰难和不易，前两天北京人艺七十周年庆典，他支撑病体，写文章，接受采访，参加学术座谈、院庆直播，作为一个北京人艺的掌门人，在北京人艺七十华诞庆生以后，怀着对北京人艺愿景的美好憧憬，离开了他掌柜的这家老店，以生命践行了自己"我热爱人艺，并且会用自己的一生去热爱它，捍卫它"的就职发言。

而我，总是记得他脸上挂着的谦和朴实的笑容……

2022.6.20

大地春光

青年是生命的春天,青联是春天阳光照耀下的大地。在这片大地上,鲜花开得特别璀璨烂漫,明亮得耀眼。绿树长得郁郁葱葱,流淌着新鲜的令人心动的绿色。我常常在想,什么是青年?青年,其实就是春天枝头上那一片饱满得掐得出水来的新绿。

青联给我最深的印象是群英荟萃,各界青年英豪济济一堂。每次联谊活动都给人一种星光灿烂眼花缭乱的感觉,完全不亚于《三国演义》里的群英会。

我是1948年生人,进入青联的大家庭已经是20世纪80年代末。在青联我属于"大龄青年"。大伙儿喜欢打趣地叫我"毛委员"。我是个缺点很多的人:比如轻信,很容易上当受骗;比如,容易冲动,说话一不留神就得罪了人,还浑然不知。直到今天,我依然是个"二不人士":不求甚解,不学无术。如春风,不识字,乱翻书。实有负当年徐中玉、钱谷融两位老先生恩重如山的栽培,有负他们的一片心血和期望。但有一点我是谨记在心的,"知之为知之,不知为不知,是知也"。在第六届市青联,我遇到的一批年轻才俊个个堪称是我老师。那时黄奇帆好像在经济信息中心任主任，他对经济数据熟悉得如数家珍，分析起时事走向头头是道。他良好的大局观，让我收获良多。华东师大的年轻数学家王建磐平时笑嘻嘻的，但判断形势和大学教育，就像高等数学一样严谨。赵丽宏年龄比我小，但比我早入师门，是我的大学学兄，在青联我有了直接领略他诗歌散文造诣的好机会。如果说，他们很专业的话，那么复旦大学周谷城教授的弟子顾晓鸣就是一个大杂家，天文地理古今中外，几乎没有他不知道的。特别是，他对新知识的接受和理解，总比别人要快好几拍。他特喜欢说也特能说，很多社会科学的新词汇新概念，我都是从他那里学来的。而陈燮君，虽然和我都在社科院，也久闻他的大名，但真正见识他的多才多艺，还是令我吃惊到五体投地。他不仅做最前沿的新学科，而且拉胡琴吹笛子弹琵琶演奏小提琴朗诵唱歌，还酷爱书法画画，不但国画还有油画，让我大开眼界，自叹弗如。最感人的是，有一年单位要裁员，燮君为此在会上为群众据理力争。未被采纳后，他在执行下岗规定时，极为用心地动用了他在青联的方方面面的人脉资源，为下岗职工安排了新的工作。第六届青联组建，正是中国游泳五朵金花盛开碧波之时。其中的庄泳、杨文意都是我们的委员，她们不仅泳技出众，人也长得风度翩翩，而且是真正的高人一头。有几次青联活动安排在万体馆边上的奥林匹克俱乐部，她们高挑的身材和她们的风度一样格外引人注目。特别印象深刻的是副秘书长杨德林。他热衷于为大家服务，身上还带着许多北大荒知青的风格，永远带着刚刚穿越漫天大雪的豪情，千方百计地为大家张罗组织着各种各样丰富多彩的活动。他是真正的活动家、组织家、演说家，用如火的热情，让我们感受到一个大家庭的温暖和友情。直到今天，我依然清晰记得，在黄昏的霞光里，我们在瑞金宾馆南草坪上点起烛光，把年轻人独有的那份爽朗热烈的欢声笑语，抛向星光闪耀的夜幕时的动人一刻。

几十年过去了。虽然我们的队伍里也有极少数人掉队落伍了，但大部分人依然和这块土地上的每一个人一样，朴素地工作着生活着。友谊地久天长。在结束了青联五年的任期后，青联委员们依然在走动在联系。我们用一个电话一句短信一份邮件一件微信，传达着内心对当年青联朋友的牵挂。有缘的是，我们有时候在这世界上兜了一圈以后，又再度交集。我和燮君成了一个单位的上下级，和丽宏成了参事室的同事。

事实上，我们会老，但青联永远是春天，永远是一片春光明媚的大地。

2014.5.5

泛黄信纸后的淡淡记忆

——关于'86海平线绘画联展及其他

那天翻检旧物，在一大捆昔日往来的信函中，突然检出几封比36开小书还短一截的牛皮纸信封。右下角是一排红色的黑体字"中国美术家协会上海分会"，粗壮而显眼。清一色地粘着紫色的椰树图样的四分邮票。信封里抽出的信纸，薄薄的，有点微微泛黄发脆了。再一看邮戳，已经有点模糊，细细辨认，都是1985年下半年到1986年年初的日子。距今已经快三十年了。

第一封写于1985年10月9日，有一张毛笔复写的会议通知："为了明春举行关于'海派'艺术的讨论会，我们拟在年底陆续发表有关文章。现定于本月十一日（星期五）下午2时整在黄陂北路226号楼上美协资料室讨论定题及其他具体问题。务必请准时出席为盼。"通知后有一封何振志的亲笔信："这次开会还有些事要大家出主意，越来越具体，请你千万要来，趁沈柔坚去美国之前把一切定下来，他十一月底回来。"

何振志给我写此信时，我还不是上海美协的会员。不久，她又给我寄了两张西藏题材"九天画展"内部观摩的通知。信上她详细地给我介绍了画展的背景和特点，建议我"有空去看看"。信的结尾她不忘关照我一句：

"稿子在写吗？太好了。"

1986年2月9日，何振志在除夕又给我写了一封信：

大约你已经收到通知了吧！（注：入会通知此前一日寄出，当时刚收到。）前天常务理事会通过了新会员名单。我真高兴。

上海的美术理论一直堪忧，因为队伍没有力量。原因很多。这次理论方面打破惯例，在吸收会员时考虑到会后的开展。实际上，为了美协着想，我认为非这样做不可。

春节后，马上我就要提出关于海派讨论的具体安排。涉及的事情很多，如果开会，就要开得有成果，还要配合一个中青年画家的观摩展（对外展出），这样就有不少事要做，希望你助一臂之力。

最重要的还是文章。沈柔坚同志对你寄予希望。他看过你几篇文章，是我推荐的。美术界也不怕争鸣。如果引起争论，并非坏事，活水总比死水好。

3月27日，她又一次亲自给我写信。先祝贺我得了二等奖——拙文《中西表现美学及其影响下的绘画》在1985年获得了上海市文学艺术奖二等奖，此奖当时影响很大，可惜仅评过一届——同时督促我"加快节奏把《中国画传统和中国画传统中的矛盾》早一点写好"。（注：这是我当时拟定的一个选题，后来换了。）让我"务必及时交稿"。信的最后她发现"吴亮这次没来，我已写信给他了。你如见到他，请把两次会议情况告诉他"。

就像洪常青把一个苦大仇深的农家姑娘吴清华引上革命道路一样，何振志是我在上海美术界登堂入室的引路人。我自幼酷爱艺术，孩提时代有时从我住的工人新村出发,"到上海去白相",朵云轩是我必去的艺术殿堂。我会在朵云轩挂着的那些木版水印的国画面前久久驻足,不忍离去。我会省下可怜的几角钱积蓄去买画片。至今还记得中学时在提篮桥新华书店买了一套李苦禅写意花卉的明信片,兴奋异常地看了大半年。1980年我在华东师大中文系求学。彼时在《华东师范大学学报》发表了我的第一篇论文《现实主义的局限和现代主义的崛起》。那是一个思想解放风起云涌的时代,我什么也不懂,胆子却大,敢写。谁知道这篇锋芒毕露,实际上很不成熟的文章,被远在北京的《美术》杂志看到、相中。后来成为中国现代艺术教父的粟宪庭竟从北京来信约稿。嘱我修改,增加些美术的例子,给他们杂志。文章发表在1981年第一期《美术》杂志。在认识何振志以前,我已经先后在《文汇月刊》和沪上各大报刊书籍中读到过何振志介绍现代艺术的大量文章。她思想活跃,不仅积极参与推动美术活动,而且特别喜欢和年轻人交往,非常关心有才华的年轻艺术家。她是当时很多青年艺术家大胆探索改变画风的当之无愧的艺术思想启蒙家。许多画展上,都可以看到她的身影,听到她热情鼓励的话语,影响巨大。她在文字中表现出来的修养、才华和犀利敏锐的艺术感觉,让我学到的不仅是我原来不懂的许多西方艺术尤其是现代艺术的知识,还有她漂亮的文笔,和她极其迷人内敛的艺术气质。我是个不学无术不求甚解没什么才华的笨人,却蒙她高看。在当年资讯还很不发达的情况下,她不知通过什么途径,居然联系到了我。不久,应她相邀我到黄陂北路226号上海美协去拜访她。就在现今上海大剧院的旧址,那时是上海体育馆,美协办公室就在大门左侧的一栋水泥大房子里。何振志穿着大方朴素,一开口,不紧不慢的从容,温文尔雅的谈吐,尤其是一口极其标准没有一点杂质的北京话,令人从心底里折服。唯一能表明她曾经高贵荣耀的往昔岁月的,是她手指上那颗饱满碧绿的翡翠戒指。就在那个高大得有点阴冷杂乱的大办公室里，我还认识了长我一岁的朱国荣、施选青。朱、施后来也都是沪上的美术评论高手。有很长一段时间，我跟着她去参加上海各种非官方的民间组织的实验性画展。那时一方面是思想解放艺术探索，另一方面是极左的阴魂尚未散尽。就像乍暖还寒的初春季节，新生的艺术要顽强地破土而出，而寒风冷雨却不时袭来。有时画展搞得有点像地下工作，让大家既紧张又兴奋。那时徐汇区文化馆是上海一个重要的展览基地。馆里的瞿顺发是水彩画家，也热衷于美术活动。那时的画展，就是有志于艺术创新的中青年艺术家把自己认为有特点的作品拿出来，往展板上一挂，朴素得今天难以想象。然后大家一杯清茶，海阔天空地评头论足，也没有什么绘画以外的功利目的。每次何振志都会把我介绍给大家。后来徐家汇一带城市改造，徐汇区文化馆和徐汇剧场一起拆了，现在已经是那个有名的卖电脑的大圆球美罗城了。

很快我和她成了艺术上无话不谈的忘年交。今天，我们已经很难想象，那个时代大家为了艺术的那份虔诚和激情。大家都没有什么钱，也不想什么钱，心就冲着一个单纯而朴素的目标：艺术。要创造出一个无愧于大时代的新的艺术气氛来。而理论要做开路的先锋，为艺术的创新吹号鸣金，杀出一条通向未来的血路来。何振志耿耿于怀的就是上海美术理论的相对贫乏和软弱。为此，她不惜放下身段，和我们这些初出茅庐的年轻人打交道，还亲自动笔动手操办各种极其琐碎的事务性工作，复写会议通知，开信封，贴邮票。她的细心、踏实、认真、坚定和大局观，三十多年来一直感动着我、激励着我。

由她酝酿推动的以海派为主题的研讨会，在筹备过程中渐渐升华成了一个大胆而富于想象力的文化构想。在美协主席沈柔坚充满战略的艺术思维中，原先的那个配合性的"中青年画家的观摩展"，和理论研讨会一起，最终浮出水面，形成了创作和理论两翼齐飞的"海平线"联展。为了开好画展，我们开了很多次筹备研究会，我都参加了。后来施选青告诉我，从1985年7月始，前前后后举行了七次研讨会。至今我还记得，那年夏夜，我们在上海戏剧学院那栋典雅的镶着黑色鹅卵石的院长楼会议室里讨论筹备画展的情景。会议的气氛非常严谨，充满庄严感。大家慷慨激昂地表达着各自的想法，一句句一声声，像小岛漂浮在有点昏暗的灯光中。会一直开到深夜。最后，大家一致决定，要做出一个艺术上有想法有探索有艺术格调有学术品相的画展，而不是一个"一般性"的画展。并且为画展想出了一个明亮而富于诗意的名字：海平线。

在画展的筹备过程中，对于美协出面办这样的画展，外面也是风言风语地议论不少。特别是当时正值"清除精神污染"的严峻时刻，画展还要不要搞下去，可能美协内部也有人有顾虑。但经过革命战争炮火洗礼的沈柔坚，在关键时刻显示出了他钢铁般的革命意志和沉稳镇静的大家风度。为了上海美术的繁荣，坚持把画展搞下去。

可以说，没有沈柔坚的坚定和何振志的努力，就没有1986年"海平线"联展的问世。特别令我难忘的是，老沈和何振志一致决定由我这个刚刚入会没几天的新会员为这个当时很重要、日后在美术史上有里程碑意义的画展撰写序言。大家提出序言要语言简单紧凑、主题一目了然，而且要有气势，要求非常地高。我使出浑身解数，最后交出了题为"为了遥远的海平线"的序文。谁知老沈和何振志居然一字未改地通过了。

这里我特别感动于老沈对年轻人的高度信任和重用。后来他出版画册开画展，特意指定由戴恒扬、花建和我这些年轻人为他写评论。老沈年轻时跟沈耀初先生学中国画，参加新四军后，用版画激励根据地军民的抗日斗志。他酷爱艺术，是个艺术上非常有个性有想法的艺术家。早在上世纪五六十年代就被人们称为"沈梵高"。他表现主义的画风和色彩,体现了那个时代最为大胆的艺术挑战。

1986年6月19日,"海平线'86绘画联展"在上海美术馆正式开幕。参加那次画展的二十六位画家,日后大都成了上海乃至中国画坛的中坚力量,也陆陆续续成了我的好朋友,几十年风雨同行。6月23日研讨会在上海文艺会堂隆重举行,除了美术界人士,研讨会还邀请了吴亮、顾晓鸣、花建等一些文学评论家。还特地邀请了北京美术界的杨悦浦、陶咏白。陶大姐是南方人,热情爽朗,个性鲜明,艺术观念非常前卫,后来也成了我的好朋友,开口就叫我"毛小弟"。我在会上提交了《艺术的当代性及其审美特征》的论文,还为画展在江苏画刊发表了《希望,在海平线闪烁》的评论。研讨会气氛严肃认真投入,接连开了两三天,接触到了海派美术的内涵和当代发展、美术的功能、形式的创新等许多事关美术未来的重大学术问题。今天已经很难去找这样气氛热烈严肃、这样纯粹的学术研讨会了。画展和研讨联动,研讨推动创作,创作带动理论,这在当时的全国美术界是一个开风气之先的艺术机制,引起了媒体的广泛关注,轰动一时。"海平线",由此成了上海美协两年一次的重要展览,一直没有间断过。几乎上海所有的重要画家都参加过"海平线"画展。再过两年,这个展览也三十而立了。

从1986年"海平线"画展以后,我和沈柔坚、何振志两人不仅有了工作上的交往,也建立了极为密切的私人情谊。他们在华山路枕流公寓和五原路自由公寓的私邸成了我常去造访的地方。我在他们那儿可以没拘束,很放松,时常忘记了时间。有时还会留在他们那儿吃饭。很家常、很朴素,和自己家里没什么两样。老沈很年轻就担任领导工作,交往的都是大家名流,家里就像一个小博物馆。墙上随意地挂着林风眠、老舍等许多大家的字画。壁炉前一尊白色大理石雕塑,散发着经过岁月摩挲后温和的光。后来我们很熟、很熟了,我会因为友人之请和工作之需,厚着脸皮向老沈索画。那时绘画已经出现了走市场的苗子。明明是我向他要东西吧,他却有点不好意思地对我说,凡我要他都会画,就是年纪大了,时间会赶不及。在他家,我认识了他的太太王慕兰女士,是老沈的贤内助。后来,她以自己全部的生命热情为故去的老沈做事,做了很多很多,足以感天动地。在自由公寓我还认识了何振志的丈夫老聂。聂先生,他出身上海滩赫赫有名的大户人家,常静静地坐在写字台前,一看就是从名门望族里出来的极有教养的绅士。除了美术,何振志偶尔会和我讲些旧社会上海上流社会的往事:宝庆路3号一次阔小姐和穷教师的盛大婚礼上她当伴娘,1949年宋庆龄赴京前对她说的悄悄话……流光溢彩,她讲得很平静。完全不像现在有些有钱人,一副自以为是的贵族派头,其实那只是暴发户而已。这真应了一句土话:低头的麦穗最饱满。

后来何振志和她先生一起去了大洋彼岸,最后老何客死异国他乡,令人不胜唏嘘。老沈则在一次报社的笔会上尽兴挥毫后遽然离去。睹物思人,经常路过华山路和五原路。看见枕流公寓拉毛的乳黄高墙,耳际就会响起老沈拉开他家那扇西班牙式厚厚木门的沉重声音。木门上方镶嵌着一块浮花的毛玻璃,闪烁着朦胧的白光。玻璃前拦着细细的黑色的铸铁格子。看着自由公寓沉着的深咖啡色砖墙前,一排高高的、在风中摇曳的水杉,眼前就会浮起何振志亲切的面容、走动的身影……

美术界和我们的时代,就一步步走到了这个五光十色的今天。我没有什么能耐,因为他们的激励,总算还努力,一直在写。为画家,为大家,也为我自己,我还会握着笔一直一直地写下去……

2014.4.8 晚

不老

——草草社二十五年

草草社二十五年了。

它当年的发起人仇德树说，要开一个纪念性画展。

在各种文化艺术活动像走马灯、万花筒一样令人目眩的上海，这件事也许不算很大。但一个民间的自发的艺术社团，二十五年后，其当年的成员，能从天南海北走到一起，同时还有一批热情的青年艺术家加盟，这本身不就是很大意义的明证么！虽然当年的成员已然青春不再，但透过他们已经斑白的鬓发，我们不是依然可以找到当时年轻的面容，在他们眸子里依然闪烁着未曾失落的渴望？尤其是在艺术的后来者身上，看到一种艺术的精神，在二十五年后传递着一个信息：不老。

是的，我始终不以为这是一次令人伤感的怀旧聚会，特别是在德树的身上，我从来没有感到过丝毫伤感。二十五年后的德树，除了"裂变"艺术越发成熟，他仍然在二十五年前他自己提出的"独立精神、独创风格、独特技巧"的"三独"艺术理想的烛照下持续不断地"裂变"，关怀着周边的世界和人类的命运，当然还有家泠，还有巨源，还有他们所在的海内外为艺术而生活的同伴。

由此，我读到了一种深深的感动。

把历史的书页翻到二十五年前，草草社的诞生像天边的惊雷，撕开了"文革"后文化专制主义尚未完全褪去的长夜。它向世人表明，上海人不但精明，在历史需要的时候，他们还有一种大无畏的精神。还有来自民间的底层的健康的艺术力量，在石块下挣扎着、生长着，以一抹清新的嫩绿展示着未来艺术的方向。它向世人表明，在当代中国美术走向现代的艰难行程中，正是上海的艺术家不惧风险，自觉地承担了文化先锋和斗士的角色。上海毫无愧色地成为中国艺术探索的历史起点。

在我看来，草草社借用了小草三个最鲜明的特点。

一是它生命的顽强：离离原上草，一岁一枯荣，野火烧不尽，春风吹又生。文化专制主义的高压，无法使小草低下高贵的头颅。极左文艺思潮的践踏，也无法蹂躏它秀美不屈的身姿。这大概也是鲁迅先生看重、喜爱野草的缘故罢。

二是它的清新：池塘生春草。所有春天的信息，最早都来自小草的新绿。正是草草社和上海其他的那些自发的艺术社团、艺术展览，预告了"四人帮"文化专制主义的彻底结束，预告了中国新时期文化春天的消息。

三是它的质朴：天涯何处无芳草。小草不起眼，但它们密密成群，生生不息，漫山遍野，无处不在，用它们带点卑微的普通、谦和装点了世界。有谁能想象，没有小草的世界会是怎样的无趣，就像没有草草社的上海艺术会是怎样的状况。直到今天，草草社的成员还是保持着当年的质朴和纯真，保持着他们对艺术无怨无悔的一往情深。

在为这个展览写序的时候，我又想起了我们共同经历的上世纪80年代。那时的我们像快乐的小鸟，今天飞到东，明天飞到西，参加一个又一个仿佛永远看不到尽头的艺术和文学的聚会。我们像孩子捧出自己心爱的玩具那样，向同伴展示自己的作品，又像孩子争论玩具好坏那样计较着艺术的长短。虽然寒冷尚未完全散尽，但我们敢于抗争，因为我们年轻的心已经感到春天的微微暖意。就在那个时代，我认识了许许多多值得交往终生，引以为豪的文学界、艺术界的朋友们。那时我们的住房很小，但我们可以打开门，打开窗，让漫天的流云涌进小小的空间。我们慷慨激昂地为国家、民族、人类和艺术的命运发展争论得面红耳赤，直到深夜才散去。80年代，是一个不知道疲劳、不知道畏惧的时代。正是在那个时代，德树走出了他艺术和人生至关重要的一步。不吃皇粮，做一个自食其力的体制外的艺术家。而直到今天，这仍然是我们体制改革的一大方向。德树是一个勇敢的人。而他每一次谈到这二十五年的人生，都是那样无所谓地笑笑。现在想起来，80年代，是我，也是我们最快乐最自由最无拘无束的好日子；80年代，我们的人生由此奠基，我们生命的航船由此改变了方向；80年代，是中国艺术的一段黄金时代，艺术在思想解放的背景下狂欢、起舞，大家像春风抚慰过的原野那样生机盎然，所有的小草都探头探脑地露出了地表，充满好奇地用清新的目光打量着周围的生命。"八五"新潮像海涛汹涌地卷过艺术的坡地，艺术家们一个个像冲天的海燕，欢乐着、喊叫着、飞翔着，直到一切慢慢地复归到90年代的平常和平静。

今天重温由仇德树起草的草草社"八十年代画展"序言，真是令我百感交集。时代可以变迁，但艺术的基本理念、基本精神却是不变的永恒。有了艺术精神，艺术就走进了自觉的生命里程。不容易，二十五年后，人间尚有风流未被雨打风吹去。可见艺术精神之生命正是有着小草的韧性和顽强。

于是我想到了"天街小雨润如酥，草色遥看近却无"的生动和美丽。

2004.8.30

拥抱和平的双臂

绿色的敦煌像一颗明珠镶嵌在一片黄色的大漠之中。它的西边不远就是阳关，就是玉门关。有多少诗人在它们的城楼下徘徊踟蹰，吟出了无数不朽的诗行，有多少或悲壮或伤感的故事萦绕着逶迤的城墙。耳边似乎响着飞天珮环清脆的叮咚，看得见飞天迎风飘扬的长长绸带。风吹鸣沙山，星光月牙泉。总觉得，我们伟大的一千多年前的先祖还在牵着背驮丝绸的骆驼穿越大漠荒烟顽强地跋涉。

在我儿提时代看的第一批连环画中，就已经知道了一介书生班超出使西域，把和平播撒到沿途各国，一路千辛万苦的故事。以致后来读历史，小小年纪，一下子竟搞不明白怎么还有一个张骞出使西域。

我们可以想象，在交通极不便利，环境极其闭塞的遥远的一千多年前，从繁华的洛阳穿过一望无际荒无人烟的沙漠，翻越连雄鹰都停下翅膀的冰川雪山，最后抵达亚洲的腹地，抵达波涛汹涌的地中海西岸，抵达同样富丽堂皇的罗马城，会有多少生命的钟摆定格在几万里长途跋涉的一个点上，这一切意味着什么？在他们一步跨出不度春风的玉门关的时候，就开始了忍受，忍受"西出阳关无故人"的孤独和寂寞，忍受着"阳关一曲肠千断"的万般痛苦。面对西下的夕阳和头顶流泻的星空，他们义无反顾地向西、向西。据说是6440公里，那是一步一步用脚走出来的啊。有人罔顾历史地说，中华民族文化封闭。而丝绸之路，让每一个人看到，我们伟大的先人几乎是以自己的生命和血肉开拓的丝绸之路，承载了一股不可遏止的冲动和渴望。他们那么地向往着外面的世界，憧憬着和外面世界的交流。丝绸之路把中国美丽的丝绸带到了波斯带到了罗马，也把玻璃和织毯带回了长安。但更重要的是这些物品所承载的内涵，凝聚其中的文化。丝绸之路经济带是一条铺展在广袤大地上交织着经济和文化的彩带。其后踏平太平洋大西洋惊涛骇浪的海上丝绸之路，同样是一条连接着各国人民的和平之路。

历史从来就是昭示未来的坐标。

站在20世纪的尽头，我们曾经对人类的未来给予了无限热情的期待。坦率地说，21世纪并没有出现我们预期过的那种美好。历史不但没有如有人盲目预言的被"终结"，而且似乎还有愈演愈烈的火爆。战火几乎没有熄灭过一天。多少妇女儿童，多少无辜的人，被现代化的武器夺走了那么鲜活的生命！难道人类和世界只有学者萨缪尔·亨廷顿于1996年提出的"文明的冲突"的唯一出路，非要在仇恨中厮杀，动用残酷的战争才能解决问题？确实，不同人种、不同宗教、不同民族、不同国家，甚至不同教派之间都发生过你死我活绵延千年的持续不断的厮杀。难道我们真的走不出这文明冲突论的魔咒？

一个世世代代在华夏大地日出而作、日落而息，一个即使在劳动中也击壤而歌的古老且唯一没有中断文明传统的民族，围绕着首创的"人类命运共同体"的核心理念，提出了"一带一路"的倡议。一带一路沿线人口规模44亿，占全球人口63%；经济总量21万亿美元，占全球总量

29%。可以想象这一倡议的实现将为人类未来的发展起到怎样深远的影响。这里我们可以听到我们伟大先哲"天下大同""和而不同"思想的历史回声，为在当代世界解决利益纷争和矛盾时动不动诉诸强权、武力和战争之外，提供了现代的具有东方智慧的解决之道。以一带一路来促进欧亚大陆经济的互惠发展，带动文化的广泛交流。让文化冲突转化为文化对话、文化交流、文化理解、文化融合，让和平真正常驻在我们每个地球人的心中，常驻在我们生活的这颗蓝色的星球上。所以，一带是友谊的彩带，一路是通向和平的大路。它为中国也为人类谋划了一个美好的愿景。

这是我为一个诗人写的序言结尾：这个世界不需要燃烧的贫铀弹白磷弹，这个世界需要玫瑰。这个世界不需要那么多死在食人者无人机机翼下的阿富汗孩子，这个世界需要玫瑰。这个世界不需要让那个可爱的叙利亚小男孩，用熟睡的姿势永远沉默在地中海冰凉的海水中，这个世界需要用玫瑰装点孩子的摇篮、小床和睡梦。是的，诗歌就是人类生活的玫瑰。

而和平也是最可珍贵的玫瑰。一带一路就是中国拥抱和平时有力张开的双臂。

2017.9.18（这是中国人关于战争的惨痛记忆的日子）

在河西走廊边的甘南大草原,遥想班超出使西域的豪迈身影。
(摄影/王悦)

书写，而且继续书写奇迹

——亲历改革开放四十年的一点感慨

今年是中国改革开放四十周年。让我们把历史时钟的指针倒拨到四十多年前的那个起点上。天旋地转的1976年，陨石雨、大地震，天塌地陷，开国领袖相继离世。记得那年十月一举粉碎"四人帮"，一个压抑多时而觉醒了的民族，像打开了闸的洪水涌上街头。满大街的锣鼓红旗。人们像孩子一样欢欣雀跃。我在工人文化宫的舞台上高声朗诵："人民胜利了！"

是的，人民胜利了。我们兴奋。但兴奋之余，我们仍然迷茫。胜利了的人民向何处去？走出十年长夜的中国向何处去？话剧《于无声处》像一道先声夺人的曙光划破黑暗。紧接着嘹亮的晨钟敲响了。1978年，十一届三中全会提出"解放思想，实事求是"八个大字像黄钟大吕响彻了中国大地的上空。一代伟人邓小平拨乱反正，以经济建设为中心取代以阶级斗争为纲。在历史的转瞬之间，人类历史上最大的政党中国共产党，从根本上完成了从革命党到执政党的伟大重塑和转型。一百年前，先烈李大钊曾慷慨高歌："我之国家为青春之国家，我之民族为青春之民族。"对内改革，对外开放，给我们这个古老悠远的民族灌注了前所未有的青春的活力。

四十年来,我们走出了那十年的浓重历史阴影。几亿人被压抑了多少年的欲望和创造力,像大坝决堤的洪水,像冲破地表坚硬岩层的炽烈岩浆,演出了一场轰轰烈烈威武雄壮的活剧。每个中国人都焕发出了从未有过的巨大能量,共同创造、书写了人类发展史上从未有过的令人难以置信的神话般的奇迹。

1978年我三十岁,女儿刚出生。天天为女儿的奶粉奶糕苹果在哪里发愁,四处奔波,每天天没亮就出门,拿着每月不同颜色的小菜卡,去菜场排队买猪肝和排骨。紧接着到菜场边上的新村饮食店排队买妻子喝的豆浆。棚门板的缝隙里透出一丝昏黄的灯光,可以隐约看到营业员正在忙碌晃动的忙碌身影。早晨的风,真的很凛冽,掠过后背凉飕飕的。就在那一年,将届中年的我寻到几页破破烂烂的复习提纲,在车间里把十几吨的电线整理好,然后拖着疲惫的身体,一个人躲在休息室温课迎考。重新坐在课堂里,开始了迟到的大学生活,为改变自己和国家命运埋头苦读。华东师大文史楼二楼的大教室里,近两百个年龄各异的学子挤在一起,如饥似渴的目光盯着黑板上老师的每一行板书。六七十岁的许杰、施蛰存、徐中玉、钱谷融,青春勃发地给我们授课。丽娃河边的垂柳下,大二的一个周末,宋代文学考试,我发39度高烧,浑身哆嗦,披着被子坚持考完。然后,骑着自行车,踩踩、歇歇,回到家里。那时周围的人还在为买一辆自行车寻找一张购物券。到了90年代初我们还在愁眉苦脸地积攒几张外汇券购买一台电视机。甚至到了1998年,如今风光无限的马云还和他的小伙伴们猫在潘家园的集体宿舍里犯愁。外面大雪纷飞,他们流泪唱着《真心英雄》。有谁会在四十年前想到,仅汽车去年就销售了2940万辆。曾经的自行车王国突然变成了汽车王国,让偌大的北京城变成了众目睽睽的

"首堵"。记得90年代初,我们还羡慕拿着砖块般大哥大的大款大腕们,对美国(大约克林顿时代)提出的信息高速公路一脸茫然,那时没有几个人摸过电脑。如今,中国站在了信息世界的最前沿,一机在手,百事不愁,几乎一步跨进了万物互联的时代。旧时王谢堂前燕,飞入寻常百姓家。曾经可望而不可即的一个个梦幻般旖旎的高科技,如高铁、高速、地铁、网络、智能手机、家用电器……来到了千家万户的面前。每一个中国人,只要他不罔顾事实,都能真切地感受到今非昔比的巨大变化。祖祖辈辈的梦想,正在变成中国大地和人类历史上激动人心的现实。而这四十年里,每一个中国人都是改革开放的弄潮儿、参与者、推动者、奉献者。中国女排夺冠的那个夜晚,大家兴奋地走上街头。绚丽的烟火染红了苍穹,中国大地上空响起了"振兴中华"那激越的呐喊声。振兴中华,中国改革的动力,来自每一个普通的中国人,来自每一个平凡生命内心燃烧的熊熊火焰。前些日子去西安看话剧《平凡的世界》,剧中的孙少安、孙少平兄弟就是在那个年头为了改变命运,读书、办企业,倔强地在黄土高原飞扬的尘土里奔波、挣扎。虽然我是城里人,但我们是同龄人,他们的理想就是我们共同的理想。四十年后的年轻人,当他们在安静地等候下一班地铁的时候,坐在高铁上望着窗外疾驰掠过的田野山川江河的时候,开着自己的小车去度假的时候,在巴黎香榭丽舍大街付款买一只爱马仕、路易威登包包的时候,真的已经很难理解我们曾经的物质贫困和匮乏,很难理解我们被困的理想,曾经的煎熬、挣扎和那么艰难的飞翔。

漫天的流云可以告诉世界,四十年里我们曾有过多少难以忘怀的往事,经历了多少曾经沧海般的改变,又创造了多少人间的奇迹!世界是平凡的,我们的生命是不平凡的。作为亲历者和见证者,每每回首和岁月一起走过的道路,我百感交集,泪流满面。我曾在我的文集《视野·

1 第十九届中国上海国际艺术节开幕演出大型交响合唱《启航》。
2 青年作曲家龚天鹏、作词毛时安和指挥家汤沐海在交响合唱《启航》演出谢幕。

说》的后记里写道:"感谢我们经历的这个如此波澜壮阔的已经很难用好坏来简单概括的大时代,我们的幸和不幸都在其中了。"这就是我的中国啊!

这是人类历史上第一个十亿级超大规模的国家的发展,其意义、代表性和说服力远非百万级、千万级国家所能比拟的。而且,要知道中国走的完全不是先发现代化国家曾经的以血与火的殖民、掠夺、贩奴,蹂躏人权的原始积累的路径。身在20世纪,又有十三亿人,一个泱泱大国,虽然我们可以借鉴一些东西,但事实上没有现成的蓝图可以抄袭。我们只能自己孤独地探索、前行。

去年我有幸参加中国上海国际艺术节开幕式交响大合唱《启航》的歌词创作。创作中"启航"两字一直敲击着我的心灵。可以说,这四十年,中国一次次从新的起点启航。像一艘巨轮,一直航行在惊涛骇浪之中,阴风冷雨不断。有人误解,有人怀疑,有人阻拦,有人不满,有人指责,有人敌视,中国"崩溃论"不绝于耳,时有所闻。甚至我们国内比普通百姓享受到更多改革开放红利的有些人,也时常牢骚满腹,冷嘲热讽,仿佛自己是中国的"局外人"。而且,我们也确实遇到了许多难以想象的巨大困难,在外人看来几乎是跨不过去的"坎":通胀、转制、下岗、分配问题、腐败问题、污染问题、苏东剧变、亚洲金融风暴、华东洪水、汶川地震、美国金融危机……就连我们自己也曾经忧心忡忡过。但我们从未忘却面向未来的航向。不管风吹浪打,胜似闲庭信步。一个非常令人欣慰的事实是,四十年来,所有的困难,所有的不满、指责乃至恶意的敌视和攻击,所有的流言蜚语,都没有能够阻挡中国共产党人带领十三亿中国人民改革开放的决心,反而坚定了我们前进的脚步。事实上,改革开放的步子,四十年来从没有停下过一天。那天在古城西安看话剧《平凡的世界》,

我浮想联翩。幽蓝色的灯光照着舞台上几十个农民,神态木讷目光呆滞,塑像般地站在黄土高坡下,站在一个个窑洞前。四十年前的那束阳光把新的生命注入了他们的灵魂,激发了他们创造未来的巨大活力。特别震撼的是舞美,先声夺人。窑洞和高坡上匪夷所思的是一具硕大无比的石碾,粗粝、浑厚。这石碾,虽然写实,却充满了象征主义色彩。这四十年里,我们每个关心着国家前途命运的人,都有过像石碾滚过心头的沉重。但石碾再沉重,仍在滚动中碾碎了一切阻挡前进的荆棘顽石,顽强地向前向前,直到全球瞩目的今天。最后,就像在孙少平伫立的高坡下,生活的枝头绽放出了如艳艳云霞般漂亮的桃花。

四十年后,中国站在了一个新的起点。将改革进行到底!这是中国共产党人对中国对世界的庄严宣誓。它的意义不亚于1949年中国人民解放战争决胜时刻毛泽东发出的"将革命进行到底"的伟大号召。开弓没有回头箭。我们没有理由沾沾自喜,也没有理由裹足不前,更没有理由悲观失望。我们深知一山放过一山拦,前面的路绝不是一马平川。我们的未来,诚如习近平同志新年致辞中说的那样,"大家有许多收获,也有不少操心事、烦心事"。宜将剩勇追穷寇,不可沽名学霸王。我们必须破除千难万险,排除来自左和右的各种干扰,像前四十年一样,不忘初心,坚守初心。以坚持发展的良好大局观方向感,结合审时度势因势利导的灵动智慧,毫不动摇地把改革开放进行到底。中国的改革开放,不只是十三亿中国人的福祉,也关系着全人类的命运。今天的中国已经不是一百年前那个积贫积弱被动挨打的中国,它为世界经济发展提供了30%的贡献率,对世界格局的影响,已经举足轻重,它的发展和进步也将对人类未来产生深远的影响。就像当年共产党进城"交考卷"一样,未来的改革开放将给十三亿人的中国,给人类世界,交出一份满意的答卷。我们可以坦率地告诉有些企图看中国笑话的人,改革,中国输不起,世界也输不起。而我们,已经并将继续书写激动人心的历史的奇迹。每一个普通的中国人仍然是未来改革大潮的参与者、推动者、奉献者,也是改革红利理所当然的共享者。

2018.1.1

欧游掠影

金色的斯特劳斯

矗立在维也纳市民公园,金色的斯特劳斯是音乐之都的象征。据说,当年斯特劳斯曾在这儿做庆典演出。在维也纳到处可以看到音乐大师们的塑像和纪念碑。即使你不在音乐厅,你的心灵也始终被音乐的旋律包围着、撩拨着、滋润着……

维也纳郊外风光

冷峻、高耸的阿尔卑斯山,到了维也纳郊外,变成了一匹抖开的绿色丝绒,起伏和缓,宁静温柔。像童话中缀满夜空的无数星星一样美丽的传说,就挂在不远的令人神往的维也纳森林里。看着田园诗一般的风光,领略过第19区生活的富庶高雅,目睹过他们对音乐家的酷爱,听多瑙河挟着诗意从城中流过,让音乐家墓地的清风抚慰过你的心灵,你就会明白,音乐已经成为这座城市的气质。

晨曦中的萨尔茨堡

晨曦初度，绿树簇拥。此刻，萨尔茨堡不像威严的皇宫，更像羞涩的少女，怀着遐想，凝视着远方。古堡建于 1077 年，历经五百年始成。城不大，却因为风景如画和著名的音乐戏剧节而闻名于世。最值得小城骄傲的是，1756 年 1 月 27 日晚八时在市中心粮食街 9 号诞生了她最伟大的儿子，音乐家莫扎特。他的肖像镌印在此地所有的纪念品上，甚至巧克力球上。

怪房子

这是画家、设计师 Hundertwasser 突发奇思妙想，在 1985 年为维也纳市政府设计的住宅楼。其打破了通常建筑的直线、理性构成，把抽象派的色彩对比，不规则的曲线，大小各异的门窗，东倒西歪的柱子，四处跳跃的小色块，挂满树叶的屋顶，乃至山洞般的公寓大门前的古典喷泉，令人惊讶地组合在一起。于是，空间的切割跳起了夸张而诙谐的华尔兹舞步，用全新的居住美学和生态思想颠覆了我们对"房子"的看法。

湖光山色

清澈得心醉的湖水，陡峭耸立的山峰，浓得化不开的森林，构成萨尔茨堡湖区迷人的大自然三重奏。从沃尔夫冈湖畔白马饭店望出去的湖景，湖水轻轻拍击着大山，木屋静静地伫立水边。将脑中的浊尘洗涤一净。很

1 怪房子,空间切割跳起了华尔兹。
2 冷峻的阿尔卑斯山,在维也纳郊外变成柔和的绿色丝绒。

像九寨沟。其实所有的美在本质上是一致的。

小镇风情

沃尔夫冈湖边的圣洁尔镇是莫扎特母亲的出生地。在古老、袖珍的市政厅广场，矗立着造型洗练、概括的童年莫扎特雕像。周围是点缀着锦簇花团的住宅。正午的阳光多么好！金黄、透明。有马车在画面外的石头路上跑过。可以听到清脆的马蹄声和笨重的车轧声。

斯尔斯塔湖

欧洲的"周庄"。和周庄一样古老，和周庄一样枕水而卧，和周庄一样被列入联合国保护的文化景点，和周庄不一样的是没有偌多的商业气息污染。忙碌喧嚣的心情，在这里得到舒展、抚慰。

孤独的帆影

北欧给人萧瑟、孤独、高寒、神秘的感觉。此刻，哥本哈根港湾有一叶风帆。天很高，云很沉，风很大。人在旅途，这叶孤帆既写照了北欧，也传达了心情：不知何处是归程？

暂时没有鬼影

"哈姆雷特"的灵感来自这座丹麦宫殿。地处远离城市的荒郊，人影寥落。去的时候，阴云四合，有细雨。宫殿清冷、阴森，让人心情压抑。前不久，这里刚上演过场景戏剧《哈姆雷特》。天还亮着，暂时没有鬼影。

窗口外的风景

从所住斯堪的克宾馆窗口望出去，有一片湛蓝、深邃的人工湖，湖中有扇状的喷泉。人口稀少、地域辽阔、高福利、高消费、高税收，过度的富裕宁静，使生活少了几分追求的活力。丹麦是全球忧郁症、精神病、自杀厌世高发的国家之一。欲望的实现要有节制。什么都有了也就是一无所有。第一次看到海边那条小小的美人鱼，我就注意到了她忧郁的眼神。

童话境界

慕尼黑白天鹅堡是路德维希二世国王亲自设计的。为了这座童话天堂般的宫殿完工，他把巴伐利亚王国抵押给俾斯麦，他沉溺于艺术的幻想中，不理朝政，和作曲家瓦格纳过从甚密，和美丽的茜茜公主情愫绵绵，最后生命唯美地沉在一片浩瀚湖水的深处。湖边摇曳着夕阳下的芦苇。现在湖边有一座专门的剧场，天天上演着关于他的音乐剧。迪士尼乐园以此为蓝本构筑它的中心景观。他真应该是童话中的王子而不是现实中的国王。

中国，我为你骄傲

2000年9月23日，汉诺威世博会举行中国馆日。数以千计的华人从

1　湖水、山峰、森林是萨尔茨堡湖区的三重奏。这是湖畔饭店窗外的湖光山色。
2　圣吉尔小镇立着童年莫扎特的雕像。此时有马车声在画面外响起……

德国、从欧洲的四面八方赶来。为申办2010年世博会，上海代表团在世博园中心舞台一天连演五场，武术队的男孩女孩摔肿了肩膀，舞龙的小伙累得脸色煞白，说不出话。是日有三万人次观众看了上海团的演出。是日国务委员吴仪代表中国政府为上海申办世博会。是日创纪录的有二十二万人参观世博会，中国馆水泄不通。我为我们拥有这样的队伍骄傲，为自己的祖国骄傲，为蓝天下高高飘扬的五星红旗骄傲。那天的感动将缠绕我的一生。

2001.10.24

辑二 人生何处 不青山

一粒尘埃背后的故事。
平凡人生,也有金戈铁马的铿锵片刻……
只要心是少年。

金色的飘落

初冬的雨，淅淅沥沥地下了整整一夜。开始，轻轻拍着窗子。夜色中，圆圆的，一点一点，趴在窗玻璃上。被屋里的灯光照着，闪着黑黑的幽光。渐渐变成了无声的催眠，在玻璃上画出纵横交错图案。打湿了你一夜的睡梦。冬雨，就像家人围着红泥小火炉的闲话，伴着你。没有目的，漫长而亲切，带着些许的无聊和冗长。

早上，起风了。和妻一起推着童车，带着快满周岁的外孙去街上散步。

没想到，一夜的冬雨，竟像最伟大的艺术家，以大地为画板创作了一张夺人心魄的作品。铺天盖地金黄的落叶，在晨曦湿漉漉的微光中，层层叠叠，一直铺到了长街的尽头，铺到了很远很远的高楼和大地交界的地方。是这条街的特色行道树，银杏树的落叶。银杏的落叶，不像白杨梧桐香樟的落叶，踩上去没有落叶枯萎沙沙的碎裂声。它的落叶很厚实，仍然还带着刚离开树干母体的生命汁液。童车推过去，就像踱步在一片委婉抒情的黄地毯上。这落叶的黄也是。同样的耀眼夺目，同样的感人肺腑，但它的金黄，不是梵高笔下向日葵燃烧得令你疯狂的金黄，而是一种比白重一些的淡金、淡黄。有种若有似无，丝丝入扣，丝丝缕缕，沁入你心灵，让你的灵魂为之轻轻颤动的情调。宝宝睁大了新生儿才有的雪山海子般清澈明亮的眸子，眸子里也倒映着诗一般的金黄。

风，时大时小。

一阵轻风掠过，落叶是大自然一声声的金色叹息，在你眼前身后悄然无声星星点点地飘洒下来。一阵强风刮过，这些扇叶状的金色的小精灵，伴着风的节奏，漫天地飞舞着歌唱着快乐着。

宝宝来到这世界不久。他从来没有看到过天光下有这么多树叶在眼前这么灵动而壮观地飞扬过舞蹈过。他没法理解落叶的意义，但出于本能，他和所有的孩子一样，能听懂自然、生命和季节的语言。两只肉鼓鼓的小手像枝丫伸向蓝天，不断地比画着挥舞着，小嘴不停地"吼吼"地叫着……这是大自然慷慨馈赠给新生儿的无言的童话。

还依稀记得，初春我们搬来不久，嫩嫩的新绿在和煦的春风和清脆的鸟鸣声中，与晨雾一起欢欣地爬上枝头的动人情景。一片片染着新生嫩绿的银杏叶儿，沿着细细的枝条争先恐后地向天空涌去，把青春的梦想涂满湛蓝湛蓝的天空。还清晰记得，盛夏银杏叶儿浓得化也化不开的深绿，一路高歌，沉甸甸地压满整条大街。每到入夜时分，它们伴着温馨的街灯和飘浮着的咖啡茶香的气息，彼此依偎，彼此摩挲。在月色星光下，用我们听不懂的语言，倾诉着夏日浪漫的情怀。

没想到时间这么快地就让它们走完了一次生命的轮回。更让我惊愕的是，这生命的凋零竟会充满着如此恢宏壮观的诗意。就在金黄落叶纷飞的瞬间，我闻到了不远处传来的熟悉的黄浦江的气息，听到了它粗犷而亲切的涛声。在这种冬日生命凋零的博大中，杜工部苍凉浑茫地吟诵"无边落木萧萧下，不尽长江滚滚来"，穿越时空向我涌来。

想到不久后一场冬天的白雪将会彻底埋葬这一声声金色的叹息、一次次金色的飞舞和凋零，一阵忧伤袭上心来。

不懂事的宝宝似乎并不认同我对生命的忧伤。他蹙着小鼻子，一只眼眯缝着，一只眼圆瞪着，做着让你忍俊不禁要笑出来的鬼脸。两只小手各握着一片妻递给他的银杏落叶。落叶就像两把精致的泥金折扇，熠熠闪亮。他不停地扇着晃着，一路上，就像两只快乐金蝴蝶在飞翔。似乎在和空中飘洒的落叶比试着什么，小苹果般红扑扑的脸蛋上，写满了兴奋。

不知谁家窗口飘来婉转的程韵："去时陌上花如锦，今日楼头柳又青。"捱过了就在眼前的残冬，再过两三个月，满眼的新绿重新会像放学的孩子拥出校门那样，争先恐后跃上蓝天。到那时，我们的宝宝也两岁多了，会满街蹒跚地走路了。生命，是多么好啊！

把有限的生命放到时间的长河里，生命的终止，会让人心灵为之震颤忧伤。无数生命、季节，层层叠叠，累积起来的无限，生生不息，也会让人豪迈达观。

我和妻推着宝宝，相视一笑，一路穿过随风飘下的落叶，还有孩子手中两只快乐的金蝴蝶……

2010.12.17 起草

2011.1.7 修改

1 金黄的落叶,微光中铺到街的尽头。
2 快乐地抓起两把落叶,感受秋的灿烂。

长子和男人的肩膀

我一直记得童年时秋天田野里的蓝天。空气里弥漫着金黄色的稻草的香味，甜甜的，淡淡的。蓝天下一片片敞开着的明镜似的小池塘映照着天光云影。春天，我伸出手在凉快的水里捞蝌蚪，看它们黑色的音符一样的小身体，在装水果的广口玻璃瓶里欢快而自由地游过来游过去。渐渐有了细小的后腿，尾巴越来越短了，我把它们再放回池塘里，看它们那么快乐地回到自己的家里。蓝天上有棉絮一样的白云，从我童年的头顶舒展悠然地好像一动不动地飘过去。有阳光的天空那么灿烂。头上的那片天空，自然也有狂风暴雨的肆虐、雷电交加的轰鸣，还有大雪纷飞的严寒。但那片蓝天却一直在我的心里。随着年龄的增长，那片蓝天越来越大，越来越大……心里的那片蓝天，追随了我一生。

我是一个长子。一个普通工人家庭的长子，一个天天闻着机油气味，看着母亲在石碱水里洗着帆布工作服长大的长子。那时的冬天很冷很冷。朝北的玻璃窗上结着薄薄的花纹美丽得让童心遐想不已的一层冰霜。我和三个弟弟睡在地铺上，盖着薄薄的被子，身子挤在一起，听着北风的呼啸，用体温取暖进入梦乡。早晨可以看见幽幽的蓝光均匀地透过寒窗。我最大的心愿就是考进技校，早一点去"做生活，赚钞票"，帮爷娘分挑家庭的重担，让弟弟妹妹过上"好"的日子。虽然什么是好的日子，我也不太知道。每当大家庭里有过不去的时刻，当家的堤坝面临滔天的洪水，面临堤坝缺口倾覆的时刻，我都会身不由己用自己年轻的血肉之躯去抵挡。有一年春天，母亲病重住院，父亲隔离审查，大弟弟远在黑龙江的军马场，在家的三个弟妹有一个要去安徽插队……从未料理过家务的我，一个人里里外外地扛着。早上把饭菜准备好。兵荒马乱，学校都已停课，再三关照弟妹千万不要出去闯祸。白天上班工作，下班急匆匆赶到病房，怕母亲担心，瞒着父亲隔离的消息，带着可口的厂里的小菜，探望、安慰病床上的母亲。后来，弟弟送走了，父亲出来了，母亲病也好了。那年秋天，我毒气攻心，左腿上下烂了两个和图钉一样大小的一厘米深的脓疮，我自己用手和棉花把脓头从腿里挤拉出来，然后，在医务室涂点红药水。天天上班，没有请过一天假。我从未埋怨过。因为我是长子。是穷人家的长子。既然你是长子，你有什么可埋怨的？你向谁去埋怨？向谁去倾诉？你必须默默地去承受，去担当。这是你的宿命。我年轻时仅有的几次哭泣，都是一个人默默地对着上下班经过的田野让咸的泪水悄然无声地淌下。有时好像有人在轻轻地安慰我。回过头去，却是风，掠过广阔的田野，擦着耳边吹过。田野总是那样静悄悄的。然后，擦干，继续行路……

很多年后，我看倍赏千惠子、高仓健主演的影片《远山的呼唤》。男主角田岛耕作和女主人公的儿子、可爱的风见武志躺在黑暗的草棚下，面对小男孩的追问，平静地告诉他，一个男人一生要忍着的事情多着呢。我听了，心一动。坐在黑暗的影院里，我想，自己很年轻的时候就知道了，一个男人该有怎样的肩膀，该去做什么，怎么做了。在那个时代，我读了身边能找到的所有的书，它们让我心里的蓝天总是那样的高远广阔。直到今天，看着我长大的邻居

在迷惘忧伤的青春岁月……

爷叔阿姨总是说，五室里的老大从小就欢喜捧着一本书。如今他们都已是八九十岁白发苍苍的老人了。田野和岁月，也都成了过往，永远地消失了。

生日晚宴上，已经六十岁的妹妹流着眼泪对我说，大阿哥，谢谢你！一路走来，是你照顾我们母女俩，从心里感谢。真不敢相信大哥都七十岁了！归途中，弟弟也发来了微信，大哥，万分感激这一生有您，来生愿意再做您的兄弟。几年前，妹妹也对我说过"来生再做"。作为长子，就凭"来生再做"四个字，所有的苦都不是苦了。

七十岁了，感谢家人一路同行，感谢和我一起成长的弟弟妹妹，感谢所有在我生活里出现过的人。六十岁后进入我生活的外孙，更是让我感到了生命延续带来的前所未有的快乐。我喜欢他的一切。喜欢他夜晚睡在身边天使般纯净的表情，还有轻轻的均匀的呼吸。喜欢用手帕拭去从他发根注出来的细细密密的晶莹汗珠。昨晚，他回家临睡前在床上唱《祝你生日快乐》，用微信发给了我。回家路上，听得我心都化了。今天他又和同桌小女孩在课间用《新民晚报》般大的蓝色卡纸为我制作了祝福我生日的贺卡，一直保密到生日宴上才给我。晚宴快结束时，房间里再次响起他"祝你生日快乐"的稚嫩歌声。在和我一起吹灭蜡烛的瞬间，烛光映红了他的小脸。

对于未来的人生，我没有很高的要求。我的付出已经获得了我从未想象到的回报。几百条祝福的微信足以温暖我的心。我只是这块土地上十三亿人中的一个普通人，资质中庸，无才无能，唯一聊以自慰的是，还算用功。我感谢时代、大家对我的如此厚爱。我的未来，一活着，二稍微健康地活着，三稍微开心地活着，四活着做力所能及的事情，尽力帮助我身边比我困难很多的人。

2017. 2. 27—3. 2

爬树记

我自小在上海东北角工人新村的田野里长大，喜欢做些文绉绉的上海小囡不会做的事，比如爬树什么的。很高的很高的树，我脱了鞋，哧溜哧溜，像只灵活的小猴子，三下五除二就爬到了树顶上。我小学前三年是在同济新村里的四平路二小读的。每天一个人背着一个小书包，从阜新路的西头到阜新路东头去上学。风里雨里，烈日酷暑，就像一个人的孤独长征。沿途是一望无际的田园风光，田野的尽头有一座座白墙黑瓦的本地农舍。那时候同济新村中间与彰武路垂直有一条窄窄的小河。记得小学二年级的一个春天，正是柳枝爆芽的时节。化冻的河岸边，柳树夹着清清的小河。那枝条的嫩绿，带着春天清新的气息，在风中摇曳荡漾。真是美死了！我压不住一个野孩子的满心喜悦，手脚并用，一口气爬上新村河边的柳树分叉的枝丫上，摇着满树的柳枝和枝条上那星星点点的嫩绿。满满地吸了一口气，把春天都装进了自己的五脏六腑。摇了一会儿，就看见同桌樊可江的父亲（几十年以后我才知道那是我国著名的水彩画家樊明体教授）带着和春天一样青春勃发的一群大学生在画水彩写生。在一张张白纸上浮现出的那么明媚的春天深深吸引了我……

"我站在树上,大片的绿叶簇拥着我。"

这个周末，虽是已过冬至，天却不怎么冷。早晨有点淡淡的雾霾，但天仍然蓝得有点深湛。难得空闲，我陪宝宝在小区门口的广场上一起玩气球。宝宝用打气筒给长长的气球打气。打完后，五颜六色的气球借着尾部喷出的气流，在空气里像快乐的小鸟和游鱼般到处乱窜。它们有的飞得很高，有的飞得很远。我东一处西一处地帮宝宝捡着一只只落下来的气球。突然，宝宝大声叫唤起来，外公，你看！随着他小手指的方向，一只橘黄的气球高高挂在一棵大树中间。这是一棵桂花树。花已开尽，但满树茂盛的叶子，又浓又绿的，闪着厚实的光。树冠圆得那么匀称，真像一把撑得满满的大伞。粗壮的树干，黛青色的树皮有点苍老的意味，上面缀着一些小小的黑色的圆圆的斑点。我使劲摇了摇树身，纹风不动，树叶牢牢地连在枝头上。我看了看大约三四个人高，离地两米多有个主干的树杈。而气球就挂在伸出的树枝上，冷冷地打量着我，看你咋办。老夫尚能饭否？我突然萌发了一个念头，"爬上去"。搓了搓手掌，两手握住树干，脚掌抵住树干。谁知道，曾经那么轻松自如的爬树变得那么困难。一百五十斤的身体吊在树上，重得如铅块似的，腿脚笨拙得像个大狗熊。完全出乎意外。文静的宝宝在树下睁大眼睛看着我。女婿在一旁力阻，爸爸，一个气球，算啦！我心有不甘，继续。真是费尽了九牛二虎的力气才爬到第一根分叉的枝丫。伸出手没撩到。再用手摇摇第二根枝丫，没有树叶落下，用脚踩踩，枝条很有韧劲。一脚站在斜出去的第二个分叉上，一手拉着主干，一手去撩，还是够不着。摇了摇，倒好，气球自得地缠在枝叶间，悠闲地飘着，根本不理睬我。女婿劝阻无效，眼明手快，把照片拍了下来。还真有点儿累。我站在树上，大片的绿叶簇拥着我，宽阔的街道伸向远方，头顶有白云在蓝天上慢慢飘过，脚下是玩耍的孩子和他们清脆透明的欢笑，还有阳光下安详坐在长椅上的老人……我觉得眼睛有点湿润。多么遥远啊，时间都去哪里了？下树来，看看照片，自己那副猴样还真有点像严庆谷前几天演的孙悟空。

回来全家都批评我，为了一只气球就如此这般不要命。其实我只是想重温童年的烂漫时光。没有想到的是，重温一次那么费劲，还让家人担心。现在我庄严地向大家保证，今后，再也不爬树了！

  附记：当晚我发了微信。没想到几百个朋友点赞，议论纷纷。有批评我检查不够深刻，要重写的。有鼓励我继续爬继续爬的。有表扬我很棒，身手矫健，可爱老头童心未泯的。有时尚者说是"芳华岁月"。还有"羡慕煞哉"的老朋友说我猴王身段，比他强千百倍。有文绉绉者说，毛老师此节可入《世说》。当然，还有不少朋友非常关心我的"安全"。

2017.12.28

梦出发的地方

我童年时就读的小学,打虎山路第一小学成立六十周年了。

六十年前,打一小学还是一所极平常极普通的小学,坐落在杨浦区西北角的打虎山路北端。它的周围散布着鞍山二、四、五村,和以后陆续建造的六、七、八村。这所建于上世纪50年代初的小学,和同时代所有工人新村新建的小学一样,一样的平房校舍,一样的白墙黑瓦的尖屋顶,一样的绿草如茵的大操场,甚至一样的从手摇到电动的上课铃声。正是共和国诞生不久青春朝气勃发的年代,学校代表着当年新中国对工人子弟的关怀,学校接受的就是周边的工人子弟。我的同学大都家里很穷。放学后,会有同学去捡菜皮、卖棒冰,帮助家里艰苦度日。每次新学期开学,我印象最深的就是,父母在灯下为着学费发愁苦恼的神情。

我家住在鞍山四村107号二楼5室。那是一栋红砖砌的三层楼公房,现在还在。推开朝南的玻璃窗,打一小学就在我的眼前。每天早上,天蒙蒙亮,就可以听见学校灰色的高音喇叭里"远方的客人请你留下来""美丽的姑娘"的歌声随着茫茫的大雾,清晰地飘过来。夜晚,星河灿烂,从学校的上空横贯而过。童年的我有时会一个人伏在窗前,望着深邃无垠的浩瀚星空，久久地发呆。

我小学四年级转学到打一。班主任是教语文的吴天真老师。我们都是学校附近的工人子弟，基础差，吴老师总是耐心地反反复复地教我们。她还给我们讲自己抗战时溯长江西进一路颠沛流离的艰难，讲青年列宁在母亲的教育下决心戒烟的故事，讲旧社会人们赌博卖儿卖女倾家荡产的往事。这些都给我留下了深刻的印象。后来我一辈子没抽一支烟，对赌博麻将没有一点兴趣，就是小时候吴老师教育的结果。小学毕业后，我和同学经常回去看吴老师，她住在虹口公园后山阴路上一条宽宽的弄堂里。在我们这些穷孩子的心目中，那里就是人间天堂了。每次到吴老师家，她都会拿出很多零食招待我们。我第一次听到左翼作家蒋光慈的名字，就是在吴老师的语文课上。教算术的是朱老师，他长得高大英俊，把枯燥的算术讲得明白有趣。我喜欢文科，但后来数学也一直喜欢，就是受了朱老师算术课的影响。毕业时，朱老师还特别提醒我们要尊敬老师，不要忘记小学的老师。我一辈子对教过自己的老师充满感恩，就源于此。直到今天，逢年过节，我都会给小学的朱老师、翟子庚校长、大队辅导员李梅兴老师……打电话，问候致意。五年级的时候学校作文比赛，六年级两个班的同学得了第一、第二，我得了第三名。吴老师和学校送我去杨浦区少年宫的写作班学习，还把我的作文推荐到学区去展示。从此，写作、文学、作家，就成了我童年所有梦想里最向往的一个。

吴老师病重时，朱老师带信给我，说吴老师特别想见我。我放下了手里的工作，急急忙忙赶到医院。我到她病房时，她已经昏迷了，不省人事。朱老师附在她耳边，轻轻地对她说，吴老师，你最喜欢的学生毛时安来看你了。话音落地，吴老师竟然奇迹般地慢慢睁开了眼睛，泪珠顺着眼角滑了下来。我强忍着悲痛，久久握着吴老师的手，默默地看着她消瘦的

杰出校友,我最珍视的荣誉。

1 接受打一小学领导颁发的"杰出校友"铭牌。
2 感恩母校,向母校学生赠送我写的书。

脸庞和花白凌乱的头发，想起了老师年轻时慈母般的模样，她对我的耐心而严格的鼓励批评教育，想起了她在我这个普普通通的工人的儿子身上所倾注的心血。

打一小学是工人新村一块精神的绿洲。六十年来她无私地哺育了周围无数工人的孩子。就我家，先后两代五个人从这里走向社会。六十年来她让每一个出身寒微的工人的孩子有了自己的梦想，然后怀着这份梦想踏上人生的漫漫长路，她用深情的目光注视着他们赶路的背影……是的，我无法忘怀，老师那永远的目光，默默地鼓励我前行，给我力量，让我战胜自己的犹豫、软弱、动摇。他们始终没有离开过我，使我一直能怀着一份永不破碎的梦想，前行，就像夸父追赶太阳，坚定而热烈。

我想，教育，除了给予知识，就是赋予孩子梦想，让梦想展开翅膀自由翱翔。我的母校，打一小学，就是我梦出发的地方。

2015.1.14

附录：三十年前，一个暖和的午后
毛晓岚

三十年前，一个暖和的午后，阳光洒在教室外长长的走廊上。班里的英语老师，让学生排成一行，一个一个地听同学们的英文发音。老师说，the这个单词的发音，是要轻轻咬住舌头的，而不是简单地发"d"。每个孩子都要在她面前念一遍，直到念对为止。

我，是这群孩子中的一个。三十年后，我三十七岁了，而我的母校，打虎山路第一小学，六十岁了。

那天，很多同学把 the 的发音念错了，而我，一下子就念对了。老师表扬我，说我英语有天赋。和爸爸经常受表扬不同，小学时，我胆小羞涩，不太受到表扬，所以，特别珍惜老师的每一次称赞。我坚定地相信老师的话，因为她对我们是那么耐心，那么认真，那么充满善意。在我小小的心里，老师的话，就是最大的鼓励。后来，我对英文一直有浓厚的兴趣。工作后，成了一名电视导演，经常有出国工作拍片的机会。在埃及，在俄罗斯，拍摄中国文化年的时候，我和外国友人的交流，以及对当地一些政要的采访，都能轻松把握，游刃有余。让我深深感到自己能用英语为自己的国家做事，是多么的光荣。去年亚信会议，我担任视频的总导演，第一次运用国内外最先进的视频技术工作。连续几个月没日没夜地疯狂工作，让我的精神几近崩溃。当晚会结束，听到国内外贵宾席上习总书记、普京总统等爆发出热烈掌声的时候，一股由衷的暖流涌上心头。我和团队的伙伴们紧紧拥抱在一起，又笑又跳……头上是大剧院的一片灿烂的灯光。而这一切的成绩，都源于那个下午，老师的那一句话。

一个好的老师，一个好的学校，真的可以塑造人的灵魂。她引领着我走向最温暖、最正面、最积极的人生。那个时候，我觉得班主任崔老师就像妈妈，那么亲近，我可以跟她说很多话。老师亲切的微笑，老师轻轻拍我的脸庞，那些温柔的细节，永远留在心里。

是的，打一小学便是这样的土壤。至今，我还清晰地记得老校长在风中飘起的花白的头发；还记得教我们唱歌的音乐老师一次次不厌其烦地陪我去市里、区里参加歌唱比赛，得了上海"民族杯"小歌手比赛的优秀小歌手奖。因为这次得奖，我后来成了小荧星艺术团的第一批团员；而学校后面的大操场，回荡着我和同学们游戏时银铃般的欢快笑声。我的童年，从来不曾失落过美好,从来不曾感觉过孤单,因为即使父母忙碌着,老师总会在身边陪着你。

时间过得很快,一转眼,打一小学迎来了六十岁的生日。真想回小学去看看,那片被爱浸润的土地,那片教书育人的摇篮,那片魂牵梦萦的地方,那片包容着小小的我,载着我梦想启航的地方……

两张照片的回忆

——我的少先队生活

2012年12月隆冬的北京,街上北风呼啸,屋内却是一片暖意。我参加国家舞台艺术精品工程评审验收工作。一组十二个评委,却有三个来自杨浦区:总政歌舞团团长王祖皆、南京艺术学院博士生导师居其宏和我。而且,都住在控江路沿线的鞍山新村、凤城新村、控江新村。我们都曾经是上海市杨浦区的少先队员。说起成长,我们都深深地怀念在那里度过的少先队生活。

是的,少先队生活是我们难忘的记忆。每年"六一"儿童节,一面鲜艳的队旗在前面迎风招展,吹着嘹亮的号角,敲着队鼓,穿着白衬衫蓝裤子,排着整齐的队伍在蓝天下接受检阅,永远像一幅油画镌刻在我生命的相册里。

我有一本相册,保留着我在打虎山路第一小学少先队生活情景的两张照片。一张是合唱。打一的少先队文艺活动很多,每年都要以班级为单元举行合唱比赛。我从小喜欢唱歌和文娱活动。老师让我担任指挥。四年级时,我们的大队辅导员李梅兴老师刚从二师毕业。她圆圆的红扑扑的脸庞,就像少数民族诗歌里形容的少女"像红苹果一样"。她那样年轻。那时，我们人小，没什么音乐知识，还不知道专业的音乐术语"指挥"。就把指挥叫作"打拍子"。李老师就一边弹风琴，一边给我比划，"一二三，一二三"地数节奏。有时停下来，手把手教我怎样"打拍子"。李老师很耐心，总是那样和颜悦色。班级排练时，大家都很配合，没有一个人捣乱。"六一"那天演出，我们一色的白衬衫，前排同学站在地上，后排同学站在课桌椅上。我自己站在上课的椅子上。在李老师的前奏后，我挥起了双手，大操场上响起了"我们的田野，美丽的田野……"的歌声。我们还唱了轮唱《我是一个兵》。两个声部此起彼伏，指挥得我满头大汗。照片右下角中，大队辅导员李老师也系着红领巾在为我们伴奏。后来我们还参加了在市东中学举行的全区"布谷鸟"歌咏比赛，得了奖。印象中市东中学的礼堂特别巍峨恢宏。还有一张是毕业前夕少先队举行化装舞会的合影。每个少先队员头上都戴着自己设计、用蜡光纸糊着硬纸板做成的各式各样的帽子。有的是五角星，有的是月亮，有的是树木、花草……大家手拉手，围着圆圈，尽情地唱着歌跳着舞。在欢快的歌舞声中告别了我们小学的少先队生活。谁也不知道未来将是什么样子，但我们勇敢地从少先队的温暖怀抱里飞向明天。

多少年来，我逢年过节会给李老师打电话问候致意。前不久李老师过世了。但半个多世纪过去后，我还会常常怀念那时的少先队生活，怀念大队辅导员李梅兴老师。虽然当年物质生活并没有现在那么的富裕，但我们朴素、单纯，我们拥有向着未来的茁壮成长。

2016.12.1

五年级的我,站在椅子上,指挥全班大合唱,布谷鸟般的歌声响彻校园。

三代人的"六一"

"六一"儿童节,总是在江南即将走进漫长的细雨绵绵的黄梅日子前,快乐地来到孩子们的中间。

在我的记忆中,"六一"似乎从来没有下过雨,一片瓦蓝瓦蓝的天空,有轻如棉絮般的白云身姿优雅地自由地从我们的头顶悠悠地飘过。"六一"前夜,总是我母亲最为忙碌的日子。虽然穷,但她要我们有个体体面面的节日。她会把我们在节日里要穿的白衬衫、蓝裤子洗得干干净净,然后用滚热的饭锅把衣服烫得整整齐齐,棱是棱,角是角,小心翼翼地叠好,压在我们睡觉的枕头下,让我们第二天脖子上系着鲜艳的红领巾,精神饱满地去上学。小学里一面队旗在蓝天下"哗啦哗啦"地迎风招展。我们最羡慕擎旗的小旗手,一正二副引人注目地站在队列的前头。队号嘹亮,队鼓震天。我们排着整齐的队伍沿着用煤渣铺就的跑道行进,一个班一个班地依次进入操场。就像很多年以后,我们看到的奥运会开幕式一样。记得有一年我们在慈祥可亲的班主任吴老师的带领下,大家头上戴着用五彩蜡光纸自制的帽子,稚拙地在操场上跳集体舞。还有一年"六一",学校举行歌咏比赛,我们放开歌喉,歌唱蓝天下飞过的布谷鸟,歌唱美丽的田野,歌唱我有一双勤劳的手。至今我仍然保存着一张二寸大小的影像模糊的黑白照片。照片里,我站在椅子上指挥全班小朋友一起大合唱。那时候,物质很贫乏,生活很朴素。我们在泥地踢拳头大的小橡皮球,两个书包一扔就是球门,满头大汗,像天堂里快乐的小鸟。所有的游戏和快乐,都是那么的简陋简单。那时我们都怀着一颗"新中国的小主人"的心。我们不会想到,后来,这颗心让我们跟随自己的国家颠簸,经历苦难,也分享欢欣。

"六一"会有高年级的大哥哥大姐姐给我们戴红领巾,后来,我们又给低年级的小弟弟小妹妹戴红领巾。"六一"是灿烂阳光下儿童心灵的一次友爱而圣洁的仪式。逢到家里偶尔经济宽裕有余钱的时候,我还会收到父母给我买的《小朋友》杂志和连环画。它们开启了我面向一个与现实生活并不那么相关的世界,我沉溺在那些遥远缥缈的世界里,那个世界赋予了我想象、梦幻。那时自己和自己的小伙伴们就像一首诗里写的那样:"我们纯洁,就像蓝天、云彩……"

后来"六一"儿童节降临到了女儿的生活里。是独生子女的时代了。只有一个孩子,我们尽其所能地把过节的女儿打扮得像童话里小公主,白色的喇叭形的蕾纱裙子,胸前佩上一枚紫色的"宝石"。给她买各种各样的书,《中国童话》《世界童话》《上下五千年》。女儿从小就怕生,胆小爱哭。我送她到杨浦区少年宫合唱队。练唱时她不识谱,我坐她边上,手指一行一行点着简谱,在她耳边轻轻哼唱。终于,一年级时,她参加全国"民族杯"小歌手比赛,完全出乎意料,一登台,就那么落落大方。一首《春天在哪里》驱散了剧场下的黑暗,把人们带到了春光明媚的田野里。女儿因此在区里拔得头筹,参加市里的决赛。决赛在南京路西藏路拐角的黄浦区少年宫。我们紧张地待在外面等待在教室里比赛的女儿。门紧紧关着,隐隐约约飘出一缕歌声。没想到女儿居然过关斩将,获得了"民族杯"小歌手优秀歌手的称号,成了上海小荧星艺术团的第一批成员。有一年电视新年晚会中,小不点儿的她,居然还和大名鼎鼎的"刘三姐"黄婉秋叫板对唱起来。虽然我们并不富裕,但我们借了钱,给女儿添置了钢琴。在上世纪80年代,这简直是一件惊天动地的大事。独生子女一代,集父母全家之爱于一身,"六一"要给他们战胜自己的力量、勇气和信心。

今天女儿也有了儿子。四岁的宝宝也有了他的"六一"节。昨天,他们在上海大剧院举行了他们人生的第一场演出。为了这场演出,这些享受着改革开放成果的孩子们,在老师们的细心指导下,小脸涨得通红,一次又一次全身心地投入排练。他们用天真稚嫩的动作和令人难以想象的充满了童心的表演,让巨大的舞台像漫山遍野的五月鲜花,开得那么绚丽纯洁,让现场看着他们表演的父母一个个情不自禁地流下了激动的眼泪。在这个"六一",他们看到了生命的茁壮、生命的成长,看到了自己的未来和希望,也让孩子们有了自信和力量。五十多年前,在泥土操场上引吭高歌的我们,怎么能想象今天的孩子会在如此灯火辉煌的大剧院舞台上展现他们花蕾般的童年,用他们清纯的山泉般的童声浸满一个如此辉煌的空间。宝宝们不再玩我们直接采自大地的泥土做的玩具,很快告别了木头的积木。他们玩无毒塑料材质的"乐高",能精密复制出城市生活遭遇到的各种场景。四岁的宝宝能把神偷奶爸、保卫胡萝卜玩到眼花缭乱,然后教我们几次,很不屑地对我们说,外公你真笨。但他知道疼人,知道出去一定不能落下八十八岁的阿太,我的岳母。知道自己的好东西必须和大家、和小朋友、和客人"分享",内心要拥有一份对世界对别人的爱。有天,我们去幼儿园接宝宝。宝宝说,幼儿园有小朋友插队,他劝不听,一急动手打了小朋友。我们一面鼓励他敢于阻止不良风气的做法,同时也批评了他动手打人的坏行为。有了第二代、第三代，作为老人，我一直在想，我们应该留给孩子们的是什么？孩子们应该怎样过"六一"？他们成年后应该拥有一份怎样的关于"六一"的记忆？

在当下，这已经成为中国社会的一个普遍而严肃的社会问题。君不见，不少中国孩子的眼睛自小就失去了湖水般清澈的童贞所独有的单纯的目光。他们的目光过早地变得那么成熟。他们伶牙俐齿，鉴貌辨色。甚至小小年纪，眼睛里已经会不经意地流露出大大超过实际年龄的老谋深算，甚至是可怕的老奸巨猾。怕孩子在社会上吃亏，父母常常不但不批评，还洋洋得意于孩子的早熟。所以，我一直坚持认为，我们的家庭、学校、社会要不遗余力地呵护孩子们珍贵童年生活的明朗、简单、纯真。就是要敢于拒绝各种巧立名目的早教。心灵的自由发展、人格的健全发育、身体的健康生长，远远超过强制的拔苗助长的知识灌输。我们愿意给孩子更多自由选择的空间，让他在自由选择的过程中确立自信，享受自己存在的快乐和价值。我们不惮"输在起跑线上"！所以我们唐诗宋词古文基本不教，数学汉字由他兴趣。特别是，不能让孩子不出家门，就已成为一个满嘴假话、投机取巧、左右逢源的"巧伪人"。

放过我们的孩子，让他们拥有一份属于自己的关于"六一"的晴朗快乐美好的记忆！这份记忆将成为他们漫长人生中永远温暖的家园。

2014.5.30，31 北京、上海

怀念朱赫来的日子

在上世纪五六十年代,《钢铁是怎样炼成的》是读者最多的一本书,是几乎每一个青年知识分子必读的"革命圣经"。保尔在烈士墓前关于生命意义的内心独白,更是当时最脍炙人口的人生箴言。如果让今天的中年人开列一张影响过自己人生的书目的话,这本书绝对是名列前茅的。

初读《钢铁是怎样炼成的》,已经是三十多年前的事了。

我最早知道这本书,是在一个初中同班同学的姐姐的拍纸簿上。那簿子上记着"人的生命是宝贵的"这一大段当时几乎人人脱口成诵的经典名言。后来的准确阅读日期虽然已经湮没在往事中,但具体的阅读情景却是历历在目。在我的周围有秋日透明的阳光笼罩着全身,有"我们走在大路上""山连着山,海连着海"的高亢旋律不绝于耳。但是很快周围的一切都消失了。我走进了保尔的世界,我随着他的身影南征北战,颠簸流连,厮杀在军刀闪亮的战场,出入在风雪弥漫的工地,经历了精神、情感、疾病、意志的摔打和磨炼,目睹一个少不更事的幼稚的孩子在烈火的锻造下,成长为一名坚强的战士、成熟的男人。而保尔和冬妮娅的恋情,则无疑使身在"谈爱色变"的年代却又正当青春期的我们,有了一种朦胧的情感体验。他们黄昏时在公园桥上望着落日分手的情景，给了我们一种终生刻骨铭心的伤感。我们甚至幻想有冬妮娅这样的朋友，能让我们也像保尔在雪地上痛斥她那样，来表现我们意志的坚决。

我至今仍然难以忘怀，布琼尼第一骑兵军从顿河大草原风驰电掣掠过白军阵地时军刀撞击的铿锵力度和宏伟场面。我想，今天听惯看惯了卿卿我我、风花雪月、小桥流水的年轻一代，特别是男孩子，如果读读这本书，感受一下金戈铁马、动荡征战的岁月，定然会使你的气质和人格中增添几分壮怀激烈的博大情怀。崇高的美感会加强人的精神力度。

保尔和冬妮娅在雪地重逢的这一节，无疑充满了情感的戏剧性。因为他们各自都经历了那么多，谁也不会想到，在他们结束了年轻时洋溢着诗意的情感经历后，会在这样一个缺水停车、天寒地冻、毫无诗意可言的场合中相遇。命运对保尔来说，显然有那么点不公平。他为他的祖国出生入死，付出了青春的一腔热血，但结果呢？无怪冬妮娅怎么也想不到他竟弄成这个样子，弄成一个"连比挖土强一点"的工作都找不到的男人；而当初和保尔在一起的战友，有些早就当上了什么委员，或委员一类的"首长"了。但是，她恰恰没有想到的是生活的另一面，保尔也有许多战友已经马革裹尸、长眠九泉了。虽然他在经济和物质上是匮乏的，但丰厚多蹇的人生阅历，使他在人格上丝毫不低于那位昔日的守林官的女儿，不低于那个好逸恶劳、自以为高人一等的铁路工程师。因而，保尔敢于用在冬妮娅听来有点刺耳的粗鲁口吻回答她的挑战。如果我们能小心而仔细地拨去盖在保尔身上的某些仅属于那个时代的东西，那么保尔的这种坚强的人格，无疑对于今日年轻一代的成长是有启迪意义的。

青年时代通常是需要人生启蒙的精神导师的。在一个充满着理性、实利、文质彬彬的现代社会中，如果让我选择的话，我决不会去选择温文尔雅的蒙泰尼里神父担当我精神的教父，相反我更愿意让粗犷的朱赫来闯入我的生活，用他的力量作为我精神上人格上的老师。朱赫来给保尔上的第一课是英式拳击打法。在朱赫来雨点般拳头的打击下，保尔不知摔了多少个"倒栽葱"，但他仍然耐着性子刻苦地学下去。正是少年时对重拳的承受，使保尔在精神上也具有了承受生活中种种最严峻打击的能力。我们这一代从保尔身上懂得了应该在生活中承受重拳的道理，又在"文革"的磨难中获得了这种能力，我不知这该算是幸运还是悲哀。但是，每个时代都会有其特殊的人生重拳。现代社会是在"秩序"形式掩盖下充满着激烈竞争和压力的社会。在这样的社会中，朱赫来给保尔上的第一课，是永远不会过时的。

在那些天上飘着白云、稍有空闲的时候，我常常会想起朱赫来。他教育出保尔这样的战士，但是他怎么会想到在遥远的东海边的一个大城市中，还有一个中年人在常常怀想他给保尔上的第一课呢？

1997. 1. 16

虽然接受了朱赫来,但依然幻想冬妮娅的青涩年华。

高考 1978

直到今天回想起来，1976年依然是个令人难以置信的年头。这年十月，不断有各种令人振奋的消息从各个渠道传来。十月，盘踞中国政治舞台十年之久的"四人帮"被一举粉碎，笼罩在人们心头的满天的阴霾被一扫而空。天朗气清，每个中国人都充满了期待。那是一个春潮汹涌万象更新的时代。大街上到处都是庆祝粉碎"四人帮"的欢快的人群。金色的阳光下，电台里播放着贝多芬《命运交响曲》那激动人心的旋律。我一次次在群众集会上放声朗诵《人民胜利了》。十年里，我痛苦过，彷徨过，忧虑过，失落过，但我始终没有绝望过，哪怕一时身陷绝境。一本《鲁迅语录》是让我在漫漫长夜燃起心头希望火焰的火把。我想尽一切办法，到处借书来读。用绿豆般大小的字，抄录了大大小小十几本笔记。其中就有查良铮先生翻译的长诗《欧根·奥涅金》。第二年三月，各种长期被禁的世界文学名著重见天日。"五一"节那天，我排长队一下子买了《悲惨世界》《艰难时世》等十几本书。

1977年10月21日，《人民日报》头版头条刊登了"高等学校招生进行重大改革"的消息。在十年中，我曾一度有过进上音和上戏学习深造的机会，最终留下一声长叹。还记得 1966 年 5 月，已经高二的我在学校三楼教室张贴的五颜六色的高校招生简章前徘徊的激动心情。

此刻，我听到了《命运交响曲》开头那激越的三连音构成的敲门声。我从未惧怕过，哪怕荒废了十年学习的青春时光。我毅然决定迎接命运的挑战，绝不屈就。我几乎毫不犹豫地填了报考申请。翻箱倒柜，找出了自己珍藏了十多年的，代数、几何、三角三本一套的数学复习资料。那是甘肃人民出版社 1958 年初版、1963 年第四版，由甘肃师大附中数学教研组编的。纸张粗糙，灰色封面，装帧简单。然后，又拿出了自己没有丢掉的高中语文、历史课本。白天在厂里上班，劳动间歇拿出书本翻上几页。晚上等怀孕的妻子睡了，一个人躲在厨房昏暗的灯光下复习。夜深人静，就听到翻书的书页声……那时自己真年轻，从来不知道苦是什么，累是什么。在荒废、等待了十年以后，我像学生那样再度走进教室，拼命抑制住驿动的心。我以 416 分的高分进入上海高考的前列。结果我人生的第一次高考，被单位以政审不合格的名义落榜，在 570 万考生只录取 27 万的激烈竞争中被淘汰出局。我决定，第二年再考。我周围所有的人都以为我疯了。朋友同学父亲弟妹都劝我放弃。和我一个厂的妻子说，我知道你考试没问题的，但领导不会改变他们的看法，不要去了。

在全世界没有一个人支持我的时候，我又开始了第二次温课应考。从小看《三国》《水浒》《史记》，最佩服项羽、关羽、绿林好汉这些有缺点，却把人生活得像诗一样美学的英雄。我准备做个"失败的英雄"。即使失败也要活得漂漂亮亮。

那时女儿刚出生。我晚上照料女儿妻子入睡，然后打起精神在 15 支光的电灯下独自攻读到深夜。实在累了，就用冷水擦把脸，很有点悬梁刺股的劲头。第二天一清早去打虎山路路口的饮食店排队买豆浆让妻子补身体。接着依然去上班……

考场在荆州路100号的辽阳中学。7月20日考政治、历史，21日考数学、地理，22日考语文、外语。骑着一辆旧货店淘来的黑色自行车去考场。辽阳中学不是重点中学，条件比较差，但学校很重视。正是烈日盛夏，不断有老师进来喷香水。监考老师还时时提醒我们，大家看仔细点，不要漏题，不要粗心，不要急着交卷……

结果不出所料，这次我又跨进上海一百八十名的高分行列，可又被单位领导用政审卡住。我不甘心，我不愿意窝囊地接受没有挣扎过的失败。我像秋菊打官司那样，一次次到区招生办申诉。接待我的是一个四十岁出头的女教师，穿着一件黑色的两用衫，剪着简单的短发，满脸的慈祥、温和与同情，使我想起小学的班主任吴老师。她坐在办公桌的一头静静地听着我陈述。听完后，她平静地告诉我，国家现在需要人才，你这样高的分数，没有理由不录取的。单位同意你参加考试，又不放你读书，是不对的。我要去找你们单位！她没有食言。秋夏之交，炎阳当头。从公交站到我当工人的那家厂，要走二十多分钟。她就这样一次次步行到我单位去交涉。路上也没有行道树，我不知道汗水怎样湿透了她的衣衫。因为她的不懈努力，让我终于赶上了末班车。

我是1988年11月3日去报到的，比其他同学晚了将近一个月。是上海师范大学（华东师大校区）中文系走读生。同学中像我住在杨浦区这么远的很少。好在我不怕吃苦，只要有书读，能报效国家，能改变自己的命运就行！

后来我许多次徒劳地去寻找那位穿黑衣服的女老师，我要当面感谢她改变了我的命运。终于，还是没有找到她。在我人生道路上，我遇到过许

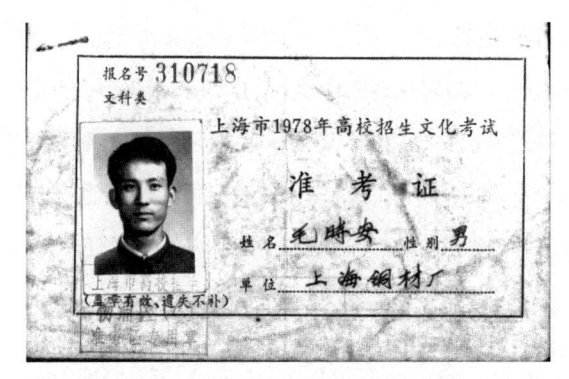

|1| 1 怀着即使失败也要活得漂漂亮亮的信念,再次走进考场。
|2| 2 一张从根本上改变了我人生的通知书。

多挫折、坎坷和失败，但我没有屈服过，因为我是从1978年高考过来的，因为我总记得那个穿黑衣服的女老师，以及我后来受教的导师……

  人，并不是永远会有机会的。感谢时代给了我机会，而我自己也没有辜负时代，抓住了人生最后的机会。没有1978年的高考，我不知道今天的自己是怎样的自己。当然，人生没有"如果"。真的错过，也只有错过了。

2018.9.5

我的最后一课

1969年春天，68届高中同学张俊中远赴黑龙江逊克县插队落户。我们几个和他一起编油印小报的同学相约为他送行。那时我已经工作了，因为工伤，手指差点被锯子锯断，请了几天病假。大家很留恋学校生活。谁也不知道未来在哪里，这辈子还能不能回到学校，再次坐到课堂里，听老师在讲台上给我们讲课。约在学校相聚，我们在学校的后院拍了几张照片。满院的迎春花开得一片金黄。拍完照，我们折进教学大楼。沿着长长的走廊极慢极慢地走着走着。没有目的，就是留恋。就在这时，意想不到的事情发生了。空旷的走廊里，回荡着清晰讲课的声音。这声音，我太熟悉了。是于老师！是的，是于漪的声音。于老师是语文教改的先行者。在我上高一的时候，她来我们班级搞语文教改实验，用原来高二的《民族的科学的大众文化》一课进行实验，前后给我们授了三课课文，还在校园后面圆形的观摩教室举行了全市范围的公开教学。于老师讲课的声音富有穿透力。"于漪老师！"大家都很惊讶。几个同学都知道于老师的名声，但从来没亲耳听过于老师的课。谁都没有想到于老师在上课。我们循着声音，赶紧快步行去。

就像所有的教室一样，我们的教室有前后两扇门。后门有一块一尺见方的玻璃。我先踮起脚，探头从小玻璃中望去，没错，就是于老师。于是，我们几个同学，就轮流扒到那块小玻璃上，领略名士讲课的模样风采。没有轮到的就把耳朵贴在教室的门板上听课。那时，于老师已经快四十了，正是她最成熟最有风采的时候。虽然经过了一场疾风暴雨，但没有摧毁她热爱教育的那颗心。她穿着那个时代统一的灰色的上衣，剪着我熟悉的齐耳的短发，依然保持着一个人民教师应有的朴素端庄大方的仪表，依然保持着她讲课的独有风范。黑板上是干干净净、一目了然的白粉笔写的板书。可以看到，教室里小同学听课的专注投入。可以感受到，知识传授的庄严。我们拼命地把耳朵紧紧贴在那扇门上，生怕漏掉一个字。透过教室薄薄的门板，清晰地传来于老师讲课的声音。那么的抑扬顿挫，那么的嘹亮饱满，充满了激情。就在那一瞬间，我们感到阳光穿透了厚厚的灰色的云层，照亮荒芜的大地，有嫩绿的小草从我们的心田里钻出来……法国作家都德写过《最后的一课》，这就是我们在中学里上的最后一课。由此，我再度感受到了，汉语的美丽博大和诗情。汉字和它的声音，经过于老师的传播，让我坚信，它是世界上最动人最富于感染力的文字。

　　在昨天"致敬最美教师"的全市大会上，在我讲完这段往事后全场响起了热烈的掌声。当我这个七十岁的学生有幸再度握起九十岁老师那温暖的双手时，我流泪了，我想起了那最后一课，想起了我生命中遇到的所有老师……

2018.9.9 匆匆

1 2022 年 1 月 30 日，74 岁的学生毛时安给 94 岁的人民教育家、共和国英雄于漪老师拜年。
2 于漪老师和她教过的 1967 届学生。

致女儿的三封信

第一封　考试以后

岚岚，你好！

　　这次期中考试已经结束，成绩已经揭晓，考卷也已经发下。你有什么感想呢？这是你进中学的第一次期中考试，但成绩如你在语文考试卷上分析的："不理想"。爸爸不准备过多指责批评你。因为爸爸也有一定的责任，忙于工作，对你关心不够。但是，恕我直言，问题关键出在你自己身上。这封信，我和你谈谈心，谈得不对的地方，你也可以提出批评。

　　从考卷分析，错误大致出在以下几个方面：

　　1）粗心大意。如数学中大量的计算题，把5%换算成0.2，语文把贺知章写成贺致章，把"惟"写成"唯"，语段分析"不知为什么轻轻地说"是谁说的，阅读时不仔细，张冠李戴，同一主语贯穿下来，怎么会换人呢？数学应用题5，也是粗心。

2）基本功不扎实。如语文修辞手法中的排比，小学时崔老师曾明确讲过要有"三句以上"，才能算排比，而且小学升学考中也做过，你是做对的。在分析《百草园》中，出了错误。数学题选择2，做对的又擦掉，也是基本功不扎实。平时错别字不断。

3）视野不开阔。思考解决问题缺乏灵活性。应用题1、4，如果你能再灵活些，把解题思路再拓展一些，就可以解决，而你却在接近解决的时候，又入岔路，做错了。这里还有一个意志的问题，如应用题第四题，在原来思路上再努力一下，就可以看到成功的曙光，但你却放弃了努力，前功尽弃，非常可惜。

4）确实有相当难度。如语文句段的"老人为什么发窘"？"踱"为什么不换成"迈"，这种错误是有情可原的，以后要多接触。

上面分析的卷面上体现的几方面错误，都是你从小学时就有的，而且我也曾一次又一次地向你提出。甚至为了粗心，你还挨过手心，可是至今收效甚微。为什么？我认为，上述错误是形式，是表面现象，关键的问题首先在于你的学习态度、学习目的。对于任何有关学习的事，你都采取一种马马虎虎、得过且过、混混过去的态度，缺乏对自己的严格要求和崇高目标，特别是怕吃苦。梅花香自苦寒来。一个人只有确定崇高的目标，才会不怕艰苦，不畏艰险，勇敢地去攀登一个又一个人生的高峰，攻克一道又一道人生的难关。这在你平时弹钢琴的过程中，也可以看到你的不严肃的学习态度。几乎很少有弹得相对完整、完美的曲子，每一段乐曲都是勉勉强强，疙里疙瘩的，再让你练，你就会说："蛮好了！"卷面错误1）、2）背后的原因就在于学习态度、学习目的。其次是思维方式的训练太少。没有正确的思维方式，遇到有一定难度的问题就束手无策，茫然不知如何是好。其实思维方式是可以锻炼的。古人说，读书破万卷，下笔如有神。讲的是写文章的事情，其他方面也这样，多读、多练、多接触各类题目，3）、4）方面的错误就会逐渐减少。

岚岚，记得开学那天，爸爸送你去学校的路上，你对爸爸说："爸爸，你以后不要送了，我是中学生了。"你用一种很自豪的口气说的。看着你一天天长大，爸爸是很高兴。你确实开始长大了，从无锡回来那天晚上，你在茫茫夜色中唱起了《童年的小摇车》，我已经发现你长大了。因为只有一个开始长大的孩子，才能把这首歌唱得这样深情。夜色中弥漫着你洒落的音符，至今犹在我耳畔作响。所以，爸爸希望你把自己当作一个"中学生"来对待。爸爸会衰老，一天天地衰老。这世界的希望、爸爸的希望在你的身上。一个人不怕挫折，也不怕失败，挫折和失败已经成为事实，就不要哭，也不要长期沉浸在过去的挫折和失败中。重要的是总结，吸取教训，这样挫折和失败，就是一笔今后学习、生活的人生财产。爸爸希望你拿出行动来。这次考试已成为过去，看你下次的。你不是神童，不是天才，但你决不比别的孩子差，甚至你的能力和潜力还是有的。即使在做错的第一、第四道应用题中，都可以看到你还有巨大的潜力可以发掘。要对自己有充分的自信心，同时脚踏实地地去实践，从每一件小事开始培养自己的学习态度和顽强意志。

如果没有身后那条崎岖的路，和洒在那条路上的汗水、泪水、艰辛、屈辱，就不会有今天的你的爸爸。岚岚，和爸爸相比，你的童年是多么的幸福，条件是多么的优越。但是，爸爸不能代替你走路，你自己的路，归根结底要你自己去走。"艰难困苦，玉汝于成"，只有不怕艰苦、不畏崎岖的人，才能最后摘取生活中的灿灿明珠。爸爸的爱，不是一句空话，而是切切实实的要求和殷切的希望。不要辜负了你自己啊，岚岚！

你的大朋友　爸爸
吻你！
1989.11

第二封　踏上婚姻殿堂时的心情

岚岚，你好！

　　昨天看着你和陈刚款款走在红地毯上的时候，你知道吗，爸爸一直像个孩子那样目不转睛地注视着你们。你披着白色的婚纱，就像欧洲古典油画里飘然而至在森林里翩翩起舞的美丽仙女。爸爸真的为自己有这样一个女儿感到自豪和骄傲。甚至我们全家——叔叔和孃孃都激动得流出了热泪。

　　因为我们来自被人看不起的底层。阿爷病危前，最大的愿望就是想带着全家到乡下去。他十四岁背井离乡，独自一人，来到上海做学铜匠。一生坎坷颠簸，要改变自己的命运。最后由你的爸爸实现了他的愿望。这是一条多么漫长的人生道路啊。直到昨天你踏上红地毯的一刹那，爸爸才明白，你是爸爸的全部。爸爸一生的奋斗，就是为着等待这美好一刻的到来啊。

　　爸爸做梦也没有想到，一个穷人的孩子的孩子，一个工人的孩子的孩子，一个在冬天光脚蹚过雪地的孩子的孩子，一个想读书却连书都买不起的孩子的孩子，会在世界面前展现出公主般的美丽和高贵。几乎所有的来宾都对我们的女儿和女婿赞不绝口。

　　刚才王安忆阿姨还在赞扬你，她要请你吃饭，和你说话呢。她对陈刚的评价也相当好。爸爸真心地希望你们平平安安、幸幸福福地生活。珍惜昨天那么多人献给你们的祝福。

永远爱着你的爸爸
2007.1.22

第三封　期待小生命的到来

亲爱的岚岚，你好！

　　今天你将成为一个伟大的女人。仁慈的上苍让你如愿以偿地成为母亲，你的胸膛将像大地，你的手臂将像港湾，成为一个新生命启程的圣地。

　　今天你将成为一个拥有伟大幸福的女孩，那个小小的生命将从你的身上来到这个世界，他会为你带来从未有过的激动、欢欣和快乐。

　　岚岚，看着你长大，看着你一路走来，从一个小小的婴儿，就像今天出生来到世界的小生命一样，然后幸福地走上婚姻的殿堂，然后圣洁地踏进产房，跨过人生又一道门坎。我们为你骄傲！

　　爸爸妈妈用深情的目光为你祝福，为你和陈刚爱情的结晶呱呱坠地而祝福，为你的坚强勇敢而祝福，为小小的陈诺的未来健康成长而祝福！

　　岚岚，别害怕，勇敢、沉着、镇静、乐观！

　　我们和你一起，等待着小生命来到世界的神圣时刻。

　　岚岚，加油！我们引以幸福自豪的女儿，加油！今天这个世界属于你和即将诞生的小生命！你的爸爸和妈妈吻你。

2009.12.11 清晨

父亲和女儿，一个还没变老，一个还没长大……

"我还是可以为大家做事情的"

——选举的故事

宝宝一年级,开学不久,班级选小干部。大家知道,现在家长都很重视,事先会帮孩子做准备。我们觉得,孩子的事情孩子做主。结果,宝宝参选小队长,两票落选。回家路上,我们怕他沮丧、失落,想鼓励一下他:"宝宝,这次没选上,你……"谁知,话音未落,宝宝已经抢先答话:"外公,没关系的。我不当小队长也可以为大家做事情的呀!"他的从容大度,大大出乎我们的意料。一句话打消了我们的全部顾虑,让我们悬着的心放了下来。车窗外一片明媚的阳光照着他从容的娃娃脸,纯洁的眼睛亮着微光。一年级学期结束,他被评为学期阳光少年。全班五个,一个大队长、两个中队长、一个小队长,只有他是群众。他对我说,外公,我今天很开心!

很快,二年级又要选举了。星期一选大队长,星期二选中队长和小队长。女儿盘算,宝宝一年级时小队长都没选上,大队长就免了吧。星期一晚上,也落俗地帮宝宝准备一下星期二的选举吧。回家路上,宝宝很沉静地看着车窗外的风景。我们也不知道发生了什么。结果女儿来微信说,宝宝选上了中队干部。

我们很纳闷:"你不是说,明天选吗?""今天大队长选得快,老师就接着让我们选中队长、小队长了。"

"那你没准备,怎么选上的?"我们有点好奇地问他。他不紧不慢地告诉我们:"我是最后报名的。我先听前面十个小朋友的演讲,把他们说得好的都在心里记下来,然后,我再加上我想说的话,上台演讲,就选上了呀。"

我们又问他:"你干吗不告诉我们呀?"

他说:"我怕你们太开心。去年我考试好,外婆高兴地陪我踢足球,你们忘了吗?"

原来一年级,他期中、期末七门课全优,外婆很兴奋,就在小区门前和他玩足球。脚踩在足球上,一不小心滑倒,手撑地,骨折了。

三年级换了新班主任。新班主任对我们说,这次你们陈诺就别再选班干部了,他自理能力很差。坦率说,宝宝人长得个子小,又过敏,自理能力确实差了一点。但独生子女有几个自理能力强的?虽然我们心里也不太接受,但既然班主任都这么说了,全家都劝宝宝,今年别选了。问我,我说还是听听他的意见吧。宝宝非常诚恳地对我说:"外公,我想参加选举。我觉得选上很光荣,而且我能很好地为大家做事情。"没想到,第二天选举,宝宝的票全班第二,与第一名只差了两票。班主任一看,也接受了。就这样宝宝当了四年中队干部。

他心里总想着大家,愿意为大家做事。学校怕出事,规定走廊里不许乱跑。一下课他就站在走廊里,一边叫,一边伸手去阻拦。连老师都为他担心,说:"你家陈诺,人小,叫他不要下课去拦同学。"我们转告他。他说:"我会注意的。"虽然个子小,却在同学中间有很高的威信。有一次他感冒,过了几天去上课,小小的身影一出现在教室门口,全班同学都站起来直着嗓子，高声欢呼："陈诺，陈诺！"

　　宝宝真像孙幼军笔下的小猪一样稀里呼噜，单纯傻帽，一点心机都没有。

2022.2.7

生的向往

下午四点，正是人慵懒的时分，收到一条微信：毛伯伯您好，我是小苑的女儿，不好意思打扰您了。我赶紧回复：祝福你，勇敢地生活！接着，又是回复：实在不好意思，很冒昧地打扰到您，如果可以的话还请伯伯帮我转发一下证明一下，非常感谢，我是真想活下去想换肾。紧接着给我发了"水滴筹·爱心接力！花季少女求生之路"，字字句句充满了对生的渴望。

说来已经六年多了。2014年11月21日我正在沈阳参加中国京剧节研讨会，突然接到一个电话："小毛，我是爷叔，实在么办法了，我活了作孽啊，只好打电话给侬……"声音沙哑，几乎要哭出来了。接着一五一十哭着向我介绍了他女儿、外孙女的病情。打电话的是我工人新村的老邻居朱师傅。我赶紧在电话里安慰他说："爷叔，侬勿要难过，我一回上海，什么事也不做，第一件解决侬格事体，放心，我一定会尽全力的！"11月22日我回到上海，把情况告诉妻子，妻子说救人要紧。第二天一早我打电话给爷叔，说我下午去看他。天下着雨，我去银行取了钱。下午和妻子乘10号线地铁赶到自己度过了童年、少年、青年时代的工人新村。曾经阳光灿烂的工人新村担不住岁月的摧残，真的老了。楼道里灰蒙蒙的，走廊里一片漆黑。爷叔坐在厨房里，陈设的还是我当年离开时候的那些桌椅板凳，黑乎乎的，老旧的香雪海冰箱发出"嗡嗡"笨重的声音。我赶紧把钱递到爷叔手里。爷叔拿了钱就要跪下来。"爷叔，千万勿好格能格。"我急忙拦住。

接着爷叔断断续续向我们讲起了这些年经过的事情。女儿小苑和前夫离婚，把外孙女小佳判给了前夫。游手好闲的前夫趁自己女儿未成年不懂事，把女儿有居住权的住房卖了，卷走了钞票。外孙女走投无路，只有回到自己母亲身边。屋漏偏逢连夜雨。女儿再婚，丈夫又出了大事。女儿身患尿毒症，现在外孙女也患了尿毒症。母女两个人都只有一两千块收入……我不太懂医学，却也知道尿毒症要血透，要换肾，费用非常昂贵，听得我心直往下坠。我知道生活有沉重，但没想到它会对穷人开如此残忍的玩笑！女儿小苑和外孙女小佳目光呆滞地一声不响站在边上。妻子在一旁听了，从口袋里掏出一张公交乘车卡，说："爷叔，毛时安带了钱，我临时没带，这张乘车卡里有八百块，用过一趟，侬先收下来。"妻子平时也难免会发点小牢骚，没想到当场说了一句豪气干云让我感动不已的话："爷叔，共产党不会放弃侬格。"接着，她向爷叔要了银行卡号，每个月底，雷打不动地把钱打到他卡上。

我和上海慈善基金会有过交集。成立时我们策划慈善义演，我为义演取了"蓝天下的至爱"这个名字，《上海电视》曾有报道。后来慈善基金会几次约我写稿，我都谢绝了稿酬。回家后，我放下一切事情，立刻向上海慈善基金会一位老领导求救。我说，你们不一定给钱，但最好想办法给母女俩指一条路，可以解决大病医保，杜绝后顾之忧。老领导答应一定想办法。雪中送炭，下拨了两万善款。然后又请杨浦区慈善基金会去探望，送了钱，还为她们解决大病医保指了一条路径。我原以为事情可以解决了，谁知，不久女儿小苑再次慈善筹款。我立刻在朋友圈转发了。剧作家黎中城、中科院院士王恩多……我的许多朋友纷纷慷慨解囊。2017年我一直忙于交响合唱《启航》的创作。9月20日晚上写完，如释重负之余，突然想起她们母女的事情。谁知同时手机就响起来了。小苑在电话里说，女儿长期服用激素，又得了脆骨病，痛不欲生，时有轻生的念头，希望我帮助她们转发众筹募捐。我转发后，自知效果不大，找到一家熟悉的媒体老总，希望得到帮助。老总是个肝胆侠义非常豪爽的女同志。电话里，她为难地告诉我，现在这样的情况不少，报社不太方便直接参与。你写一篇文章呼吁，可能会有效果的。我说，这样做，人家还以为我自我宣传呢。老总说，你这样年纪，还怕别人说！再说你确实是为了救人。我踌躇了几天，还是写不下去。那个众筹我连发了好几遍，以致我弟弟劝我，大阿哥你不能这样滥用你的名声。他问了地址，自己拿了几千块钱送到爷叔屋里。

现在孩子的母亲又得了严重冠心病，装了支架，还是频繁发病，直接晕倒在厕所里。昨天已经八十一岁的爷叔，忧心如焚地告诉我，女儿前天还在医院抢救，他自己一身重病……外孙女小佳一次次颤抖着手在母亲的病危通知书上签字。她真的不敢想象，没有住的地方，没有钱看病，如果母亲不在了，自己一个人怎样活下去！她对人生的美丽向往，就是微信里对我说的："我想好起来，像个正常人一样出去打工养活自己，也可以补贴家用。"她要换肾，要筹五十万！我们能帮她实现这个昂贵而起码的理想吗？

记得几年前陪我家小哥哥读过一本《爱心树》。大地上的一棵树，倾其一生，把自己的叶子、果实、树枝、树干、树荫献给了一个不断长大的小男孩。最后只剩下了一个树墩给已是老人的男孩坐下。我知道我其实也只有一个"树墩",断断无法完成孩子的愿望,但我不甘心,我还是要为爷叔,为她们母女去做一次徒劳无益的努力,大声呼吁一次……因为我是一个工人的儿子,他们看着我长大,我真的不甘心。

2020. 6. 8

一群快乐的"敲门者"

清晨起来,在微信上虚拟飞了两三天的雪,终于落下来了。铅灰色的天,上海难得的凛冽的西北风卷着拇指大的雪花,打着圈,密集地旋转着、飞舞着。有点儿发愁,这样恶劣的天气,新著《敲门者》的签售会还有读者来吗?谁料到,天公见怜,不到正午,雪消风停,云开日出。虽然街道背阳的角落里还积着丁点儿白色的残雪,但天空已是一片澄澈如水的蔚蓝。大太阳像孩子一样放肆地闪着晃眼的光。艺术坊门口贴着签售《敲门者》的广告。广告上的我,静静地坐着,安详地看着世界。不知道广告设计者从哪里弄来的照片。照片是画家陈家泠的御用摄影师小许抓拍的。

《敲门者》是我的第一本美术评论集,收录了我三十多年来写的三十来篇美术评论。为了与书中程十发、陈家泠、张桂铭、陈逸飞、萧海春、陈丹青等的那些精彩绝伦的美术作品匹配,我全程介入了从封面到内芯的设计,出版社和雅昌印刷公司精心制作,做出了一本值得爱书者们收藏的有气质的书。为了不负读者参加签售的车马劳顿,我特地请了沪上大画家陈家泠、萧海春、黄阿忠、陈逸鸣前来助兴。他们都是我在美术界几十年相交相知的好朋友。

签售定在下午两点。书店空间不大，书香扑面，摆满了五花八门的艺术书籍。一点四十分，已有读者的身影在大玻璃橱窗外晃动。一点五十分许，热心的读者陆续拥进书店。想着室外零下七摄氏度，读者们为爱书的热情驱使，冒着滚滚寒流远道而来，就有股暖流在我心中涌动。一眼望去，读者中有我从宝山赶来的高中同学胡昌龙，有七十多岁生过重病的越剧院舞美师浦立，有专程前来的美籍画家刘树春，上大美院的年轻学子，还有更多陌生的读者朋友。

二时许，我和画家们一一落座。我表达了对读者的谢意后就开始签名。读者去柜台交钱取书，然后排队到我们这儿来签名。陈逸鸣、萧海春、我、陈家泠、黄阿忠一字排开。开始，我们循规蹈矩，依次用常见的ZEBRA记号笔把名字签在书的环衬上。二十分钟后，一成不变的签法，大家倦意上来了。有好事的读者，别出心裁地让我们把名字签在封面中央贴的那块白纸上。其他读者一看，也纷纷效法。这倒痛快，省却了我们翻书的麻烦。

以大胆创新开拓国画一代新风的陈家泠，将届八旬，按捺不住，像个老顽童，带头破门而出，用现代绘画的硬边构成，在封面上把个"泠"字进行多种变形。家泠喜好围棋，像围棋布局那样对空白实施包围切割。这逼得我们不得不顺着他的结构布局动足脑筋落笔签名。看着陈家泠如此地放纵，平时看起来挺老实、话也不多的陈逸鸣，也动起了坏脑筋。他买了十本书和家泠打赌，要他十本签出十个不同的"泠"字。签得出，他埋单。反之，家泠吃进。家泠君提起水笔正要签名，逸鸣又提议让书店营业员去拿毛笔，这一来正投了家泠所好。他一会儿浓墨，一会儿淡墨，一会儿浓淡夹杂，积几乎一生的功力让那支毛笔在他手里出神入化，竭尽线条墨色千变万化之能事。阿忠一看，也兴致大发，挥毫在封面上涂抹起来，草草逸笔之下顿时浮现出远山、流水、小舟……一片疏朗的景色。因为没有负担，虽只香烟牌大小，却用笔潇洒，极有看头。海春自然也用习惯的毛笔签上自己的大名。连平时拿惯了油画笔的逸鸣也一时兴起执毫签名。没想到油画家的毛笔签名也很有派头，出笔硬朗坚挺，极富碑意。只有我怕出丑，一个人很别扭地依然用水笔笨拙地签着。谁知道，手边的四支水笔没有一支顺手，出水不畅，写的字惨不忍睹。大家像孩子一样地花样百出，引得那些刚买了书的读者忍不住又折回身来，拿出再买的新书请几位大画家签名。屋外朔风劲吹，屋里一片暖人的盎然春意。书名"敲门者"，没想到，那一刻，我们和在场的读者都成了猴年书香新春的快乐"敲门者"。

眼看四点降临，家泠再度变招。他乐哈哈地站起来，对我说，今天是你的书，应该留下你的大名。话音未落，笔下一个狂放的草书"毛"已经神气十足地站在了白色的封面上。就像怀素张旭，他一口气写了十个龙飞凤舞全然不同样的"毛"字。引来读者的一片喝彩。事毕，家泠将四本写着"毛"字的《敲门者》分送给了我们四个人。

看见书店的营业员满脸的高兴，我不免好奇，悄悄地问责编小朱刚刚签售了几本。一百多吧，小朱回答。营业员说，一次签售，而且这么冷的天能卖出这么多，属于老好的。小朱转过身来，轻轻对我说，毛老师，狄格（这个）就是今朝的图书市场……

2016.1.25

1 画家谢春彦在《敲门者》封面上尽兴发挥。
2 感谢热情的读者,我愿为你们写作。
3 为读者签名的热情场景。

是生命就要开花

——在《毛时安文集》研讨会上的答辞

谢谢主办单位辛勤为我《文集》的出版、发行筹备了如此质朴隆重的研讨会，谢谢各位朋友同行从这座喧嚣忙碌的城市的各个方向聚集到这里，参加我的研讨会，也谢谢领导的讲话、口信和贺信。我的工作是评论别人，今天第一次被这么多的人用这么多热情洋溢充满鼓励和肯定的话加以评论，内心的忐忑和不安不是用语言所能表达的。一个人能拥有文学界、美术界、戏剧界那么多知心朋友，一个评论家能在六十岁出版四卷一套的文集，这是自己三十年前连做梦都未曾想到过的。

已经有好长时间我时常怀想和在座各位一起走过的三十年中的许多情景，尤其是一个人独处的时候。我会想起多年前吴亮出差途中打呼噜时的模样，年轻的程德培在书店里挑书买书的投入，郦国义办报时一丝不苟审读的神情，陈思和、王晓明在20世纪80年代后期《上海文论》主持"重写文学史"专栏时的辛苦。那时上海的下水道很落后，一天风雨大作，我赤着脚蹚着淮海中路的大水到陈思和家取稿，与思和紧挨着在幽暗的光线下审稿的情景；赵长天和我在上下班的车里纵论天下大事的时光……那时我们对文学是多么的虔诚啊。

我的家里放满了朋友们赠我的签名书，有时我会从书架上抽下来，随手翻翻。这时，我仿佛听到了朋友们在昨天的时光里和今天的我说话的声音。我还想起了已经离我远去的一些长者和朋友：巴老、沈柔坚、茹志鹃、罗洛、周介人、陆星儿……君子不党，我不喜欢结党营私拉帮结派，我不习惯小圈子里蝇营狗苟的气氛，那种暧昧而复杂的人际关系还有制约自由交往的各种潜规则。在文学艺术界工作那么多年，我没有自己的圈子，也不进别人的圈子。我喜欢君子之交淡如水。大家在我的生活和事业里自由地进进出出，我也是。但多少日子积累下来，所有朋友们给予我的淡淡的感情仍像水一样浸泡温暖充溢着我三十年的文字生涯。正如古人说的，上善若水。朋友们似水的温情，是这世界给我的最宝贵的礼物和财富。我内心深处并不期待给大时代一个卑微的小人物开什么研讨会，我真切期待的仅仅是同龄人和朋友间的一次难得的快乐的聚会，一次对往事和友情的缅怀。

出席会议的朋友构成了我生命的年轮。将近三十年是我在文学界的朋友，二十年上下是我美术界的朋友，十年上下是我文艺界的朋友。这次的会开得轻松亲切，充满了人情味，像亲友拉家常一样地无拘无束，让我十分感动。同时，我坚持请思和和晓明邀请两位年轻的学人罗岗和王光东，因为我真心地想听到年轻人对我的反馈和批评，听到充满青春力量的回声。我想，没有在座的朋友，不会有我三十年坚持如一日的写作。

修辞立其诚。我想努力做到：以无比的真诚对待世界，以无比的热诚对待生活，以无比的坦诚对待内心，以无比的虔诚对待写作。我知道我写得还不那么好。但我在文字中留下了自己赤诚的心。而且我确确实实地把评论当作文学作品那样去追求一种美丽的形式。因为我不是那么有才气，我写评论只有老老实实地读作品。每篇几千字的作家论，我都会去读能够找到的作家几万、十几万、甚至几十万字的作品。记得多少年前有次作品讨论会上，有个才华横溢名声很大的评论家把那个作家的作品贬得一无是处。事后我细问他读作品的感受。他回答我，用不着读的，不就是那么回事吗？我既惊讶也自惭形秽：那位朋友真是太有才了。我，做不到。

去年我在北京的一位小朋友给我发了一组"仙人掌开花"的电子邮件。仙人掌开花我是看到过的，但从来没有留心过。那组邮件中仙人掌们依次开花的情景，其色彩之瑰丽鲜亮，那种开花过程的完美细腻，令我的灵魂为之长久地震撼。其中有一棵仙人掌，一圈粉红色的小花团团地围着它，就像一个带着山花编织的花环，既兴奋又羞涩的美丽新娘。我从来没有想到朴素的仙人掌能把自己的花开得如此灿烂壮观、如此惊心动魄。2003年11月巴老百岁寿辰时我为写文章又重读了巴老的文字，其中让我感动的是，巴老从青年到晚年心底一直埋藏着让生命开花的强烈而美好的愿望。这几天，我正在审看一些电视作品。日本流行歌曲大师，和我差不多同龄的谷村新司在他自己作曲的《花》中，用并不漂亮的嗓音唱道：

花就是花，不顾一切地绽放。
花就是花，不顾一切地飞舞。
花就是花，不顾一切地凋零。

人活着，就是要让生命的花，绽放、飞舞。而且，要不顾一切。哪怕凋零。我说过，我很少做梦。在我做的很少的梦里，有一个重复的情景：我在透明的蓝天中滑翔。有时像雄鹰那样在山谷的上空自由而稳健地滑翔，有时像古代的侠客那样飞檐走壁，像NBA巨星那样投篮瞬间滞留在空中，像太空人那样久久地漂浮在一片虚空之中。

花就是花，不顾一切地绽放……

我来自中国社会的底层。我是一个工人的儿子，一个出身卑微的平民的后代。在大家的搀扶和鼓励下，三十年来我和我生活的大时代相随相携，有幸阳光风雨一步步走到今天。我会记住今天大家那么多热情的掏心掏肺的话。记住安忆说的："作为一个思想劳动者，在他，应还有许多时间和发展空间。"我仍然是一个学生，我仍然要学习，仍然要读书，仍然要写作，要弥补和充实自己。要让生命开花，让生命飞翔。而在背后督促鼓励我的，就是你们永远温暖的目光。

谢谢大家！

2008 年 9 月 22 日发言，9 月 29 日修改

三生有幸

——2012年上海市"三品"表彰感言

很巧今天是我六十五岁的生日。在生日之际获奖，我自然很高兴。但我想要说的不是这个。我想把我获得的荣誉，献给我的老师，年初三刚过了百岁华诞的徐中玉教授。我能在大学毕业后的三十年里一步步走到今天，是徐先生的道德文章影响引领我。离开学校后，我每年给先生拜年，先生总是以他的言传身教激励我。先生饱经沧桑，几度沉浮，但他宠辱不惊，一身正气。每次见他，都会看到他手里拿把剪刀在剪报，动情地给我们说国家的事情。他是一个真正有中国传统知识分子风骨的学者批评家。可以说没有先生就没有我，我只是得其千百分之一而已。什么是正能量，徐先生就是我们党、我们国家、我们民族的正能量。

第二，我感谢上海这座城市。尽管这座城市还有许多不尽如人意的地方，但她是我的父母之城。我在她的怀抱里出生，在她的怀抱里长大。更重要的是，她如杨部长一再强调的，是中国革命的圣地，是一座光荣、伟大的城市。去年年底参加国家舞台艺术精品工程评审，一个评审组十五个评委，居然有三个评委来自上海工人集聚的大杨浦，来自一条并不声名显赫的街控江路。有一次在文新集团四十六楼开会，看着这座城市在脚下一片生机勃勃向大海一样涌动的模样,心里有一种说不出的感动。能用自己的绵薄之力,为这座充满希望和未来的城市,为这座城市的文化发展工作、服务,是我一生的荣幸。

耽误大家了,谢谢!

2013.2.1

做个"心地好"的人

——本命年生日感言

没有蛋糕,没有烛光,没有鲜花,全家围成一桌,吃了一碗面条,为我过了本命年的生日。这些特殊的日子一直宅在家中。白天总想着自己一见倾心的江城,那些疫难中挣扎的人们,在病毒阴影中飘然远去的生命。深感生的无常。想起年轻时读古诗十九首和汉魏六朝诗行的悲怆心情。夜长梦多,不时有老友故人在梦中相见。半夜醒来,一生曲折的经历像过电影一样,纷至沓来。甜酸苦辣,历历在目。记得刚搬进新公房时,和母亲一起,用白石灰和着些许煤球灰粉刷墙头的时刻,金色的阳光涂满了每个角落。还有十年灰暗人生中的读书和不甘心。月光下吹着忧伤的口琴……去年,走了教我初中语文课的洪老师、大学的恩师徐先生。凌晨三点多,我目送徐先生被推出病房。我是唯一在场的学生。我后来走上文学道路,离不开从小学、初中、高中、大学,那些一路教我的语文老师。

春节前后的日子,风雨如晦。虽然自己并没有经历儿时梦想的班超西出阳关开疆拓土的征战,却仍有"夜阑卧听风吹雨,冰河铁马入梦来"的惊心动魄。

去年12月26日我和五十多年前一起进上海电磁线一厂的师兄弟姐妹

聚会。未见到当年一起工作的徐华实。听说她身患重病，当天我和她微信联系："那么多年，我一直很惦记你和磁一老三届的师兄弟姐妹们！当年我们就像亲兄弟姐妹，一起并肩工作多年。今天你没来，有人和我说你病了。衷心祝愿你战胜病魔，身体康复！如有需要敬请关照我！"

2月1日我们又微信了一次。这是我们此生最后的一次对话——

毛：华实，将近五十年了，自离开红旗厂（注：上海电磁线一厂原名上海红旗磁线厂）后，再未见过！但看到磁一群里，大家对你的尊重，说明你人好。常记得当年一起工作的日子，好像还到四达里你家去过。听说你身体有恙，衷心祝愿你新的一年健康幸福平安！

徐：毛时安，好久没有这样称呼你了。这么多年过去了，你很争气，终于活出个样子给磁一厂的人看看。这当中是多么不容易啊！是的，你曾经和丁义山一起到我家四达里来过。那是"516"时期。当时，我很孤独。你心地很好，给了我很大的安慰。

生老病死，人生常态。一个人身体的好坏，是由很多因素造成的，很多由不得自己。

看到你的家庭照，很温馨！尤其是你有一个比你更争气的外孙。

祝一切安好！

…………

今天的年轻人已经不知道清查"516"了。1970年3月27日，中共中央发出《关于清查"五·一六"反革命阴谋集团的通知》。这是当年追查的大案。一直从北京追查到全国各地，严重扩大化，许多年轻人由此受到莫须有的追查和迫害。大约1970年5月,我去厂里上班,气氛诡异而冷峻。有人悄悄告诉我,徐是"516"分子,是厂里这次重点清查对象。在车间里碰到徐,她脸色苍白,眼眶发红。那时因熬不住审查、批斗而轻生的消息时有所闻。徐华实来自名校复兴中学,很有水平,一直和我在厂部政宣组,我组稿,组织出黑板报,她写文章。就是人又高又瘦,很单薄,下巴尖尖的,面孔白撩撩的。和我们一起的还有一个负责美工的小丁。那时,因忍受不了各种清查迫害而自杀的年轻人不少。我不能看着身边一起进厂的师妹独自承受那样的压力,怕她一个人想不通走上绝路,冒着自己被揭发的风险,下班约了负责美术和写字的同事小丁师傅一起去她家,安慰她。她家住在虹口区四达里。弄堂很深很长,人影稀少。是石库门,有很大的客堂间。见了面,我不断对她说,你要有信心,要有信心,千万不能想不通,千万……她眼睛噙着泪,不住地点头。云开日出。终于,清查过去了,她好好地活着。后来,我自己在那家厂里的处境也很糟糕,不久就离开了那家厂。1976年我离开那家厂,从此我们再也没有见过面。听说,1977年高考,她怀孕,没法参加,作为厂校的老师,她非常认真地辅导了一起进厂的那些师兄弟,他们陆续考进了大学。大家尊敬她,都叫她"徐老师"。往事历历,没想到四十多年后,她依然记得!她在微信里说:"你很争气,终于活出个样子给磁一厂的人看看。"确实,那年头,我和厂里的领导发生了争执,有不少老师傅和师兄弟姐妹同情我、安慰我,也有一些人捉弄我,想看我笑话。我活得很艰难。我下决心,刻苦攻读,改变自己的命运。我想,我一定要,让大家看到我堂堂正正地活在世界上。徐华实的这句评价的确让我非常感动。

本来想和老厂的同事再去看她,没想到,前几天厂里师兄弟姐妹说,她去世了!

她在微信里说我"心地很好"。我想,自己无才无能,一辈子就想做个"心地好"的人。这也是我母亲的教诲。我知道,曾经有不少人误解我。其实我并不在乎别人的议论,我在乎对得起自己的良知和内心。我一生在很多单位工作,工作时也难免听到一些让人不快的流言和误解。让我欣慰的是,最终在我与他们分别后,不少人怀念和我在一起的日子,说,毛这个人蛮好的,总想着人家。

本命年要着红色。正好有条红围巾,绣着"明灯"二字。明灯,给人光,照路。给人热,驱散寒气。在我人生的道路上,亮着许多明灯。我不是明灯,但我要把大家给我的光和热,还给后来的人们。

这几天和小外孙一起睡。记得他小时候老出汗,"蒸笼头",枕头垫三条手巾还不够。三年级下的作文写得疙里疙瘩。没想到,他现在汗少多了,睡前还总要和我聊会儿天。经常蹦出一些"思想"来,作文写得让我都觉得自己还不如他。他们终于不用像我们那样生活了。

九斤老太老埋怨一代不如一代。其实,年轻人真的比我们强啊!

2021.2.17, 2022.3.17

辑三 说人话,抒人情

刻录时代,用真诚的声音,激起思想的浪花。如果能有孩子的心灵和鲁迅的思想,多好?

天籁

那年冬天去香山。灰的天，灰的地。全然不见秋日香山红叶漫天飞舞、燃烧的辉煌。令人昏昏欲睡。突然，耳际听到一阵飒飒的响声。天上、地上，漫天飞舞，漫天飘洒，让人的心随之震荡、飞扬，竟比所有听过的音乐都要好听。看官问道，是什么声音令你如此激动？只是突如其来的一阵狂风卷起的一堆落叶。它们像蝴蝶泉边的枯叶蝶，精灵般地在风中舞蹈着。忽高忽低，忽远忽近，忽轻忽响，没有节奏，没有音高，没有旋律，只有尽情的发挥，尽情的自由。

世界上什么声音最好听？大自然的声音。

真正久违了！大自然的声音。

忙碌的生活，紧张的节奏。我们终于失落了自己，终于辜负了大自然的恩赐与厚爱。于是，我的心灵重新召唤了许多童年的自然的声音：春日化冻小溪的潺潺水声，稻麦在夏风抚慰下的抽穗声，远归的燕子在我家住的本地房子梁间歇息的咕咕声，新年春糯米粉的木臼声和着袅袅炊烟的咚咚声，还有皑皑大雪覆盖的田野上小鸟觅食的翅膀扑扑声……

任由着高级音响发出的高保真的音质振动着耳膜，我们失落了什么？轰鸣的重金属和直接送到耳朵里的随身听，使我们对最动人的细微的声音失去了听觉的敏感。现代的 Hi-Fi 使每一个音符都像空气中的子弹，闪烁着饱满的颗粒感，从而使音乐的欣赏失去了自然的音响环境，失去了在音乐厅欣赏音乐而独具的浑然一体的整体的美感。著名指挥家李德伦批评音乐大师卡拉扬，每次录音的后期制作都亲自去做一些技术处理，许多渐强都是通过手控的录音技术做出来的，这种巨大的音响是虚伪的。他认为，音乐是表现人的感情的，也只有由人演奏出来才是真挚的。我曾经在音乐之都维也纳听过莫扎特管弦乐团演奏的莫扎特作品。和我经常听过的音乐会不同，台上演奏的是一支不到三十人的乐队。他们穿着十八世纪维也纳的宫廷服装，以极其柔和舒展而不是声嘶力竭的音色演绎着莫扎特。正是这支毫不起眼的小小的乐队，重新恢复了莫扎特所独有的亲切的人间气息和情怀。也使我们想起了他的故乡，萨尔斯堡脚下流淌的萨尔斯河和远处的阿尔卑斯雪峰所独有的静谧。

大约距今一千年前，有一位五十三岁的诗人站在六一居秋天的窗前。"欧阳子方夜读书，闻有声自西南来者，悚然而听之，曰：异哉。初淅沥以萧飒，忽奔腾而砰湃，如波涛夜惊，风雨骤至。其触于物也，鏦鏦铮铮，金铁皆鸣；又如赴敌之兵，衔枚疾走，不闻号令，但闻人马之行声。"星月皎洁，明河在天，树间秋声的层次被感觉得何等微妙细腻。

然而，我常常在想，今天，即使有大自然的声音，我们又怎么能有敏感的耳朵去捕捉去谛听？即使有大自然的声音，在市声的喧嚣中又能发现多少，听到多少？脚步匆匆，我们究竟错过了多少？

留一点时间给自己。清晨，听鸟雀从窗前啾啾地飞过；入夜，听清风柔柔地掠过林梢。

放松我们的心灵，去倾听最美的声音，来自大自然的天籁之声。

2003. 4. 29

宝宝要自由创作

经常听人说，不要让孩子输在起跑线上。很多人没想到，恰恰就是这句"伪真理"成了绊住孩子发展，让孩子输在起跑线上的缰绳。

我家外孙喜欢画画。三岁时，对面墙上挂着一张大画家张桂铭的画。我说，宝宝，你看对面的画好吗？他说，好。我说，你就照他那样画。宝宝淡定地回答我，张爷爷归张爷爷，宝宝归宝宝，宝宝要自由创作。这让我非常震惊。一次张桂铭来我家，他居然跪在地上，拿着自己的涂鸦，指指点点，肆无忌惮一五一十地向张爷爷解释自己的画。

儿童都是天生的艺术家。宝宝没有拜过名师，也没有进过任何美术学习班。两岁的时候，他开始拿起彩色铅笔，歪歪斜斜地在纸上胡涂乱抹起来。稚拙的线条里浮现出了一条巨大的剑齿恐龙，一朵开放的鲜花，东倒西歪的房子，不太圆的太阳……没有任何强行规定和要求，放飞他的创造力想象力，完全由着他的小脑袋，想到什么画什么，碰到什么画什么。如果说，宝宝和其他孩子略有不同的话，就是凡事只要喜欢，他会痴迷、投入到忘我。一旦画起来，他可以坐在茶几旁一张连一张，没完没了地画下去，有着不可遏制的快乐、冲动和享受。有时候，他和自己的爸爸一起画。他构图，爸爸涂色。有人问他，你画得好有什么技能？他说，我没有技能啊。我就是天生画画好，就是耐心点，画一笔是一笔。到最后越来越复杂了，就越来越好看了。我观察过他画云的过程。开始他不知怎么画，慢慢就找到了图式感。先画三根连续的弧线，再在下面划一条横线。于是，那个属于陈诺的天空就飘过了朵朵白云。有一天他当选了美术课代表，很兴奋地要画一张"社会主义核心价值观"。他问我，外公，"自由"画什么呀？说实在，要把二十四个字变成形象还真是难倒了我。他自己想了想，画了个长着翅膀的孩子在大地上飞翔。有时候，我真想钻进他的小脑袋，看看那个小小的宇宙里到底有些什么神秘的东西。

宝宝出生六个月，抱着他到户外去透空气。有邻居保姆问我们，你们在读书吗？我们纳闷，这么小读什么书？她们说送到一个什么什么早教中心。而且，她们同样大的宝宝已经会 2+2=4 了。我们坚持不教他什么。要进小学了，都说要考试，才无奈让他认字。让他把自己认识的字挑出来，结果他一下子挑出了四百多个字。我们很吃惊，问他"许"字怎么认识的？他回答，去幼儿园路上我问你，外公什么路啊？你不是说虹"许"路吗？！

其实，每个孩子都喜欢问"为什么"，星星为什么会发亮、月亮为什么跟着我走、电视机里为什么会有人、太阳为什么每天从窗口升起来、树和花为什么不会说话……孩子天生就有一种自由了解世界和自己的强烈欲望，有探究各种事物奥秘的好奇心。父母家长最要做的首先不是"教"他们学什么，学很多。而是给他们生命生长的自由生态，让他们自由选择，然后顺势而为。让读书和学习成为他们发自内心的强烈的内生性的需要，而不是父母家长强加给他们的多余额外的东西。强加的就是负担，而且会越来越沉重，越来越抵触。现在的问题是，一边家长埋怨孩子从婴幼儿时

"张爷爷,我是这样画的!"5岁的小外孙在大画家张桂铭面前指指点点。

就负担太重，一边又不放心地把自己的宝宝丢进学前教育的汪洋大海之中，恨不得把全世界的知识一股脑儿地塞给他们，连婴幼儿的烂漫时光也剥夺殆尽。所以，成人必须自己有定力。

就像宝宝画画，自由自在地把最美丽最明亮的色彩毫无顾忌地倾泻到自己的图画里。我的朋友，中国美协副主席王明明、冯远、施大畏和画家张桂铭、陈家泠、韩天衡都对宝宝自说自画独立画的作品鼓励有加。他们的所有建议就是，让他去画！

对于幼儿来说，学习就是快乐和自由，就是表达自己对生活和世界的感性和直觉的喜爱。

2018.5.23

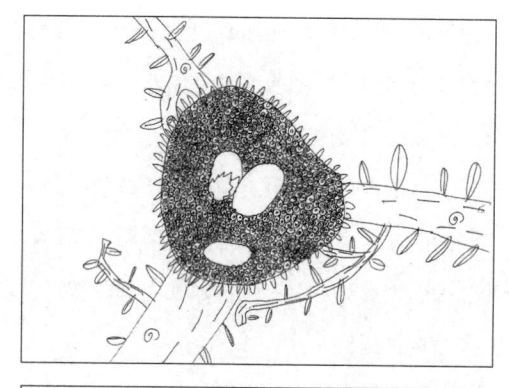

1　鸟窝俯瞰，外孙8岁习作。
2　我的爸爸，外孙7岁习作（左上是张桂铭的画作，左中是陈家泠的瓷瓶）。

无拘无束地放飞

——为宋庆龄幼儿园画册而作

  这是一本非凡的画册。无拘无束的想象力，就像夜空中闪烁的群星，熠熠生辉。五彩斑斓的色彩就像春天漫山遍野争相怒放的山花，一望无际草原上奔跑的野马，一碧如洗的蓝天上放飞的风筝，自由、奔放、热烈。原来我们生活的那个熟悉的世界，在宋庆龄幼儿园孩子们的眼中、心中竟是如此的美好！大手牵小手。从画面的背后我们可以看到宋幼的老师们一颗颗挚爱儿童，愿为儿童事业奉献而炽热跳动的赤子之心。她们把宋庆龄"点燃儿童的想象力"的箴言视为神圣的使命。儿童们的潜在艺术能量因她们的精心呵护、鼓励、引导、孵化，因她们创造的艺术生长的自由氛围而尽情地燃烧、绽放。能在艺术和美的环境里，张开行动翅膀飞行，对于孩子们来说，是多么幸福的事情啊！

  这是一本让成人走进儿童艺术世界的美好读物，是一本让所有儿童教育者受益的特别的教材。感谢孩子们，感谢宋幼的老师们！

2021.9.1

1 流连忘返在自己创造的艺术世界里。
2 红色的火烈鸟群,像欢快的小伙伴。

后浪·巨浪·冲浪

五月是个鲜花盛开的季节。因为有了"五四"青年节,每年的五月更是洋溢着澎湃的青春激情。今年的五月因为 B 站献给新一代的演讲《后浪》,显得特别的骚动和喧嚣。也许是演讲太激情太乐观了,在后浪和前浪中都激起了巨大的浪花。坦率地说,两代人的矛盾和冲突,是文化的一个永恒主题。就像屠格涅夫《父与子》中年青一代巴扎罗夫和父辈巴威尔。老一代常想强行拽着下一代实现自己未曾实现的已经脱离了时代的人生梦想。时常在我的微信群里听到不少同龄学人像鲁迅先生笔下的九斤老太那样,喋喋不休地数落着当下年轻人的种种不是,念念不忘地要用一些大而无当的口号去启蒙青年人。其实我们真的要反省一下,有多少前浪有资格去做启蒙后浪的人生导师?我们曾经执着过的许多东西是不是已经过时?我们是不是在上演刻舟求剑的笑话?所以,才有 M. 米德的"代沟"一说。

新一代则憧憬着开辟属于自己的人生航道。八〇后的上海记者赖鑫琳在武汉疫情现场四十五天,他瘦弱的身影二十一次深入到最危险的红色污染区。他毫无顾忌地向我们坦陈自己内心从不寒而栗到无所畏惧的心路历程，用镜头记录了医生、病人、一座城市、一个民族经历的让每个人泪目的片刻，使瞬间定格为历史的永恒。沧海横流方显英雄本色。中国的后浪们在这次严峻的生死考验中，交出了让祖国和人民放心的出色答卷。恕我直言，有些前浪们除了对以后浪为主力的四万多医护人员逆风而上决战病毒和死神的悲壮说三道四，啥也没干。其实我个人对后浪们的最大信心来自日常生活中的他们。在上下班地铁的拥挤的人流中他们自信从容有序地穿行，在西藏路上来福士广场地下一层的每一个休闲食品柜前他们津津有味地品尝来自各地各国的美食。他们有着广阔的世界视野，受过良好的教育，为了美好的生活他们不怕吃苦，敢于搏击。"日脚要过好，生活要做好"，他们的生活信条简单而明确。他们乐于倾听前浪的声音但不受前浪的束缚。他们是个人主义者，但不是自私的，而是同时热心奉献自己、乐于帮助别人的新型"个人主义者"。他们时常独来独往，但他们同时具备团队精神，也有家国情怀，愿意在国家民族遇到困难的关键时刻受命出征，奉献自己的拳拳之心。他们中的优秀者是后浪们难以想象的。我朋友的儿子，一个三十二岁的大男孩读清华时就获得世界程序设计金牌，博士论文获得ACM SIGSOFT全球每年一篇的杰出博士论文奖。然后他毅然回国，立志开发属于中国面向世界的新一代公有链。参加中国上海国际艺术节扶青计划的许多青年艺术家都有着令人羡慕的丰富的全球化艺术活动经历。一个来自太行山下游学英伦的八〇后女生出于热爱中国文化的初心，单枪匹马闯荡大上海，六年来，办画展、搞文创，每年春秋举办"艺述中国"慈善拍卖，捐助贫困少年完成学业，举办公益讲座。不同的文化和历史背景催生了前浪、后浪不同的人生理念和人生选择。那篇《后浪》的演讲在我看来，有点过于乐观的浪漫化描写了。事实上，后浪也有着自己与前浪不同的来自时代的痛苦和压力，其中也有极少数"精致的利己主义者"。他们会像"一只野兽受了伤，自己跑到一个山洞躲起来，然后自己舔舔伤口，自己坚持。也许一旦被嘘寒问暖，会受不了"。

一个不争的事实，后浪是当代中国发展汹涌澎湃的巨浪，也是在时代大潮中奋勇搏击的弄潮儿、冲浪者。前浪们不妨读读纪伯伦的诗："你们的孩子，都不是你们的孩子/乃是生命为自己渴望的儿女。/他们是借你们而来，却不是从你们而来/他们虽和你们同在，却不属于你们。/你们可以给他们爱，却不可以给他们思想。/因为他们一直记得思想。……因为他们的灵魂，是住在明日的宅中，那是你们在梦中也不能想见的。"

前浪后浪，不需要争论，不需要厚此薄彼。我们隔着代沟对话、理解、融合，目送后浪们巨浪滔天，卷起千堆雪，以洪荒之力汹涌向前。欣赏年轻一代冲浪者们海燕般的矫健身影……

2020.5.30

我想让"年"飞一下

一切就在眼前,一切已经远去。二十年前,五十岁不到的我写过一篇《今天我们怎样过节》。文中写道:马马虎虎弄几个菜,在开水里下几个速冻汤团,买两袋天府花生剥剥,给亲朋好友打几个节日问候电话,大年三十围着中央电视台的春节晚会迷迷糊糊昏天黑地地看……于是,便经常有老人在耳边叨咕,你们这也算过年吗?这也算过节吗?是呵,这也算过年过节吗?我自己也在心里嘀咕。

到了今天这个年逾古稀的年龄,我更加嘀咕了。围着年夜饭,一个个都低着头,手指在手机屏幕上飞速地划过去,屏幕的光变幻着把我们的脸照得一会儿红,一会儿蓝,一会儿绿。大家谁都不说话。人在咫尺,心隔千里。即使碰个杯,也是心不在焉的样子。原来还打个座机电话,后来发个手机短信。现在都是各大网站精心设计的拜年微信,还会动!放烟火,响鞭炮,挂灯笼,贴对联。就连两岁的外孙女也盯着iPad,目不转睛。

是的,我更加嘀咕了。我们也有了偶然涌上心头的节日怀旧的心情,拥有了怀旧的可能。过去的节日,讲究的是节日的情调和氛围:温馨,亲切,祥和。就拿过年来说,母亲会早早地搬出缝纫机,不分昼夜为我们五个兄弟姐妹，做一身新衣裳，用硬衬做一双新鞋子。会在年三十晚上做蛋饺，用一个小勺子涂点猪油。然后在一盏灯下"沙啦沙啦"地炒长生果，炒晒了一年积下来的西瓜籽或者乡下亲戚送来的香瓜子。在"沙啦沙啦"的翻炒声中我们进入梦乡后，母亲会把二角五角、长大一些后是一元的压岁钱塞在我们的枕下。等我长大一点了，母亲生了心脏病，我和大弟弟就帮着母亲一起做。厨房里弥漫着年的香味。大年初一，我们用压岁钱买假面具，买大刀，欢快地驰骋在节日白雪皑皑的大地上。母亲则捅开煤球炉，在热气腾腾的开水中投下一个个精致的小圆子。圆子是昨夜手搓的，糯米粉是节前自己手磨或水磨的。豆沙和芝麻的馅也是家里做的。即使在"移风易俗，过革命化的春节"的日子里，我们也是这样过年的。

　　说实在的那样过年过节自然是很有情调的。一大家子人最后围着一只粉丝砂锅，吃得热气腾腾味道十足，多少年后也忘不了这种最家常也实在是最动人的情景。当然，这样的情调大凡是很累的，必须花时间。并且口袋里钱不多，机械化加工程序也不高，必须这样去过年过节。

　　这样的场景自然是离我们越来越远了。今天的节日似乎只有一个主宰：金钱；一个目的：花钱，大把大把地花钱。老板经理们用金钱把个都市打扮得花花绿绿花枝招展，用层出不穷的广告诱惑你把手伸进口袋把生活费掏出来，买越来越昂贵的千篇一律华而不实的礼品。年轻人成群结伴和大款们一起毫不吝惜地用钱。每年的春节，我们这个城市的宾馆饭店都爆满。一般市民劳累了多少天，怎样省事怎样过节。据说年三十上馆子过除夕的市民越来越多了。节日的种种有人情味的繁文缛节能免就全免了。于是，端午节的粽子包法将在民间渐渐失传，重阳糕的味道走了调。平心而论，今天过节就是想要情调也做不到了。三口之家，再怎么闹也闹不出从前大家庭才有的那股红火劲了。万般无奈，人们纷纷带着孩子上婆家丈人家团圆去了。

节日对于现代人来说，正是一种两难选择：要效率没情调，要情调太麻烦。亲爱的朋友，节日正从古典走向现代，你选择哪一种方式过节呢？金钱能够买到一切，包括效率，但它能买到情调，买到真正的人情吗？

在智能手机终端搞定一切的时代，我真的有点不甘心。我还想极力保留一点自己的心在过年的痕迹上。我尽量不用网站设计、提供的拜年微信公共产品。一是手写短信。二是用当下自己不再年轻的照片，加上手写贺词发给牵挂我的人们。三是打电话，倾听电话那端朋友们亲切的声音和节日的欢快呼吸。而老师长辈亲友我还是要登门拜年的，感谢他们的培养教诲和他们在我人生起点上在我心里播下的那颗不断生长的精神的种子。最后，我必须到大街上去走走，到繁华的南京路、淮海路去走走，感受在节日的人流中摩肩接踵的拥挤，感受火树银花的欢乐，呼吸一下正向我们走来的春天的气息。梅花开满了枝头，而有的柳条上已经有些许绿色的嫩芽在绽开。不能让手机垄断我的"年"，要让我的"年"有点烟火气，有点现实人间感。当然，我还会奇出怪样无厘头地和小外孙胡闹一番，做个小猪，爬棵树。让我的"年"在手机的辖区之外，飞翔一下。

2019.1.31

面对沉默

——致上海书展读者

十年了。十年里的每一个盛夏,扑面而来的书香和简直难以抵挡的酷暑,一起来到我生活的这座远东第一都会。书展成了这座城市每一个读书人、爱书人的盛大节日,成为这座城市的一道瑰丽的风景。在举办书展的这座巍峨气派的俄式宫殿建筑里,我感动于上海人读书、爱书的热情。密密麻麻来自城市各个角落的购书者里,不仅有无数莘莘学子的年轻身影,更有许多白发苍苍的老人和充满稚气的小孩。他们专注而严肃的神情,令你肃然起敬,想到上海未来的活力和希望。

四十多年前,也是那么炎热的夏天,却是文化最萧瑟的寒冬。年轻的我,在15支光的微弱灯光下,光着膀子,一个人坐在朝北的房间里,汗流浃背地抄写着能够借到的每一本书。我和普希金、高尔基、车尔尼雪夫斯基、契诃夫、梅里美、巴尔扎克……作品里的人物不期而遇,倾心交谈,倾诉我的苦闷和愤懑。向往着英雄的斯巴达克斯,向往着达吉亚娜飘然而来的优雅妙曼的身影。虽然我不知道未来在哪里,但书在我面前展开了一条昭示前方的隐隐约约的小路。四十多年后,我翻阅当年留下的十几本笔记,我看到了年轻的我,和曾经的那些读书岁月。寻常时刻,它们就

书香可以浸泡、熏染一个人的灵魂。

那么静静地泛黄地躺在我的书柜里，躺在我的记忆里。

书，承载着历史，承载着记忆，承载着岁月。人类有今天，就是靠着书籍记载的文明一步步走过来的。书，还同时浸泡、塑造着人的心灵、气质，赋予人一份独特的美丽。

因为工作，每年盛夏我都要去看望一些老艺术家。2007年，我去探望一生指挥过几百部电影音乐的指挥家陈传熙。他家住在五原路一条弄堂的深处。拉毛的混凝土外墙，暗绿色钢窗，窄条打蜡地板。从边门进去，上楼梯，在三楼。正门前有一个不大的花园，有树和草自说自话地乱长着，似曾相识。原来就是我当年学生住过的地方，在一楼。陈老孩子远在国外。虽然那是真正的老洋房，但屋子里显得灰暗、空寂。老家具，简单得没有几件。唯一吸引我的是房间中央圆桌旁坐着的一位老太太，膝上盖着一条毯子。见我进去，她在椅子上欠了欠身，不言不语，端坐在那儿。窗口一束光投在她身上，仿佛在尘封岁月中浮现出来黑白电影中的经典画面。极其不俗的气度，像巨大的磁石一样吸引着我。我觉得她的沉默，就是一部深邃的历史，一部没有解读的传奇。陈老说，自己九十二岁了。转过身，他略带自豪地介绍说，这是我太太，她比我大两岁，她是邵飘萍的女儿。他的声音不高，但对我不啻是晴空里的一声惊雷。原来她就是20世纪初中国新闻理论开拓奠基者、《京报》创始人邵飘萍先生的女公子邵乃偲。岁月，可以改变一个人的容颜，却奈何不了书香浸泡出来的气质和美丽优雅。

四十岁上下时，也因工作，我一度常去吴兴路王元化先生府上。那时，他夫人张可先生尽管已经严重中风过了，但每次见到张先生，都是一尘不染的高雅。雪白茂密的短发下，一双乌黑得极其深邃感人的眼睛。元化先生出身名门，是党内极有修养的文艺理论家，上世纪50年代却因胡风冤案牵连获罪，一度精神分裂。张可先生一生跟着元化先生承受苦难，从无怨言，有的只是仁爱宽厚。在他们最困厄的岁月里，她用蝇头小楷，翻译了研究莎士比亚的文献。我和张先生见过许多次，从来没说过一句话。不管是坐着，还是在屋里走动着，她总是那样安详、那么安静，让你从文坛的名利和都市的喧嚣里解脱出来，以她来自灵魂深处的力量。这也许就是她一辈子在莎士比亚里潜沉、浸泡出来的吧。

如今，他们都已作古。

腹有诗书气自华。物质可以漂亮你的外貌，书香却能熏染你的灵魂。读书是件孤独、沉默的事情。但读书，能让沉默也变得令人惊心动魄，变得永远不能忘怀！

2013 年 7 月 31 日 39 摄氏度的高温时刻

粉墙黛瓦与高楼大厦

——江南文化与海派文化浅说

19世纪末以上海的高楼大厦为舞台背景，海派文化开始演出了一场不同于中国内地的文化大戏。中国的传统国画，到了上海，一变为不同于传统的以任伯年、吴昌硕、虚谷、蒲作英为代表的海上画派，开创了争奇斗艳的海派画风。来自京城的传统戏曲只是到了上海，才被命名为"京剧"，而且有了与京派不同的做派，听戏变成了看戏，连台本戏、机关布景，五光十色，有了海派京剧之谓。文学也有被一些文化人讥讽为海派而不屑的海派文学。海派文化求新求异，适应现代大都市里上海市民丰富多变的与时代潮流同步的摩登的文化趣味。海派文化是热烈的沸腾的喧嚣的光影浮动的，甚至带着一点冒险和刺激的意味在里面，像阳光那么耀眼炫目。而江南文化则是在江南大地的粉墙黛瓦小桥流水下相对安静流淌着的文化。说到江南文化，我们总免不了想到吴侬软语的评弹，想到莺声呖呖的越剧，或者是苏州的园林，精致小巧，玲珑剔透。像月亮，多少带着一点阴柔的气息。江南温润多雨的气候，植物学意义上的稻作文化，也在一定程度上决定了江南文化的基本品格，从容、低调、温和。而且更重要的是，江南文化是一种染着乡愁色彩的乡土型文化。二者似乎风马牛不相及，但其实不然。海派文化的"海"就是上海。尽管上海是现代的国际大都市，但在地域和空间上，上海夹在江浙两省之间，特别是在中国沿海特别富庶的长江三角洲地区。文化的根是摆脱不了江南文化的。特别是作为文化最基本要素的语言，上海话虽然受到各地来沪人群的方言，乃至英语的影响，但其语音仍主要扎根在江南吴语的土壤中。而它的许多主要文化样式和戏曲剧种，本土产生的沪剧、滑稽，外来的昆曲、越剧、评弹都是江南文化不可或缺的有机部分。

可以说，海派文化虽然是一种现代的都市文化形态，但海派文化的底色是江南文化，或者说，海派文化是在江南文化的根系上，借着现代都市的雨水生长起来的文化形态。二者有着时间上先后的序列性和逻辑上的因果关系。在这个意义上，我们可以说，海派文化覆盖了江南文化。但值得注意的是，二者还有同一时空里的并列性。在海派文化生成以后，江南文化并没有完全退场，它不但在海派文化的内部起着基因的作用，而且在海派文化外部继续独立着，以其江南文化的格调和海派文化并存、互补着。这种独立，不仅表现在农村和民间社会流传着浦东说书、哭丧歌等许多在江南广泛传播的文化样式，也在现代化大都市中发挥着根文化的作用。还同时表现在它对海派文化的继续反哺，提供着使海派文化继续发展、生长的从内容到艺术语言的源源不断的养料。

2018.9.18

新交规的思考

十几年前,买过一本美国建筑师莫什·萨夫迪写的《后汽车时代的城市》,当时浏览后,就放进了书架。总觉得,汽车时代离我们遥远的很。大约十年前,上海人很不理解北京人即使住在大杂院也要买一部汽车的做法。没想到,曾经以为很贵族很奢华的私家车,以前只是在老上海影视、孙树棻程乃珊的怀旧小说里遇见的私家车,短短几年里,已经成为一种上海人躲都躲不开的时尚,水银泻般地渗透进了各个阶层各个角落上海人的生活。就像三十年前的电视机一样,开始要出国证明购买,如今几乎家家户户都有甚至不止一台平板电视。中国社会的发展速度,远远超过了人们的期待和想象。据统计,上海去年民用汽车323万辆,私家车243万辆,百户家庭拥有52辆,比上一年增长16.3%。2016年1月18万人竞拍9404张车牌。开车人中不满一年驾龄的有38.85万人。今天的中国人总是在没有充分思想准备的时候,措手不及地迎来生活的巨变。于是,新的让人挠头的麻烦接踵而来。你好端端地驾着车,不期一辆车突然变道窜到你的车头前。大街小巷社区里塞满了各种牌号各种档次的小汽车,自说自话不管不顾地乱停车比比皆是。尤其是医院门口堵得水泄不通,连急救车也开不进去。大家都说，只要在上海会开车，到全世界都不怕。上海要进入现代化的国际大都市，必须未雨绸缪，尽快适应汽车城市的到来。

于是，必然的交通整治和新的严格的交规也尾随而至。新交规正成为街头巷尾的议论热点。我不是驾车人，是个有时搭乘家人、朋友私车出行的乘车人。时常听到驾车人的埋怨和牢骚，比较集中的是停车难。本来上海就是停车困难的寸金之地，现在一眼望去都是黄色的实线，一不留神，不是罚款就是扣分。我也和一些驾车者聊过。不少驾车者埋怨的同时倒也承认，现在大家守规矩，开车比过去好了。据我观察，新规前的矛盾是停车易开车难，新规后的焦点是开车易停车难。甘蔗没有两头甜。这是一个悖论，一个两难的痛苦选择。但又实在是一个无法回避的选择。一时的阵痛在我看来在所难免。这里实际上牵涉到两个方面。一是，规则总是刚性的不容商量必须执行的。没有规矩不成方圆。驾车人会有个对新规艰苦而较长时间的适应过程。应该承认，上海驾车人有许多不良驾驶习惯，乱穿红绿灯、随意变道、随便乱停车、转弯不打灯、开车聊天打手机等。在规则里限制和自由是一对矛盾。只有一定的限制才有自由，没有限制的自由最终是自由的失去。二是，规则对人性的努力兼容，对驾车人出行方便的考量。比如停车时对年老体衰者行动不便者的照顾性安排，市政有关方面适当增加停车场所。罚款和扣分是否先有一次口头教育警告后再予实施。事实上，制度也有一个逐步完善化的过程，在完善过程中，应听取一些驾车者的合理建议。

车在路上，交规在路上，上海也在路上。自由和限制，在互动的过程中，不断推动上海朝着美好的明天走去。

2014.5.1

与其"大师",莫如新人

前不久去某地参加一个研讨会,旁边坐着一位文艺单位的领导。领导告诉我,他们准备为他们单位一位故去的前辈和一位活着的名流做两个大师的活动和展览。为此,去拜访那位活着的名流。"你知道他怎么说的吗?"那位名流我也略知一二。我实在是智商太低了,想当然地以为他会谦虚一番,说我不太合适,和如此德高望重的前辈放在一起,云云。没想到,那位名流的答复是,他也能称大师吗?把我和他放在一起合适吗?而那位大师是他所在艺术学院的创始人,中国著名的戏剧教育家,也是中国话剧的拓荒者和奠基人之一,中国农民戏剧的实验者。我见过口气大的人,但没见过如此口气大的人。

因为工作关系,这些年我见过许多文艺界的"大师"。在大师的行列中确有一些在舞台上摸爬滚打一辈子,艺术成就极高,德艺双馨,至今仍在努力不懈的艺术大师,而且他们也从不以大师自居。但恕我直言,当下顶级的形容词通货膨胀率极高,"大师"也是如此,贬值得很厉害。文艺界"大师"云集,未必是好事。其中有的大师曾经火过,但现在已经过了保质期,艺术上开始平庸平淡。有的大师满足在媒体上亮亮相发几句牢骚讲几句怪话，艺术上荒疏已久，画图的胡涂乱抹，演戏的荒腔走板，导戏的以不变应万变。也有极少数大师，则是自我膨胀和媒体炒作的结果，并没有一天"大师"过，真的是徒有虚名。我就见过一些笔墨功夫极差的国画大师。

这些年，文艺大发展大繁荣，各级政府都加大了对文艺的投入力度。这当然是好事。但同时也出现了一些偏差。其中一个，就是"抢"大师（"抢"这词在我年轻时有点以贬义为主，现在语言发展了，到处流行一个"抢"字）。经常是同一位大师同时被抢到了各地落户。各地政府不但给了高薪，给了房子，有的还给了地，甚至盖了气派豪华的展览馆。结果呢？大师在那里挂了个名，对当地的文艺创作文艺繁荣并没有起到期待中应有的实际作用。

我是非常尊重那些真正的艺术大师的，他们都几十年或毕生修炼达到难以企及的艺术高度。所以我非常不赞成"大师"封号满天飞。但我更想说的是，我们不能把目光和财力都聚焦在大师身上，特别是名不副实的"大师"身上。与其如此，不如多匀一些给新人。舞剧《永不消逝的电波》虽然还有可加工的空间，但甫一亮相，就让人耳目一新。我当时就分析了它大体成功的三条理由。其中一条就是启用了两位三十出头的八〇后年轻编导韩真、周丽亚。她们努力实现了革命历史题材舞剧的创新发展，为革命历史题材注入了新时代的青春活力。当三米多高的大象迈着蹒跚的步履在舞台剧《最后一头战象》中灵动地向观众走来时，人们都没想到它们的生命来自八五后的制偶师冯呈祥和他年轻团队的自主研发。而上海民族乐团在《英雄》《共同的家园》《上海奥德赛》《海上生明月》中启用了许多年轻的作曲家，奏响了探索民乐新时代转型的新的乐音。

所以，与其不分青红皂白地争抢、哄抬鱼龙混杂的"大师"、锦上添花的时候，不如我们也花一些时间，花一些精力、物力和财力，给年轻的艺术家以施展才华的空间。就像我们已经出台的一系列扶持青年艺术家的措施那样，雪中送炭。在青年中寻找、发现、培养、成就明天的艺术大师。

2019.1.30 清晨

说明书说明什么

前两天有幸去看话剧《风萧萧》。徐訏原著，王安忆编剧，上海话剧中心演出。徐訏有点像唐代诗人李贺，才气中有点儿鬼气。《风萧萧》是上世纪40年代非常流行的一部取材于抗战中孤岛上海谍战的长篇小说，一部不同于一般抗战小说路数的作品。大家知道，当时上海地下有共产党、国民党（国民党还有军统和中统的分合）、美国、日本的间谍在活动，而且彼此渗透性很强。原著就写了一个男人和三个美丽的背景不明的女间谍之间复杂的利益和情感关系的变动。《风萧萧》和徐訏的一些小说，在最没书读的年头，曾作为手抄本在我们这代人的地下流传过。看得出安忆对徐訏和《风萧萧》的改编非常之用心用力，人物台词字斟句酌，潜台词很多，不亚于自己写一部中篇小说。我在看演出时，非常认真，既是对演员劳动的尊重，也是对安忆创作的尊重。应该承认，我看得还是有点吃力。因为要追索十二个人物的来路以及他们隐隐约约闪现的背景，在自己心里构建一个戏剧情境和人物关系。否则，猜谜的时间会大大干扰看戏的审美。有时难免拿起说明书翻一下，看看剧情介绍（我是一个看戏甚多，但智商并不高，很容易入戏的"傻子"观众）。我不得不很遗憾地说，对于了解剧情和人物关系，说明书似乎提供不了太多的东西。应该承认，说明书编得其实也是认真的。有小说和作者的介绍，有王蒙和吴义勤的评价，还有安忆和导演的阐述。安忆的这篇文字写得很华彩。导演徐紫东（我一开始误听为大学同学、铿锵三人行的许子东）的阐释也写得很文学。后面就是制作人、舞美、灯光、作曲、化妆等后台工作人员的介绍，接着就是有着漂亮面孔的演员介绍。当然说明书还有一些其他的与话剧中心有关的东西。一时理解不了剧情和人物关系的观众，这时会去看说明书。剧情介绍倒是有的，叫"故事梗概"。不过实在是太"梗概"了。三行字，提了两个问题：他为何而来？又为何偏偏在此时大张旗鼓地举办化装舞会？结束是，一个在"孤岛"上海发生的故事拉开了帷幕。这么好的戏，结果我发现确实有观众看得一头雾水，不太明白。

其实，现在像这样不太说明的说明书，比比皆是。就是提几个问题，让你猜猜我是谁。对于观众理解剧目当然不能说一无是处，但观众来看戏有时还是想知道一些剧情和人物关系，加深一些理解的，特别是戏太搞脑子的时候。记得我小时候也有剧目和电影说明书的。朴朴素素，把观众要的内容写得清清楚楚。这些年国外不少歌剧、音乐剧、芭蕾舞、戏剧的名剧、名团来沪演出，说明书几乎每幕、每场都有相当详细的介绍，包括《天鹅湖》《吉赛尔》《卡门》《猫》《歌剧魅影》《悲惨世界》这些观众耳熟能详的经典名作。说明书其实是艺术的一部分，写说明书本身也是一种艺术。既要满足观众的需求，又要保持观众看戏的悬念和张力。我知道有点难。但还是希望说明书能知道观众想要些什么，向观众说明些什么，能更清晰一点。

文学作品有导读，说明书就是剧场观众的"导看"，就是我们在大地上行走的地图。

2018.9.22

一地鸡毛的开幕式

这年头，画展的开幕式可是越来越多了。

有时候，我一星期会收到的画展开幕式请柬有十数张之多，甚至同一天也会有两三个开幕式撞在一起，彼此不肯相让。常常望着一大堆花花绿绿的开幕式请柬发愁，就像克雷洛夫寓言中的那头优柔寡断的小驴子，面对着两堆诱人的金黄稻草无法下嘴一样。是的，你去哪儿呢？去吧，赔不起那么多时间，不去吧，伤不得那么多友情。而且，这些请柬通常还印制得相当考究，创意十足。有的金碧辉煌，有的小巧玲珑，有的花哨妖娆，有的明快前卫，都是挺风格、挺气派的。时过境迁，弄得你留下不是丢也不是。留着占地，丢了浪费。如果你真的要去认真地对付那些开幕式，你就是把自己撕成几瓣也不成。唉，如今画展的开幕式那真叫多呀！多得就像大街小巷星罗棋布的证券交易所。

其实在我们这一代人的心目中，开幕式原本并不是那么讨人嫌的。相反，它曾经是非常庄严、非常高贵、非常神圣，充满了仪式感和光荣感、极具社会意义的活动。以前，开幕式是很少很少的，少到寥若晨星。通常只有全运会、奥运会、长江大桥通车这样规格、规模的事，才配有一个有头有脸的开幕式。那时开幕式是一出意味深长、意义重大的正剧。一次开幕式常常成为平头百姓的街谈巷议，成为饭桌上几天的话题。在我印象中，早几十年前画展一般很少开幕式。清晨，美术馆大门一开，拿着画展入场券，随着人流欢欢喜喜、大大方方地进了展馆，画展也就开始了。

不知驴年马月，画展有了开幕式。开幕式成了画展必不可少的脸面。不管画家是哪方人士，也不管画的水平高低。而且这开幕式越来越有腔调，越来越有程序，渐渐地形成了自己独特的体系、形态。首先开幕式从简朴渐趋豪华。早些年，开幕式只是台上站一溜主办方人士，然后主办方人士致个开幕词，最后主持人说声，下面请大家参观画展。通常一个开幕式不会超过十分钟。慢慢地，开幕式似乎就不满足于自己这副穷酸模样了。先是主持人介绍台上长长一大串贵宾。接着主办方、重要来宾讲话，通常这些讲话并无多少学术内涵，只是一些客套和吹捧的水词。但是，偏偏讲话者要显示身份和水平，把水词再掺水，讲得天花乱坠、漫无边际。通常这样的讲话总有五位上下。接着是画家本人讲话。画家是艺术家不是演说家，常常被闹得磕磕巴巴。中心意思只有一个，感谢。然后，就看见台上开始骚动，贵宾们手持剪刀，将好端端的红绸活牛牛地剪成少则三五段，多则十余段。在一声"现在开幕"中，画展开场。开幕式通常还有花篮。早些时候，也常常只是极少数朋友送那么一只花篮意思意思，点缀点缀的，后来不行了，没气派，于是乎，花篮常常摆满开幕式大厅，常常把它五颜六色的尾巴伸到展厅大门外老远。开始时花篮的花也不甚讲究，都是些勿忘我、满天星、矢车菊和一些绿叶植物。后来也不行了，太寒碜，这样就有了香水百合、红白玫瑰。据说，坊间还有传闻，开幕式用真的金剪刀剪彩来贿赂剪彩官员的。时下有档次的开幕式还学洋腔洋调，增加了开幕酒会，香槟美点，灯红酒绿，热闹得恍惚暧昧。还有更别出心裁的则在开幕式上加了洋号军乐载歌载舞的。总之，剪彩真是剪得五彩缤纷，太有盛世光景了。

其次开幕式实质由民间渐趋官场。美术展的开幕，是美术家、美术界自己的事。早先的开幕式趣味相对还是纯真的。出席的人士，主席台上站的诸公，大凡也还是美术中人，最多也就是美术家协会的领导——他们大多数本人也是画家。但渐渐地，主席台上的人物有了变化，主要是增加了许多"长"字头的官员。这样开幕式就由民间变成了官场。变化之三，不仅官方，而且所请领导、官员的层级由底端渐趋高端。开始还是文化厅局分管艺术的副厅局长，渐渐就到了分管文艺的宣传部副部长直到部长。胃口越来越大，现在最好是请了省部级的领导来站场、剪彩。领导虽然忙，可碍于情面，尤其是为了尊重艺术家，万般无奈只得出席。

我亲眼目睹过美术展览开幕式的丛生怪相。有时候，主席台上满满当当地站满了人，主席台下却是稀稀拉拉小猫三只四只。后来主办方为了避免难看，就学会了一招，组织开幕式观众，填满开幕式大厅，图个喜气、热闹。怪相之二是台上口若悬河，台下人声鼎沸，常常是主席台上致词者高头讲章，兴高采烈地致词。台下的观众却不买账，开幕式变成了东南西北好久不见的熟人老友的寒暄聚会，东一言，西一语。我出席的开幕式上，就亲眼见主持人多次实在按捺不住台下的嘈杂，大声断喝"请安静"，一二分钟后台下重新一片噪声四起。再加上美术展厅大都设计时光考虑视觉而从未顾及过音响听觉要求，开幕式常常比开市的菜场还要吵闹，谁也没有听到台上的热情讲话。怪相之三是开幕式的规模越来越高，可惜的是不少画家对艺术的追求并没有越来越高。于是画展质量和规模成了反比例函数。有时画展的印象还不如开幕式深刻。于是，产生了怪相之四，现在的美术展览经常是开幕式轰轰烈烈热热闹闹，第二天正式展览冷冷清清空空荡荡。坦率地说，今天大量的美术展览开幕式味同嚼蜡，观众在乎的是展览，谁在乎开幕式呢？常常是在冗长乏味的开幕式后，看展览已经是兴味索然走马观花了。开幕之时即是闭幕之日，开幕式的繁花似锦转瞬间只留下了一地鸡毛。

开幕式的前世今生从庄严的正剧到颇具反讽意味的闹剧，实在是和今天展览机制的过分商业化、官场化有关。美术馆时至今日似乎仍然没有得到公益性单位的充分保障，不得不引进大量品质不高的商业气味特浓的展览，而画家为了筹备展览费尽心血钱财。谁不希望在开幕式上风光一点图个回报呢？而我国的美术和文化宣传，其实是很势利的，基本上是认钱不认人，认官不认艺。没有高端官员和领导的出席，画展规格就不高，画展的宣传就会是个问题。通常是领导级别越高宣传力度越大，版面也越突出。新闻宣传基本上很少根据画展自身的质量来量体裁衣。而且美术馆的一些领导也常会利用开幕式多了和领导套近乎的机会。如此，大家何乐不为？

当然令人欣慰的是，已经有些画家意识到了开幕式的弊病，他们有的精简了开幕式的程序，有的谢绝了花篮，还有的干脆取消了开幕式。

我自然不是一般意义上反对取消开幕式，而是希望美术展览的开幕式回归到美术本身，回归到美术界自身，而不是附加很多华而不实的东西。换言之，让美术展览的开幕式更美术一点，更学术一点。

不要拒人千里之外

前不久去某地参加一个少儿图书馆的方案论证会。这当然是一项颇具战略眼光的举措。热情的主人给我们展示了方案的三维立体效果图。图中新馆气势恢宏：二三十米高的挑空大堂，中间用不锈钢镶嵌巨幅玻璃，三四十米的天桥凌空而过，上下左右都是光可鉴人的大理石、明晃晃的玻璃幕墙和坚硬笔直的金属框架。通体上下，除了豪华现代，没有一点色彩，没有一点童趣，没有让孩子可以亲近的温暖感。可以想象，一个十来岁的小读者置身其间的感觉，是多么的渺小、孤独、单调，甚至压抑。

为了保障广大人民群众的公共文化权益，让广大的公众有更多更好的公共文化享受，各地剧场、图书馆、文化活动中心等公共文化设施建设如雨后春笋，欣欣向荣。但恕我直言，不少公共文化设施更在意好"看"而不是实"用"。一味追求金碧辉煌富丽堂皇的豪华风格，高大巍峨的空间体量，新奇怪诞吸引眼球的突兀外形，高高在上盛气凌人，一副拒人千里之外的贵族派头。公共文化设施，既谓之"公共"，就必须考虑公众对设施的感受。试问，那些宾馆式宫殿般的公共文化设施，不仅维持的运营成本高昂，更重要的是，它们无论视觉上还是心理情感上都离寻常百姓的生活太远了。除了让人产生敬而远之望而生畏的疏离感，成为地方政绩的建筑摆设，又怎么能成为普通公众接受文化享受文化的精神家园呢?!

建筑是结构和功能的统一体。公共文化设施的功能，一是为普通公众服务，二是文化的载体。公共文化设施首先风格上要朴素亲切人性化。就像生活中的你我他一样，平平常常。就像三五知己聚会，一壶清茶一杯老酒即可。造型上要和周围的民居尽最大可能打成一片，是它们中的普通一员。就像文化本身那样自然、质朴，如春风扑面春风化雨。结构上要紧凑平和，略有形式感即可。总之，公共文化设施应该像家一样，能让寻常百姓没有任何心理压力自由地进进出出。它的最高追求就是它朴素的亲民性。唯有朴素了亲民了，才能成为名副其实的"公共"文化设施，才会有高档文化设施俱乐部、会所等所不具备的吸引广大市民的"公共性"的文化魅力。

回过头看，那个少儿图书馆首先要尊重的就是它的那些小读者，线条可以柔和些，色彩可以丰富跳跃些，空间可以切割得小巧些。可以多听听孩子们的意见再盖才对。

文化批评要说"人话"

听到"中心内爆"和"相对位移",你的第一反应是什么?是宇宙天体物理学论述高能粒子加速器中粒子的撞击,还是大陆漂移学说的讲座?其实这是一篇文化批评中一个句子的用语。是不是有点惊诧,有点"妖"?这里不妨再摘引一句以飨同好:文化在一次全社会的文化解码间完成着若干现代性话语之大叙述的编码,在一场意识形态的祛魅式中布下重重新的雾障……这是"中国"魔环内循环历史(非历史)的终结,是加入"人类"线性进步历史的全新开端。不要说列位看官读得累,我抄得也很累。虽然每个字都认识,但要读懂还是颇费了一点脑筋。

因为各种新的文化力量和处于艺术与社会交界处的新的文化现象,在进入20世纪后半叶后的大量产生,使文化批评应运而生成为近年的一门显学,热闹非凡。但是恕我直言,这些文化批评和研究大都发表在所谓的核心期刊上,局限在学院里,局限在端起来的学者圈子里,对于真正的文化发展并没有起到积极的介入和推动作用。其间的重要原因在于我们的言说方式。文化批评要脱下"学者"的冠冕,用一个寻常百姓的身份,和芸芸众生用心和心去交流。文化批评要说的不是象牙塔里的经院哲学,不是被术语包裹得严严实实或者云遮雾罩的高头讲章。因为它面对的是大众日常生活天天面对的不解或困惑的文化现象。是大众释疑解惑的良师益友。文化批评要说的不是简单直白地搬用意识形态用语对上不对下的官话，不是辞藻华丽排比连连的套话，也不是诸如"太阳天天从东方升起"一类正确的废话，也不是漫无边际却甜得发腻没有方向瞎抚慰的"心灵鸡汤"。比如对生活失望者说的是永远不变的明天会更好。问题是明天还没好时我们怎么办。文化批评提供的不只是希望而是生活的意志和勇气。文化批评要说出实实在在结结实实的"人话"。每一个文化批评从业者，要坚守高尚的职业操守，把蕴含着真善美的价值，用最亲切最感性最直通人心的表述，送到每一个读者的心里。

无形的"沙龙女主人"

上海书展举办到今年已是第九个年头。它不仅是文化市场的一个窗口,更是上海的"文化客厅""文化书房"。除了书市的商品交易,还有多项活动,作者与读者的沟通、作者与作者间的交流,形成了一个全市性的"文化派对"的氛围。虽然我们进入了所谓的信息时代,但是实体书籍仍是我们最可信赖的文明载体,也是最让眼睛舒服的阅读方式。办好书展就是建设书香城市和学习型社会的最好方式。德国的法兰克福市世界闻名,除了持清醒批判态度分析现代文化的"法兰克福学派",恐怕它最有名的就是法兰克福书展了。上海要建成国际大都市,要看高楼看经济,更要提高市民的文化素养,提高市民的读书热情。这是一个很艰巨的任务。事实上许多大名鼎鼎的人物,开口就是脏话,满口胡说八道,其文化修养是很值得怀疑的。

我很欣喜地看到了今年书展发生的一些小小变化:书市覆盖无线网络,方便市民查阅资料;低价快递送书上门,全心为爱书人服务,方便读者赠一份书香给亲朋好友……欧洲的巴黎、彼得堡,在 18、19 世纪之所以文艺气息如此浓厚,并透出浓浓的人情味,可以说得益于那些睿智美丽有个人魅力的上流社会的知识女性，不遗余力地在自己家中组织各类文化沙龙。而这次书展的人性化服务，就是一位"无形的女主人"，她知识渊博并且细致周到。只有体现出书展与其他商业展会的差异性，不断突出细节上的人文关怀，营造浓郁的有人情味的情调氛围，我们的书展才能越办越好。

1　书展上沉浸书海的孩子之一。
2　书展上沉浸书海的孩子之二。

微笑而伤感地告别

从燃烧竹制的爆竹驱赶传说中的怪兽，到用点燃火药的鞭炮焰火喜庆新年的到来，过年的这一习俗已经有两千五百年历史了。今天，终于到了我们慢慢和它说再见的时候了。这种告别有点伤感。因为它毕竟陪伴了一个民族那么漫长的岁月，甚至是很多人永远抹不去的伴着父母长辈发小的笑声的童年温馨的记忆。但城市上空的大片雾霾铅块般压在敏感的现代人头上，确实让人生理心理都不堪重负。而且鞭炮烟花带来的不仅是PM2.5，还有炫目的光污染、震耳的声污染，还有炸伤甚至炸死的孩子，这些都在人们心头留下了永远的伤痛。其中有我曾经的小伙伴，也有我朋友的孩子。生活总是要前进，前进总要抛弃一些东西。越来越现代化的城市自然而然地提出了新的生活规范。我们只有面带微笑而不是牢骚满腹地面对被岁月抛弃的旧东西，面对陌生的新建起的规范。随着现代人对生活质量的要求越来越高，心理气质越来越敏感，城市新的发展带来的各种层出不穷的新问题，我们还会遇到各种新的"鞭炮问题"。治理污染关系到在这座城市生活的每一个人，谁都无法置之度外，无法独善其身。它不仅需要政府规划去努力，比如强化公共运营建设、工业合理布局，同时还需要我们大家共同参与努力，比如在公务车大规模改革后，个人怎样文明合理绿色用车，如何少开私家车，少开大排量车。从小在这块土地上长大的我深信，上海这座有着高度现代文明的城市，它的市民会很快理解、适应新的文明生活规范。虽然有点伤感，但我们会微笑着，慢慢告别昨天，走向天空蔚蓝的明天。

2014.1.10 清晨

冰雪红梅

——北京冬奥会开幕有感

今夜，注定是一个开创历史的夜晚，北京成为奥运历史和人类历史上第一座举办过夏奥会和冬奥会的"双奥之城"。

奥运会理所当然的是龙腾虎跃的体育盛会，全球的体育健儿在奥运赛场上展示青春的活力，挑战生命的极限，打破、创造新的世界纪录。同时，奥运会也是五彩缤纷的文化盛事、文化助力。话剧表演艺术家濮存昕三次参加奥运火炬传递，五十多岁学习滑雪。上海主创冰雪运动励志电视剧致敬几代献身冰雪运动的中国健儿。电影艺术家张艺谋亲任冬奥会总导演，呕心沥血。每届奥运会我们都会与主办国独特绚丽的文化景观不期而遇，法兰西的浪漫奔放、伦敦的现代摩登、里约桑巴的热情狂放、洛杉矶的爵士摇滚节奏、东京大和文化的东方神秘色彩，深刻感受到各民族人民创造的人类文化和而不同的旖旎色彩，及穿越空间、种族、制度的向往和平的友谊的力量。有朋自远方来，不亦乐乎！两千多年前，我们伟大先哲孔子就向天下昭示了热情好客友善的中华文化的博大精神。八十五岁的上海老画家陈家泠精心创作了巨幅《咏梅图》，只见遒劲的老树树身犹如巨龙盘旋直上，层层叠叠粉色的梅花如满天的朝霞竞相灿烂开放……为冬奥会助兴冰雪红梅、老树新花。2022年北京冬奥会，向世界展示了雪白憨厚的大熊猫冰墩墩和喜气温暖的大红灯笼雪容融，也展示了代表着中华民族对大自然深刻理解的二十四节气，还有身着镶嵌虎头的雪白衣衫的虎头虎脑的虎娃们，他们令我们想到中国民间那些夸张可爱的布老虎、泥老虎。无数中国悠久的历史文化元素和符号，就像古老的树干，依然在向世界展现着她生生不息源远流长的生命活力。

但是，这个生生不息的古老民族更有向着中国梦不断冲刺的现代活力。北京冬奥会不是中国的历史文化传统的复述，更是不断向着中国梦奔跑冲刺，充满创造活力的当代中国的文化写生。和历届奥运不同，这次没有光芒四射的明星和艺术家，甚至没有一个专业演员。开幕式只有一个主角，就是生活在当下中国大地上的普普通通的那群"中国人"，从天真烂漫的五岁孩童到广场上载歌载舞年逾七旬的老人，就是你、我、他的精神和气质，就是一个行进在现在进行时的洪流中的当代"中国"，她的魅力在于，不仅古老而且现代，不仅中国而且世界。第二十四届冬奥会，以橄榄枝和参赛国小雪花组成了大雪花，孩子们举着白鸽在雪花中穿行，赋予雪花人类团结、追求和平、让世界充满爱的多重美好寓意。各行各业各族中华儿女神情庄重地传递国旗，世界各国青年迈着青春的矫健步子一字排开向我们走来，随着脚步渐次铺开的各国青年的生活画面，展现了中国人对祖国、对人类的博大情怀和真挚深沉的爱。如果说，2008年夏奥会展现了扎根于深厚中国历史文化沃土的自豪，那么，2022年冬奥会以绿色、低碳、环保、智能化高科技的现代光影、最朴素宁静的表演、综合形成的简约而不奢华的语态，展示了一个正在走向未来的中国的文化自信和从容。从过去古老悠久的中国文化到新时代正在进行的中国文化，十四年间的两届奥运会构成了一个完整的中国精神、中国形象的叙事：很中国、很世界，很古老、很现代。阳光、向上、友善、乐观、坚毅，满怀和平理想的中国人民，在冬奥会平台上为构筑人类命运共同体的共同理想而奉献冰雪晶莹的中国智慧中国情怀。今夜，在晶莹剔透的冰雪世界映衬中，朴素隆重的开幕式像压弯枝头的绽放红梅，再次向世界人民展示了中国文化的热情和魅力。

  今夜的主角是人，年轻人、中国人和地球人。清新的小草在风中摇曳，蒲公英悠悠飞向蓝天，在弥漫着中国式浪漫的古老二十四节气的开端之际，在万物开始萌动的立春之夜，他们超越地域、种族、宗教、制度的隔阂，在奥运的舞台上向世界大声宣召，为了人类战胜还在肆虐、吞噬着生命的新冠肺炎和一切灾难，我们必须共同携手，才能走向未来的美好。是的，我们必须"一起"！

2022.2.4 北京冬奥会开幕之子夜

忧伤、悲壮的动容

——看2021年东京奥运开幕式有感

此生已看过 N 次奥运会开幕式的电视实况转播，每次都为开幕式的盛大壮观，为开幕式上引爆的青春热情，为那些依次入场身着五颜六色各国特色服装的运动健儿，大声喝彩。我还曾担任过奥运开幕的访谈嘉宾，为奥运会开幕式多次撰文。特别是 2008 年北京奥运会开幕式，那倾国倾城的惊艳，五千年不朽文明的再现，那"有客自远方来"满大街小巷飘着的"北京欢迎你"的歌声，已经成了我和所有中国人永恒难忘的记忆，像一圈年轮庄严地载入了中华民族伟大复兴的历史和奥运历史的典籍之中。

2021 年 7 月 23 日东京奥运会开幕式，注定要以它的独特的方式载入奥运会的历史。昨晚看东京奥运会的我几次动容。在人类面临的特殊历史时刻，在肆虐全球的新冠肺炎吞噬了 4157261 条生命，在当日新增死亡病例 7048 例的时刻，东京奥运会的开幕式自然褪去了奥运开幕式历来的华丽和奔放。真的，对备受煎熬的人类，对于在推迟的一年里经历了那么多次"举办还是不举办"的精神折磨，面对可以容纳七万名观众，此刻空旷得却没有一个观众的东京新国立竞技场，我们还想要它怎样呢？

这是一个令人悲伤而不乏悲壮色彩的奥运开幕式。开幕式以它难以排遭的发自人类灵魂的深刻忧伤几次令我动容。在开幕式的视频中我们看到绿色的萌芽不畏艰险展现出来的生命的力量和生机。看到一张红色丝带纵横交错的巨网，那是疫情下人类纠结焦虑心情的表达，是身躯里交织不安的神经的写照。偌大的竞技场全场灯光熄灭，为新冠逝者默哀的片刻，我们似乎陷入了漫长的黑暗之中，勾起绵绵无尽的思念。它告诉我们，奥林匹克的真正奥秘，就是生命，就是对生命的热爱和尊重。把一百年的沧桑化作满脸刀刻般皱纹的匈牙利体操选手阿格尼什·凯莱蒂，以她自语式的喃喃叙述，展开了近百年奥运会充满青春活力的奔跑和跳跃的矫健身姿。一百年来世界经历了多少苦难，唯有奥运屹立。当我们抬头仰望，1864架无人机在夜空由东京奥委会徽标变换成三维立体蓝色地球的那一刻，提示每一个坐在屏幕前的人，我们拥有一个共同的家园地球，拥有一个共同的名字，地球人。东京奥运开幕式因为它面临的特殊语境，虽然不免声光电等现代手段的介入，但它仍用朴素而深刻的语言无处不在地向我们倾诉。那木头做的奥运五环，来自1964年第十八届夏季奥运会的运动员们从世界各地采来的种子。五十七年后，这些种子长成了参天大树，为世界遮蔽着风雨。

　　特别令人动容的是，竞技场中央草坪上我们熟悉的国际奥委会的口号有了新的改变：更快、更高、更强、更团结。国际奥委会主席巴赫的六分钟超时致辞，其实就是一个主题词"团结"：体育是团结的信号，也是坚韧的信号，让我们团结在这里。只有团结，才能应对挑战。疫情大流行的教训就是，需要更加团结。团结意味着尊重、平等、帮助、分享、关怀。因为团结，我们走到了一起。没有团结，就没有和平。只有团结，才能变得更强大。最后他充满诗意和激情地指出，团结，让我们即将走出黑暗隧道的尽头，我们已经看到了曙光。与此同步，东京奥委会的主题庄严而深情：UNITED BY EMOTION，情同与共！团结，这是国际奥委会、东京奥运会，向一个碎片化、分裂化的世界发出的正义之声，也是他们面对不顾人民生命，死了几十万人，还在操弄各种政治手段的那些卑鄙政客时唯一能做的事情，呐喊！

　　真的，不要苛求东京奥运会开幕式，这也不是，那也不是！有百来个日本人在场外示威反对，也正常。虽然近期日本追随美国，敌视中国，但客观上看，这届奥运会，日本人民和东京奥组委真的是为人类的团结、进步做出了他们能做的巨大努力和贡献。也许正是出于对在各种巨大压力下仍坚持人类命运共同体的奥运会的支持，中国派出了有史以来最庞大的777人代表团，使"番茄蘸白糖"的中国队成为提气的一抹亮色。千万不要忘记，当白雪皑皑覆盖大地的时候，壮丽的冬季奥运会将在北京举办。

　　以人类共同价值的眼光，从构建人类命运共同体为起点，我，愿意为这次忧伤而悲壮的开幕式，点赞。一片片风情无限的口罩从眼前掠过，看着从世界各个角落集合到开幕式上的年轻选手们，我，愿意重复一遍巴赫致辞中的话：今天你们的奥林匹克梦想成真了！

2021.7.24

享受奥运

四年一度的奥运会是人类青春的盛会。全人类此刻暂时放下了武器，放下了纷争，尽情享受青春、奔跑、跳跃焕发的生命的活力，分享青春奋斗奋力拼搏后失利或成功留下的眼泪和喜悦，分享他们自己祖国的国旗升起时心潮澎湃的庄严激情，欣赏他们健美矫健的身影。每一场比赛，都令人难以忘怀。我们为他们的成功欢呼，为他们的失利叹息。被复杂世事纠缠得心烦意乱的现代人，终于可以在奥运会期间让自己的精神得到解脱，可以在欣赏健儿们龙腾虎跃比赛的时刻，让自己的人生变得简单淳朴起来。这是多么难得啊！博尔特百米冲刺的雄姿，爱酱福原爱在球场上的可爱表情……孙杨感冒了，1500米带病游完全程的顽强意志。老枪杜丽重返赛场后每一枪的兢兢业业，失利后的坦然。还有何姿眼看队友施廷懋与自己争夺，得到金牌后在一旁鼓掌时的由衷祝福。女足在与强大的德国队苦苦周旋，门将赵丽娜面对狂轰滥炸的二十六次扑救，最后射失点球惜败。挂在20公里竞走冠军王振、蔡泽林胸口臂膀上的汗珠，还有傅园慧的幽默风趣，秦凯现场向何姿求婚的浪漫。直到昨天，我们目睹中国女排在几乎不可能的情况下，惊天逆转，3∶2击败两届奥运冠军巴西队。郎平和女排姑娘喜悦的泪水,巴西姑娘痛苦的泪水……还有那些一波三折悬念迭起的大赛过程,年轻运动员比艺术家还丰富多彩充满感染力的表情。四年一次,青春的力和美的演绎,非常值得我们珍惜。

但是很遗憾,我们那么轻易地放弃了如此珍贵的四年一次的享受。不顾一切地把已经习以为常的完全不必要的思想的废料,强加到奥运会和那些年轻运动员的身上。我们有些朋友总是在喋喋不休地批评、指责,甚至冷嘲热讽,这也不好那也不行。说他们破坏了难得的单纯的精神享受,一点也不为过,真是很煞风景。把原本应该的欣赏、享受和快乐变成了一次变相的自以为是的"大批判"。其实我们只是用一厢情愿的想象取代了现实。奥运举国体制全世界都在搞,连美国也不能免俗,只不过表现形式不大相同。美国《时代周刊》就刊文分析过美国、英国、中国、俄罗斯的"举国体制"。英国自伦敦奥运会后就越来越倾向国家大包大揽。很有趣的一个事实是,我发现,不少激烈批评奥运举国体制的人,自己却充分享受着举国体制带来的各种待遇。争金夺银是竞技体育最为吸引人,最富刺激的魅力。更高更快更强,就是现代人类对自身极限的自我挑战。挑战的结果就是金牌银牌铜牌和名次。毫不在乎名次的"参与",其实是与奥林匹克竞技体育精神完全背道而驰的说辞。这些日子,全世界的报纸连篇累牍地报道本国运动员夺冠的消息,把冠军视为自己国家的光荣和骄傲,是每个国家激发国民爱国热情的天赐良机。不少里约奥运会有金牌零的突破的国家,已经把冠军视作凯旋的英雄。看看英国媒体对本国奥运金牌榜暂列第二时的欣喜雀跃吧!还有人对国球乒乓夺冠的不屑一顾的轻视。其实,稍稍冷静设身处地想一想,一项运动几十年长盛不衰,岂是一件随随便便的轻松事,其间有多少的心血和汗水!有着几代人生命的不懈坚守!前不久,我家养了一只小乌龟,大家那么小心翼翼地伺候它,最后,它还是走了。可见做好一件事有多难，何况几十年做好一件事。

　　我实在是非常想劝劝一些太有"思想"的朋友，放弃那些有违奥运常识自以为是的"思想"，让自己和大家都能轻松地享受四年一次的奥运盛会带来的快乐。让我们一起分享运动员成功的喜悦，分担他们失败的痛苦。也让我们年轻的运动员，在我们关切的目光和热情的喝彩中，汲取自己赛出好成绩的精神力量。今天凌晨，十五岁的〇〇后小将任茜以439.25高分勇夺女子10米跳台冠军。此刻，中国代表团在金牌榜上以一枚之差，落后于举国体制的英国，让我们继续为中国队加油！直到最后一天的夜晚，让我们和他们一起尽情感受闭幕式烟火绽放的一刻，和青春热烈而伤感的告别。让我们永远记住奥运赛场上的英雄和所有青春的面容。

2016.8.18

奔跑中的《大众哲学》
——我看世界杯

上世纪 30 年代有一位叫艾思奇的哲学家，写了一本《大众哲学》。深入浅出，以大众最熟悉的日常生活故事和语言，让许多向往进步光明的中国青年登堂入室，走进了可望而不可即的哲学殿堂。如今这个阅读越来越碎片化的时代，不少人听到"哲学"二字已经望而生畏。枯燥、乏味、艰涩，几乎已经成为人们对哲学的普遍印象。在我看来，世界杯倒是一部新时代的《大众哲学》。是书写在 105 米长 68 米宽绿茵上的《大众哲学》，是在不息奔跑中写完最后一章的《大众哲学》。

哲学教科书用了许多篇幅给我们讲述偶然与必然，有时听得人云里雾里不知所云。世界杯告诉我们，丹麦队在 1998 年横冲直撞打入四强，把《安徒生童话》写在世界杯的赛场上，是"偶然"。这一届，只有三十万人口，从未打进过世界杯的冰岛队一举击溃英格兰队来到俄罗斯赛场，是"偶然"。网上有个小桥段，冰岛扣除了各种人口要素，只剩下二十三个能进国家队的合格的人。俄罗斯世界杯，排名世界第七十位的东道主激战排名第六十七位的沙特队，一度被轻看为"最弱揭幕战"。结果大打出"脚"，而且，以掠过天空的极为漂亮的精确的弧线，酣畅淋漓地五次将球送进网窝,北极熊骑着沙漠骆驼扬长绝尘而去。今夜,就在球评家们头头是道看好"伊朗难敌摩洛哥"的那一刻,摩洛哥伤停补时时自摆乌龙,不禁令人想起西楚霸王的乌江自刎。世界杯历来以制造偶然性吸引大众眼球。因为偶然性,多少绿茵豪杰仰天长叹:"天亡我也!"文艺作品讲情节,以悬念取胜。偶然性,就是悬念。

但世界杯的格局再怎么乱,再怎么小帆船掀翻大军舰,再怎么偶然性层出不穷,包括2002年韩国队使尽浑身解数居然杀退意大利、西班牙,强行突破进入四强,最终看看世界杯得主就会明白,除了偶然性,必然性与它如影相随,似乎在幕后扮演了终极杀手的角色,是那只撒骰子的上帝之手。山不转水转,那座金光灿灿万众瞩目的大力神杯大都在巴西、意大利、德国、阿根廷之间击鼓传花。神话就是神话,童话就是童话,现实主义就是现实主义。必然性由此从偶然性中脱颖而出。中国男足在高丰文、米罗的带领下,两次闯进世界杯,带有偶然性,闯进世界杯,一球未进是必然性。当然作为冥顽不化的中国球迷,我期待着有生之年,看到魔咒的破除!

1972年由旷世天才克鲁伊夫率领的荷兰队,用五胜一平的骄人战绩打进世界杯,全攻全守的橙色军团上演了像海潮般涨落席卷绿茵场的壮观情景。那是怎样的赏心悦目又回肠荡气!可惜,最后决战,飞翔的荷兰人倒在不思进取的由另一位足球大师贝肯鲍尔领衔的德国队脚下。利剑刺不穿铁桶,长使英雄泪沾襟。那是几亿球迷泪珠纷飞的夜晚!我们不知道,在那一刻,必然和偶然是否已经浑然一体。赏心悦目的浪漫的美学输在了严谨的钢铁般的哲学面前。这就是足球,也就是哲学和人生。

期待俄罗斯世界杯的健儿们,奔跑吧!在绿茵场书写当下的《大众哲学》。不辜负我们熬得像小白兔一样的红眼睛,让我们这些芸芸众生在兴味盎然的阅读中,更多明白人生,明白世界。

2018.6.16

健康养生杂说

人活世上有谁不想健康长寿？好像不太有。关于健康养生，古今中外，车载斗量。

人和人有同也有异。医生说养生，不抽烟，不喝酒，乐观开朗。那是一般规律。时常有好酒嗜烟者，举出抽烟饮酒长寿者，和烟酒不沾早逝者，言之凿凿。世上总有例外的人和事。树上没有两片完全相同的树叶，也没有完全相同的人。大概养生健康也是因人而异。体质、基因、职业、环境、气候、收入、气质、心理、文化不同，养生健康的方法也会有差异。体力劳动者要多动脑，脑力劳动者要多活动。缺啥补啥。文艺界相对长寿的是指挥家、书画家，前者挥手疗法，后者气功疗法。就锻炼而言，啥都行，关键是坚持，锲而不舍。就是天天站那么一两个小时，你也会成精。不是武术就有站桩一功？

身体好了，不要自夸，不要骄傲，要知道感恩，要知道那不全是你的修为，或许是你祖上的基因，或许更是上苍的恩赐。身体差了，要坚持，要乐观，也许你会感动上苍。不要老算计别人，甚至设局害人。那样做了，你睡觉不安稳，因为你得时时提防别人暗算。君子坦荡荡，小人长戚戚。固有"仁者寿"一说。当然，也会有好人英年早逝的例外，令人叹息。

养生健康，说法多多，听不胜听，还时常打架。老祖宗说得简单明了，通俗易懂，谓，饮食有节，起居有常，劳作有序。我尽量遵守古训。饮食有节，不吃太饱，更不暴饮暴食，山珍海味也不贪馋，一两口即可，少吃多滋味。起居有常，几十年如一日，作息时间基本没变。从年轻时就基本不熬夜，再好玩也不玩过十二点钟。凡会上瘾的烟酒麻将赌博连续剧，太耗时耗精力一律不沾边。年轻时做木匠，没地方睡午觉，就像刺猬一样蜷在工具箱上打瞌睡。保持八小时以上睡眠。年轻时九点，中年后十点上床。靠上枕头就睡着，一切置之度外。劳作有序，白天开足马力投入工作，下班路上，看看头上的蓝天，看看地上的小花小草，看看大街上熙熙攘攘过往的饮食男女，看看橱窗里的模特、时装、家电，五花八门，什么都想也就是什么都没想。让思维没有目的地信马由缰地乱跑。浪费时间放松，就是为了更有效率地集中精力工作。有时候，少就是多，慢就是快，舍就是得。不给自己太大工作压力，写作不开夜车。夜深人静，思如泉涌，但一般就写三五百字，最多不超过八百字，理顺思路就搁笔，确保睡眠时间。上苍给我的最大恩惠是睡眠好，倒在枕头上就睡着，也不打呼，一觉到天亮。偶有失眠，放空大脑，一会儿也就迷迷糊糊睡去。有时出差，杂七杂八，买点有趣好玩的东西，不为保值增值，就图个买时的痛快开心。尽力保持好心态。谁没个烦心事？我对自己有个"五分钟烦恼"的强行规定。不高兴的事，通常五分钟过后就抛之脑后，少想不想。

古训三句话，其实一个字"度"，适度而已。讲卫生也如此，不讲卫生，病从口入，太讲卫生，弱不禁风。这是"过犹不及"。人，其实有点贱，有时候不妨略略折磨一下身体，会内生出抵抗和免疫的力量。在我看来，现代人被现代化侍奉着，养得有点娇惯了。少吃药，少吃好药，偶尔吃药，一颗就灵。度，则因人而异，因时而异，因地而异。你我他有异，老中青有异，南北东西气候环境有异。所谓适度，就是顺应自然，顺应内心，顺应身体的律动节奏。不要常去做那些可望而不可即、太勉强自己的事。

养生有道，道法自然。不要去想活多久，就在大自然的怀抱里，活着……

2021. 2. 2

辑四 风儿吹书 读哪页

打开书本的每一个瞬间,都是人生永恒的风景。

读书,让生命驶进辽阔的海洋。

大数据时代的书香

一个被称为大数据的时代，在喧嚣和骚动中，以排山倒海之势向我们疾驰而来。每天都有新涌现的海量信息，包围、吞噬着我们。在中国，每年出版的纸质实体长篇小说就达三千多部。阅读，在大数据时代成了问题。读什么，怎么读？还能像从前那样从容而古典地阅读吗？一座城市的伟大，不仅在于它外部景观的魁伟高大，更在于它内在精神的瑰丽崇高，在于它气质上的优秀典雅。腹有诗书气自华。阅读，仍然是提升市民灵魂和城市质地的最重要最有效的路径。在我生活的这座上海城里，有一群把阅读视为生命的年轻的媒体人。他们每天在信息的大海中捞取最有价值的书籍，用经过精心策划的访谈、演播、互动、评选、盘点等各种方式，通过电波把有益的书籍介绍给渴望通过阅读来充实心灵的听众、读者，让人们充分享受阅读的独特美感。作为媒体人，他们不愿随波逐流，他们意识到媒体人身上承担的神圣的文化使命。《星期广播阅读会》仅仅创办两年多，就以它特立独行的格调和品味，吸引了无数听众，赢得了他们的信任。在信息的茫茫大海里为我们的阅读竖起了一座灯塔。经典的、平易的、艰涩的、艺术的、类型的、理论的、文学的，一切优秀的书籍汇聚在

"星阅会"。我曾有幸多次参与他们的活动，目睹他们为此付出的无比辛劳而深受感动。在飘雨的长夜，他们用琅琅书声，驱散了我们的寂寞。在寒冷的冬日，他们用缕缕书香，温暖着我们的心。因为他们的不懈工作，大数据时代，我们的城市一直书香缭绕。谢谢"星阅会"！谢谢！

2014.7.27 雨夜

像春天对待樱桃树般地对待你

——《谈戏》序

为朋友的书作序,是件愉快的事,也是件为难的事。愉快的是,朋友的信任,那是比金子更贵的友情,把自己多年苦心经营的著作中最为宝贵的几页留给了你,而且你有了一个难得的学习机会,同时借以走进朋友的思想世界,通过一本书仿佛看到朋友灯下奋笔疾书的身影,洞察了他那些年在想些什么,他的思想开出了什么花结出了什么璀璨的果实。为难的是,如何不负作者的一片深情美意和信任。我知道,有人作序有 ABCD 的套路,还有人干脆请作者自己起草后,看一下,签个名。写序,敷衍很容易,认真很困难。特别是对那些认真花了功夫的有独特见解的著作,就更难。胡安忍的新著就属于这样的著作,朴实而结实。

安忍的新著书名就两字,很朴素,没有任何的花哨和点缀,就像他的为人。这里说几句题外话。人对世界和事物的认识、理解常常为概念和理念所困。印象中,黄土高原一片苍凉,甚或荒凉,一望无际漫天尘土卷起如云的信天游。及至那年春夏之交入住丈八沟宾馆,一汪湖水边的桃红柳绿,更有江南小桥流水潺潺的景致。初听秦腔,就觉得高亢入云吼得人震耳欲聋,慢慢就听出了高亢后面的悲凉沧桑和那一片让人心颤的凄婉与经久难忘的深情。看过兵马俑，总以为秦人也个个像临阵的武士那样身高马大怒目偾张。其实，他们极具温文尔雅的君子风，循循有礼。特别是说话，绵软而有一股子淡淡的韵味。五月，安忍走到我面前，一开口，怯怯的低低的语气："毛老师，我有一本小书，想请你写个序……不知道……"那是一种你无法你不忍拒绝的请求，谦和，沉稳，似乎遥远的雅言就是这样的。

书名《谈戏》。是一本老老实实谈戏，结结实实的戏剧评论专著，是的，一本难得的戏剧评论的专著，而不是一本零敲碎打的戏剧评论文集（这里毫无贬义，文集也是一种表达对戏剧看法的方式）。在文艺界，有赵望云、石鲁、何海霞、刘文西为代表，展现秦晋高原山川风情名为长安画派的陕军。有以叱咤风云的影片《人生》《盗马贼》《老井》《红高粱》《黑炮事件》《一个都不能少》《秋菊打官司》而让电影世界惊艳的电影陕军。有路遥《平凡的世界》、陈忠实《白鹿原》、贾平凹《废都》、高建群《最后一个匈奴》……激情四射，轰动中国文坛的文学陕军东征。其实，还有一支充满着活力，不断给中国舞台增添满目春光的戏剧陕军。这里有在毛泽东、习仲勋关怀下创立的第一个红色戏曲表演团体陕西戏曲研究院，有鲁迅题词的民间戏曲社团易俗社和三意社，还有四大名旦尚小云先生掌舵的陕西省京剧院……进入新世纪以来，古老的秦腔和地方戏曲犹如千年老树栉风沐雨焕发出强大的青春活力，《迟开的玫瑰》《大树西迁》《西京故事》《易俗社》……以紧贴三秦大地民生、历史的强劲生活气息和艺术魅力，风靡了大河上下、大江南北。近年，陕西省话、西安市话比翼双飞，接连推出陕军文学名著、名家改编的极具穿透力震撼力的《白鹿原》《平凡的世界》《长安第二碗》《路遥》《柳青》……在中国戏剧界掀起了一阵阵散发着厚重黄土气息的陕军狂飙。可以说，陕西戏剧创作的勃勃生机，为安忍谈戏提供了新鲜而庞大的艺术素材和强大的评论动力。《谈戏》不是无本之木无源之水的空谈，而是文艺创作和文艺评论双向互动的结晶。安忍没有辜负陕西戏剧艺术家们潜心创作的一片心血。一本《谈戏》几乎覆盖了陕西戏剧这些年的方方面面，就像一幅关于陕西戏剧创作最新的微缩地图，八百里秦川的风光，涧、川、塬、梁、峁、坪、台，尽收眼底。

《谈戏》给人留下的第一个鲜明印象是，作者对陕西戏剧创作实践（包括由此延伸扩展的兄弟省市的相关优秀剧目）宏观的巨细无遗的全方位观察。纳入他视野的不仅有陕西戏曲研究院的《迟开的玫瑰》，陕西人艺的《平凡的世界》，西话的《柳青》《麻醉师》……那些享誉剧坛的名团名作，还有渭南市华州区剧团的《大将郭子仪》、商洛市商州区山花艺术团的《紫荆树下》……许多鲜为人知的剧团剧目。特别是，他对那些地处偏远并不出名的作者投去一瞥真切关注目光和条分缕析的严肃评论，真正体现了安忍作为一个文艺评论家的艺术良知和艺术眼光。也让我们对陕西戏剧创作现状有了不是浮泛而是深入的认识。《谈戏》让我们看到，一个地方的戏剧繁荣不是表面的热闹就行，而是来自广阔而扎实的艺术土壤的厚度。上海百岁老画家朱屺瞻谈画，有所谓，要表达出无穷时光的"微茫"，又要有生化天机的"微妙"。在我看来，《谈戏》始终紧贴当下戏剧创作的现状，极其鲜活。安忍是切切实实把自己艺术处处长的工作转化成了艺术评论的养料，其中既有一览无余的广度，又有直接地气、深耕文艺现实土壤的一定深度。

《谈戏》有着强烈鲜明的理论意识。它不是一般意义上的戏剧评论文章的结集，而是一本有着理论系统的带有专著性质的戏剧评论。文艺评论如何用理论的犀利敏锐穿透纷繁的戏剧现状，给文艺创作以切实有力的理论引领,这是特别值得我们关注的。作者所重点借鉴、依仗的是黑格尔的美学思想。黑格尔美学以"美是理念的感性显现"为核心,构筑了艺术美学的宏伟大厦。他的美学思想涉及了艺术美学的一般原理、历史类型、具体艺术门类的方方面面,是德国古典哲学中美学思想的集大成者,对于后来的美学研究和文艺评论产生了深刻的影响。进入新世纪、新时代,特别是围绕建党百年,我们的戏剧创作出现了带着"井喷"色彩的繁荣,但不可否认,因为文艺理论文艺评论的滞后,创作思想、观念的非艺术化追求,不少剧目陷入了空洞化、概念化、说教化的泥淖。安忍在《谈戏》中坚持以黑格尔的美学思想研究现实创作。在涉及当下戏剧创作的许多重要理论问题上,他不是浅尝辄止,而是力求全面、力求深入。所谓全面,就是全书从"什么是戏剧"出发,以人为中心,设置了戏剧切入的人性视角、戏剧创作的主体性精神性、人物的情致等事关戏剧创作健康发展的主要理论问题。所谓深刻,就是他多次提出命题的深入展开。如在探讨戏剧精神性时,他详尽地分析了戏剧矛盾冲突的各个方面,有许多极富启发性的结论。譬如,借助黑格尔的"理念本质上是一个过程""意义在于全部运动",通过对《麻醉师》的评论,安忍指出,冲突是人物我之为我的"过程"展示。他从黑格尔对艺术发展史的描述中引申出历史剧与现实生活及人自身建设的关系的论述时,提出:"人在精神的征途上,一直在追求一种自由状态,自我完善的状态。"他指出英模戏实现"人性化"要努力做到,破除"真实"思想,树立"假象"观念;淡化"宣传"心态,重视"审美"功能;摒弃"简单"制作,强化"成长"意识。他批评当前创作存在的从政策视角、从主流意识形态倡导的思想观念、从歌颂人物道德出发创作的人性误区。在评论《迟开的玫瑰》和《大唐玄奘》时,他呼吁创作要远离功利目的,努力追求精神价值。其中他对于情致的不厌其烦的分析、论述,从什么是情致出发,步步推进,最后落脚于情致显现人物性格,强调了人物性格的整体性、丰富性、特殊性和坚定性,从而使黑格尔曲高和寡的"情致论"获得了与当前戏剧创作现状协频共振的生动气象。

《谈戏》的价值在于,对当前创作中出现的许多弊端,都提出了清晰的极为中肯的批评和极具建设性的重要看法。譬如,对于戏剧创作主体性,他不但毫不掩饰地指出,主体性缺失是目前戏剧创作的一大弊端,而且指出了素材处理、戏剧行为、时空结构的三条改变的路径。书中,安忍特意仔细地为我们分析了希腊悲剧和莎士比亚戏剧经典剧目的艺术成就,为我们确立了一个参照的艺术目标。《谈戏》不为时风所动,独抒己见,始终坚持一个评论家必须的独立清醒理性的品格。他有发现的敏锐,《谈戏》特别向我们推荐了宝鸡"一位并无多大社会影响的剧作家"曹豫龙创作的小品小戏,赞赏他"善于将一种普遍性精神转化为带有理想色彩的'残缺之美',即面对残缺的现实生活,体现一种令人欣慰的美好愿望和期盼"。同样,还有"名不见经传的文化馆干部"写的扶贫小戏《培训》。还有安忍为"并不大熟悉"的业余作者王天祥没有搬上舞台的剧作《圪针滩》特意写了评论,给予了高度肯定和赞扬。他在评论中热情地写道:

剧本就围绕圪针滩,讲述以主人公豹子为首的一帮黄河船夫与以梨花为核心的一群滩姐生死相依,相帮相携,共度人生的故事。他们与大自然搏斗,与恶势力交锋,奔腾的黄水,汹涌的潜流,赤膊的船夫,痴情的滩姐,树叶般的木舟,粗犷的号子声,恶魔般的巡捕,组成了这个作品别具一格的艺术视象。正是这个艺术视象雄浑的力感和辽阔气象，使人觉得它与我们华夏民族"自强不息"和追求"天人合一"的性格特征具有某种异质同构的关系。

《谈戏》有力排众议的坚持，在《迟开的玫瑰》陷入截然相反的论争漩涡时，作者以康德的哲学"美是道德的象征""无目的的合目的性"肯定了女主乔雪梅的审美价值。《谈戏》有直面不足的勇敢，他直言不讳地指出新编历史剧《千古药王》的不足，即"把人写成了神"。无论发现、坚持、批评，《谈戏》始终理性而冷静，没有激烈火爆的言辞。最近接受一家报纸采访时，我提出，文艺批评要在"去极化的前提下旗帜鲜明"。从某种意义上来说，今天我们需要从中庸之道中学会如何进行有力的文艺批评。在我看来，《谈戏》在理念上体现了中庸之道说理的力量，在方法论上反映了折衷主义的兼顾两端的从容睿智。

理论是灰色的，生活之树常青。可见，理论一旦被生活之树的绿色激活，其实也同样有着生命的绿色。《谈戏》让我感兴趣的还有黑格尔的当代命运。我和安忍大学同届，1978级。还记得当年黑格尔《美学》作为商务印书馆汉译世界学术名著之一种出版时在我们这些莘莘学子中引起的激动。进入20世纪90年代，胡塞尔、海德格尔、萨特、弗洛伊德、杰姆逊、福柯、拉康、德里达直至齐泽克、阿甘本，带着现象学、存在主义、结构主义、新批评、心理分析学派、后现代主义等各种思潮，眼花缭乱地涌入中国文艺批评界，很快淹没了黑格尔。黑格尔的美学和哲学，难读甚至不乏涩。安忍对黑格尔美学的坚守和再度阐释，并且以黑格尔美学分析、评论、研究当下戏剧创作，以理论的刀锋解剖艺术的表象，让黑格尔的深奥回到了艺术的厚土中，得出了许多有启发意义的规律性结论，走出了一条如何让古典美学理念与现实文艺现象结合的路子。读《谈戏》，我有一种阔别的亲切感。时光倒流，仿佛又回到了20世纪70年代末在思想解放、阳光明媚的课堂里听老师讲授黑格尔《美学》的青葱岁月。

最后，我想特别说一下。艺术需要有质量的繁荣，离不开艺术家的潜心努力。但是大家都很容易忽视其背后一批默默奉献的无名英雄，其中就有许多安忍这样的全国各地文化职能部门的艺术处长。几乎所有文艺作品的诞生，都有着他们无名无利上上下下的忙碌。"待到山花烂漫时，她在丛中笑。"我从内心敬佩他们。一直记得我和安忍、和那些文艺处长们相处时见到的朴素谦和的微笑。

突然想起聂鲁达《二十首情诗和一首绝望的歌》中的诗句：

> 我要从山上带给你快乐的花朵，带给你钟形花，
> 黑榛实，以及一篮篮野生的吻。
> 我要
> 像春天对待樱桃树般地对待你

在《谈戏》中，安忍就是"像春天对待樱桃树般地对待"那样，虔诚、真诚、坦诚、热诚地对待着戏剧和艺术，字里行间都流露着他朴实而深沉的感情。

2021.10.6

弄堂里格"日脚"是哪能过格?

——《弄堂旧趣录》序

黄浦江携着苏州河缓缓地流过长三角的最后一片陆地。它们在那里留下了一座伟大的城市——上海。于是，数以千万计的人在这座城市开始了他们世代繁衍的人生。也为他们的人生创造了许多没有预期到的传奇故事，包括独具风情特色的空间结构和空间形态。1840年鸦片战争后，这座城市成了东亚最繁华也带着点畸形的大都会。改革开放四十年里，它又成了走在时代前列的一片热土。哪怕再宏伟的想象力，都没有能力在四十年前的那个起点上，预见到今天上海脱胎换骨的沧桑巨变。大片我们熟悉的城市风景在历史的转瞬之间被淹没，我们曾经世代赖以为生的空间结构倒塌在时代前进的隆隆车轮声中。我们埋怨了多少年没有改变的上海，突然像一个现代的变形金刚以几乎全新的形象矗立在了太平洋的西岸。于是，一种时代情绪开始萌生、蔓延、扩展。它的名字叫，怀旧。

怀旧即记忆。怀旧，倚仗记忆。

人类本来就有记忆的特性和能力。时代的变迁，强化、加固了上海人的记忆。这些年，关于往昔时光的记忆，已经汇成一股滚滚洪流。各种关于上海岁月和风景的记忆，已经成为各类书写的重大主题。有唐振常、熊月之、李天刚等史学家们的历史记忆；有罗小未、郑若麟等建筑学家们关于建筑的空间记忆；还有郭博、尔冬强、陆元敏、郑宪章、许志刚等许多背着莱卡、尼康、佳能等照相器材，穿马路，进弄堂，不辞辛劳的图像记忆；当然还有我的许多作家朋友披星戴月伏在案头发表了大量生动的文学记忆……我曾一次次地被这些记忆激动过。记得看陆元敏的《苏州河》时我心潮澎湃，几乎掉下了眼泪。我自己就在1995年和当时上海画报社的张锡昌联袂为郭沫若先生的大公子、摄影家郭博主编了他的第一本摄影作品集《正在消逝中的上海弄堂》。"画册在日夜不断轰鸣的推土机和打桩机的交响声中，于次年六月出版。其时，画册中三分之二的建筑'已经'而不是'正在'我们城市的版图上消逝，而且是永远地消逝了。"（参见拙文《不朽的永远是……》）

老朋友陈建兴写了本《弄堂旧趣录》。在那么多年读了各种类型各种风格车载斗量的上海怀旧和记忆后，我不知建兴还有什么可写。但当我拿起书，读了第一篇《生煤球炉的烦恼》后就欲罢不能，几乎是一口气读完了他送我的全部样稿。其实这个时代，消失最厉害最多的，甚至保留最难、消失得最彻底的，还不是物质形态的街道、里弄和房子。空间的物质形态有的是消失了，但还有一些却命运比较好，被改造被保留了，就像新天地、思南公馆……甚至成了样板，成了新奇的人文景观。虽然也有些争议，但留了下来也是无可争议、看得见摸得着的事实。特别是弄堂物质形态的记忆，被大量的影像资料保存了下来。去年我在一次研讨会上说，外滩是上海的外衣，而且是一件Burberry的风衣，站在黄浦江吹来的风里，掀起一角下摆，华丽而又气派。而遍布全市数以千百计的弄堂才是上海贴身的内衣，与人间烟火有着千丝万缕的肌肤之亲。要真正知道上海，一定要穿过弄堂，特别要看一看闻一闻那里的景观和气息。建兴文字散发的就

1 弄堂风情之一：告别，新闸路568弄。
2 弄堂风情之二：理发，周家牌路依仁里普爱坊。
（摄影/郑宪章）

是弄堂景观背景前的生活形态和气息。我把它称之为"生活形态的文字记忆"。这些曾经有过的具体"生活形态"的消失，往往是致命的没有再生性的，永远不会有复活的机会的。在上海，有哪个早晨，还会看到生煤球炉时家家户户门口呛鼻子的浓烟飘满窄窄长长的弄堂？家家有了淋浴器，谁还会去澡堂？于是澡堂就在这座城市消失了。有了越来越先进越来越复杂的电饭煲，谁家还会用稻草编织的看起来土得冒傻气的饭窠？这世上，有许多物事，说没就没了，而且没有通知，永远就没了。唯有文字还可能抢救这些东西和事情。当然不是说没有人做过这种"生活形态的记忆"，但可以肯定的是，没有人像建兴这样几乎从头到脚包罗万象地做出这样的文字记忆。就时间而言，把我们从眼睛睁开来到眼睛闭起来上床困觉，从空间而言，把房间和弄堂的里里外外，记透写透。我们可以凭着他的文字记忆，在脑海里模拟一次业已消失的弄堂生活。

而且是普罗大众而不是金枝玉叶的弄堂里的生活形态，是吃大饼油条而不是牛奶咖啡的芸芸众生的平民的生活形态的记忆。应该承认，在任何时代，平民如果没有自己的代言人，往往就沦为沉默的多数，就失去了影响社会进程的话语权。建兴写的是普通弄堂里的普通人是怎么生活的，是哪能"过日（音类'涅'）脚（音类'洁'）"格。这样的弄堂像血管一样布满了上海肌体的角角落落，这样过着的日脚就像空气那样地无处不在。简言之，这是彻头彻尾的"平民的弄堂生活的记忆"。

因为如此，《弄堂旧趣录》触目所见的是非常日常化的。洗澡、用水、烧饭、抄火表、腌咸菜、看小书、吃阳春面……不是大家都非常喜欢《清明上河图》吗？喜欢长卷里的社会百态和世俗生活吗？建兴用他的文字写了一部苏州河边的"上河图"。字里行间，到处弥漫着人间烟火气，你可以听到自己呼吸的声音。《弄堂旧趣录》是高度感性细节化的。作者的每一个记忆都伴随着细节连缀起来的过程和故事。随手抽出一篇,你都可以感受到这种细节的魅力。小书摊的具体样子,矮脚老头的经营,借阅的价钱,还有孩子和书摊摊主矮脚老头的有趣周旋,把《51号兵站》塞在裤脚里的属于儿童的快感。大、小火表的区别和矛盾,生产小火表的厂家,轮流抄火表的不成文的规矩,大火表多出来的电费的分摊,繁琐的计费、收费,收电费的父亲,37号烟纸店收费的尴尬。华一给水站的六只水龙头、水筹、水桶、水缸,藏匿水筹换零花钱的小计谋的被发现。生煤炉的火钳、小柴爿,还有混堂里汰浴时飘着浮腻的池水。建兴的记忆力真惊人。生活形态的丰满来源于细节丰富。今后年轻作家要写上海弄堂生活,《弄堂旧趣录》是一本很好的参考书。它当然不是百科全书,但它是一本"活"的有生命的书。它是伴着作者生命成长而生长出来的书。它是亲切的,能给我们的心注满温馨和趣味。建兴比我小几岁,他完全是从一个儿童的眼光在打量着曾经的弄堂生活。很多艰苦,于是就有单纯的儿童才有的趣味。腌咸菜、包粽子,积淀了多少母爱沉静温暖的情愫。蹚大水、弹皮弓、走亲戚,我都感同身受。作者吃烘山芋的场景和滋味是多么诱人。读着读着,烘山芋留在嘴角的余香也从遥远的岁月飘然而至到我的面前。读小学时,自己跟着父亲到海宁路浴室洗澡的往事。而看烟火,就是这代人童年最为灿烂最为快乐的美好时光。许多建立在那个年代发生在普通弄堂屋檐下的亲情,邻里之间的友爱,如今已成为大时代的生活绝版。现在为了让我们这些对PM2.5闻风丧胆的"现代人"活得舒坦一点,烟花爆竹都成了过街老鼠。现代人是多么的脆弱啊,无论肌体还是心理。童趣和温暖交织,对我们这代人,有着毫不怀疑的召唤力!我母亲也曾在我小时候用饭窠发酵过面粉,做过甜酒酿。巧的是,几次搬家,也都有过做裁缝的老邻居。好像张爱玲在《白玫瑰红玫瑰》中写过一个猥琐的小裁缝。其

1 弄堂风情之三：爆炒米花，王医马弄。
2 弄堂风情之四：点心摊，北潘家湾支路。
（摄影/郑宪章）

实，裁缝是城市里的小人物，却也是那个时代少不了的人物。建兴笔下的老裁缝多好啊。作者的语调始终是平易的朴实的，没有任何外加的让人读起来疙里疙瘩的"文学性"。建兴不是专业作家，这给他带来写作的自由。他用不着像专业作家，一打开键盘，一拿起笔，就端着架子，板着面孔。职业写作者，要战胜自己的职业性写作习惯有时是蛮难的。建兴总是不疾不徐，从容自若，明白晓畅地娓娓道来。我特别喜欢作者对于亲情的那些记忆，没有喧哗没有煽情，写得月白风清，出自肺腑，让我们感受到既是过去的也是永恒的爱的力量。在不知不觉的阅读中，你自然而然地走进了弄堂生活的具体场景中。一个个画面，一个个器具，一个个细节，一个个人物，一桩桩往事，扑面而来。可以想象，所有这一切，曾经无数个夜晚浮现在他的脑海中，让他不吐不快。现在，在长宁区 476 弄 100 支弄长大的他，终于把憋在心里的人和事说出来、写出来了。

  陈建兴为我们保留了一份弄堂里的生活形态的记忆。有点像舞台上演的戏剧，在弄堂的舞台布景前，建兴和他身边的人们在行动，在说话，在生活。他让未来知道，过去是什么，历史是什么，生活是从哪里一步步走过来的。就在不算太遥远的时光里，上海和上海弄堂里格人是哪能一天天过"日脚"格……

  注：日脚，沪语，相当于"日子、生活"。格，相当于"的"。

2018.7.1

龙骨与血肉

——读计敏教授新著《双生与互动的美学历程：中国戏剧与电影的关系研究（1905—1949）》

计敏教授的学术新著《双生与互动的美学历程：中国戏剧与电影的关系研究（1905—1949）》（以下简称《历程》），是一次不冷不热却极为有趣的学理探索和梳理。你说冷吧，有多少话剧演员曾涉足电影电视，一举成名，星光闪烁。有多少明星，即使粉丝如云，依然心心念念要上舞台过把瘾。你说热吧，似乎这方面也没有多少议论，遑论有分量的学术著说。戏剧和电影，都是在20世纪初伴随着中国现代化进程先后而近乎同时来到中国的。作为一种外来的带有一定现代意味的艺术，现在已经完全本土化，成为公众日常文化生活须臾不可缺的重要观赏对象。和它们在原乡的淡泊关系不同，在中国，它们就像孪生的兄弟姐妹，彼此相随相携，彼此渗透，彼此影响，分分合合，合合分分，一路走到今天。但是，很遗憾的是，也许太熟视无睹了，对于它们彼此之间的关系，我们反而知之甚少。有限的研究也只是从电影主体的视角阐释电影和戏剧艺术特色、创作方法异同的比较。因为缺乏对二者关系的深刻洞察和把握，才会在20世纪80年代提出"电影和戏剧离婚"那种过于大胆而今天看来多少有些荒诞的

"创新"主张。因此，认真而不是敷衍，复杂而不是简单，有机而不是生硬，脚踏实地而不是空洞浮面地研究、梳理中国戏剧和电影的关系，是艺术界非常期待的。《历程》的应运而生，适时地填补了这个学术空白，满足了我们殷切的艺术和学理期待。

《历程》的作者面对的是很难下手的中国戏剧、电影两个庞然大物，但她慧眼独具地发现了两者关系的主干，"双生"与"互动"。虽然诞生的年代略有先后，但从中长时段来看，也几乎"同时"，是所谓"双生"。而更重要的是它们之间的富有意味的"互动"，形成了一种前赴后继波涛滚滚、剪不断理还乱的中国近现代艺术史上有趣的互文文本。在《历程》中，作者没有把这种关系做主观的简单裁剪，而是从现代史、文化观念、艺术本体，一层层向着命题的核心挺进。中国戏剧和电影的艺术双生、互动关系不是完全封闭、自洽的艺术内循环，而是特殊的历史语境中的互动"演出"。20世纪初，中国戏剧电影出生的萌芽扎根于国家民族现代化的起点土壤。二者聚合与落差的现实是在现代性理念笼罩下生成的。20世纪30年代，则在左翼文化的深刻影响下，形成了戏剧渗透电影、电影反哺戏剧，双峰并峙的格局。最后从抗战到战后，战火纷飞使作为文化工业的电影遭遇"毁灭性"打击，影人越界进入剧界，创造了重庆大后方戏剧空前繁荣的盛景。接着战后，戏剧人回流电影界，又催生了中国现实主义电影让历史永远缅怀、甚至让意大利新现实主义大师们惊艳不已的那批经典之作。一个有趣的双向注释是，重庆舞台红极一时的"四大名旦"白杨、舒绣文、张瑞芳、秦怡，白、舒是把银幕的光彩投射到舞台，张、秦则是从舞台当红再走向银幕的星光璀璨。而且多年以后，她们始终实践着电影和话剧"两栖人"的角色。全书的论述因为这种时间和历史龙骨架的有力支撑，就显得特别厚重而有说服力。历史，总是同时为我们提供着一个既充满硬性限制又充满自由发挥的空间，成败得失全在于主体的认知和实践。

在艺术的思想理念上，《历程》梳理了传统道德伦理和启蒙个性叙事、软性电影和硬性电影、现实主义和现代主义的冲撞和纠结。时过境迁，当时的争论烟消云散，争论者也进入了历史，但争论的余波却至今还不时烽烟再起。我感兴趣的是，作者的慧眼发现。比如她通过分析《神女》得出的"电影比戏剧更趋于传统"的结论。比如对尚未成气候的中国电影现代主义具有预见性的洞察。

当然戏剧和电影的互动最重要的是来自艺术内生的动力和需求。戏剧和电影都是"说话加表演"的艺术。但同时又植入了不同的表演语境中，面对不同的制作环境、不同的观看方式和不同的观众群体。这种同与不同，就使二者互动有了张力空间。作者一开始论述就抓住了一个已然陌生但对我们来说有点亲切的语词"影戏"。我小时候，父母还时常会对我说，看"影戏"。戏曲演员谭鑫培拍了中国第一部影片《定军山》，文明戏也即话剧编导、演员率先投拍了中国第一部短故事片《难夫难妻》。可以说，作者非常精准地从历史长河中拈出20世纪初"影戏"这个大众、通俗的文化理念，引用了郑正秋、张石川、周剑云等许多湮没的资料，揭示、印证了早期中国电影的基本艺术逻辑，"电影是戏剧的银幕形式"。然后在动态的艺术演进过程中，令人信服地看到了从戏为本、影为表，过渡到戏影结合，最终各自独立成家、蔚然成秀的艺术发育、生长的互动过程。就艺术的本体互动而言，我特别赞赏作者由叙事学出发对两种艺术本体的差别与互鉴的精细分析。作者非常细腻地解剖了石挥、白杨如何把舞台上历练的扎实的表演经验转化为银幕人物，又在银幕演出的强大限制中将表演升华到舞台演出中，把面对镜头的控制的生活化和直接向着观众的舞台表演的形体语言的夸大、体验和表现、演戏和演人逐渐有机结合了起来。赵丹在银幕上从《十字街头》的过火表演一直到《乌鸦与麻雀》中面部表情的"微相表现力",极大地丰富、提高了自己的艺术水平,也给他的话剧演出增添了艺术光彩。作者微观的个体呈现、个案的精细化解析,使全书宏观本体认知和勾勒有了非平面化的细节深度。历史叙事由此有了结实的有过程的史实基石。不仅在表演上,而且在导演处理上,我们也可以看到戏剧思维和电影思维、场面和镜头这二者的互补互动,相得益彰。作者细致分析了佐临导演的《假凤虚凰》、费穆导演的《小城之春》、沈浮导演的《万家灯火》这几个个案中,通过话剧处理激活的电影魅力。在戏剧导演进入电影界推动电影进步的同时,电影思维也同时开阔了他们舞台导演的视野,丰富了舞台处理的手段。非常难得的是,作者在研究戏剧和电影两者关系时始终保持的一种辩证的思维的研究张力,防止出现厚此薄彼的判断误差。

  我个人觉得,艺术学的建构,必须有合乎历史逻辑的龙骨,必须有着生动丰满的艺术的血肉而不仅是干涩的逻辑推理,必须有深入作品肌理的真切之言而不是浮泛的空洞结论。由此,《历程》水到渠成令人信服地导出了"舞台与银幕"形成恢宏交响的结论,给当下戏剧和电影的健康发展提供了一份宝贵的可资借鉴的学术资源。

2020. 5. 1

钟情的守望

——《苏州河,黎明来敲门》序

《建筑评论》资深编辑凯瑟琳·斯莱塞指出:"在这个文化与社会不断趋向同化的年代里,地域主义的议题一直具有与日俱增的时代意义。20世纪的历史一直被贪婪的全球化过程以及商品化逻辑所主导,系统化的操作方式下吞没了差异性和多元化。当物质发达和社会自由化浮现的同时,这些全球化的力量往往瓦解了传统文化的价值并漠视了过去的一切。"(见《地域风格建筑》)我个人不至于这样明确断然地否决全球化,事实上,上海这座城市是全球化视阈的一个具有标志性的景观。从东海边芦苇摇曳鸥帆交织的一片滩涂,从新苏州到东方巴黎,谁也不能否认,19世纪初级阶段的全球化和当下的现代全球化,给这座城市带来勃勃生机和巨大活力。不仅如此,正是抓住了全球化制造产业转移的历史机遇,中国有了今天的经济实力和全球地位。但我不是个极端主义者,相反我是一个折中主义者、调和主义者、多元主义者。全球化也给中国酿造了我们不得不吞咽的苦果,譬如环境污染以及其他一系列的社会问题。其中,文化的困境,就是凯瑟琳担忧的"瓦解"和"漠视"。倘如说,三十年前我们为城市一成不变的"旧"而垂头丧气的话,那么,今天我们不但为城市的日新月异吃惊，甚至忧心忡忡了。大片的老宅被夷为平地，代之新崛起的现代化摩天楼群。我们的记忆被埋葬，历史的文脉被阻断，传统的文明被遗忘。我们找不到我们和这座城市的来路了，人们开始呼号。我们想到许多年前流行的一本小说《根》，歌手童安格唱过的那首《把根留住》。是的，我们寻根，要把根留住，我们不能使自己成为无根漂泊的蓬蒿。于是，我们就看到了王唯铭这样的上海城市的书写者。

每当这座流光溢彩的东方不夜城夜幕四合，进入梦乡时分，唯铭就独自一人在阑珊的灯火下，书写他白天作为记者风风火火目睹采访搜集来的鲜活和老旧的素材。键盘的敲击声音轻灵而深沉，上海，一页一页在他的屏幕上翻过，成为书籍，进入读者的视野和心里。

这次王唯铭热切关注的目光聚焦在蜿蜒绵长流过上海腹地的苏州河。

很多人把黄浦江称为上海的母亲河。但我不太认同。黄浦江浩浩荡荡，江面宽阔，汽笛长鸣，万吨巨轮威武地往来江上。两岸，散发着古典气息的巍峨大楼和高耸的现代化摩天楼群像交响的复调，隔江对话。它是外向的，代表这座城市向着世界交流，给人一种庄严、崇高的印象。我觉得，它更像一个父亲，只是在偶尔的瞬间，会露出一丝父亲独有的慈祥。比如，很多年前，淡淡月光下一对对情人呢喃依偎的情人墙。和黄浦江相比，苏州河更像我们的母亲。像一对夫妻，它紧挨着黄浦江。但苏州河日常、平凡，怀着一份朴素的可亲近的爱。它不那么宽阔的水道里，小火轮像密集的鲫鱼，"突突突"地冒着白烟，从上游的江南水乡不辞辛劳地运来她的儿女们必须的所有日常生活用品，柴米油盐，瓜果蔬菜，水泥石子……然后又不嫌脏和臭，把城市排泄的垃圾、粪便运出城市。北边的岸边用木板水泥搭着简易的码头。她像母亲一样关怀着我们生活的时时刻刻、点点滴滴，简直是事无巨细。不像黄浦江贴着市区的边缘，苏州河平

1 蜿蜒曲折，苏州河终于浩浩荡荡地汇入了黄浦江。
2 苏州河有一种人间情怀，是上海人真正的母亲河。

静而不动声色地穿越整个市区，尽管南边富些，北边穷些，但它一视同仁。它有一种人间情怀。两岸没有高大上的魁伟建筑，大都是供我们生活起居的建筑群，既有富人住的大楼，更有大片穷人集居生息的棚户区、滚地笼。童年时，我住在这座城市的北边，曾经一次次地穿过横架在苏州河上的四川路桥、乍浦路桥和外白渡桥。夏天，时常可以看见一船船绿得让人嘴馋的圆滚滚的西瓜搬上岸来。船工们老老小小一家子在船上生火，炒菜，吃饭。热气和油烟弥漫在苏州河的水面上。花花绿绿的衣服像彩旗挂在船上。那时，苏州河水还有点清。有赤裸着上身的孩子，攒着气，像条鱼一样从高高的桥墩往下跳。他背后有陶立科式的灯柱。随后，溅起一片水花和小伙伴、路人的喝彩。

我有一个堂兄，比我大一岁。住在离苏州河不远的虹口。在共和国最困难的年代，他十三四岁就在苏州河上"推桥头"。苏州河上的桥大都很陡。三轮的黄鱼车、二轮的橡皮塌车，都是靠着人力蹬和推着过桥的。有时货物太重，有时蹬车推车的人力气小，使人满头大汗青筋暴出也过不了桥。尚未发育成熟的堂兄就用自己羸弱的身子，冲上去帮人把车推上桥。推一次有几分钱的收入。就是这些钱帮着他父母、家庭度过20世纪50年代末共和国最艰难的一段时世。苏州河用她不那么饱满的胸脯，有点浑浊的乳汁，哺育着这座城市和她的孩子。

从我的广义上的同龄人、苏州河边湖滨大楼的少女张秀兰和不远处的少男陆杰瑞在60年代略带阴暗的童年故事进入，王唯铭怀着儿子对母亲的热烈情怀和一颗赤子之心，虔诚地开始了他对苏州河漫长而伤感的缅怀。我去过那栋大楼。它如此的宽阔，对于每个第一次踏进它显得威严的大门的人来说，它森严、神秘而深邃。无数厚重的大门一直排到长长甬道的尽头。注定是一部巴尔扎克人间喜剧式充满悲欢离合故事的巨型长篇小说。时光像满天的云烟在字里行间翻腾，生活像一团融化的岩浆在他心里奔突蒸腾。尽管他想客观而理性地叙述这条可歌可泣的河，但他没法让自己像局外人那样"事不关己，高高挂起"般冷静。

唯铭是一个不折不扣的有思想的作家。

他的苏州河叙事有对宏观的历史的穿透。苏州河被隐埋在历史河床下的许多曾经隐秘的往事被他打捞上来。时间在他的苏州河叙事里自由地跳跃、奔跑。在作为叙事序幕的一个个当代青年跃入我们的眼帘后，在他们目睹1966年从湖滨大楼跃下的一对黑色身影后，一路奔跑着从少年、青年、中年到今天……他们的岁月和苏州河的河水一起泛着粼粼波光，流淌着。唯铭的这些叙事文字中有一份极为难得的温情和沉重的伤感。

苏州河从来就不仅是一条自然空间的河，更是时间意义上历史和文化的河。唯铭笔下展现给我们的是一卷和苏州河一样徐徐展开的历史长卷。他试图构建一个文字造就的关于苏州河的3D版全息影像。苏州河为何不同于其他的河？为什么它如此深刻地影响着这座东方的大都会？王唯铭的苏州河要揭示它的基因密码。在作家的视野里，上海近代文明的源和流都在于苏州河。于是我们不期而遇了先于苏州河从18、19世纪传统农耕社会走向20世纪黎明之前时到来的那些传教士郭士立、麦都思、裨治文、文惠廉……在他们身后有一个个后来成为上海建筑文化一部分的耸立着插云尖顶的大小哥特式教堂。作为一个作家，唯铭有一份史学家的睿智。他能始终让他们黑色的长袍在一个非常宏阔的近代中国史和世界史的风景里飘拂。案而不断。屈辱与文明，奇异地交织在苏州河的两岸。苏州河是中国民族工业、民族资产阶级的摇篮。从昌化湾起步的中国民族工业先驱，孙家、荣家、方家、吴家，位于苏州河河湾的那些至今保存完好的面粉厂、纺织厂、化工厂的老厂房里埋藏着他们曾经惨烈的奋击，惊险的传奇故事，实业救国的理想、辛酸。苏州河又是上海近代文化的绵绵文脉。以五十三年生命相伴圣约翰大学的卜舫济，以及从这所学校里走出来的各路精英，见证了苏州河的文化伟业。那些被多少人踩踏过的钢铁的、水泥的形状各异的桥梁，不仅像项链一样风情万种般装点在苏州河上，而且它的第七座桥边装点着焦黑弹洞的四行仓库的老墙，作为一座纪念碑，写着谢晋元和上海儿女抗击日寇的英勇和壮烈。与此同时，和苏州河前世今生相关的弄堂、道路、渡口，还有匍匐在金黄色油菜花丛里的碉堡，在他的笔下一一复活。几乎一百多年来苏州河身边的重大事件、重要人物，就像自己手掌上的纹路铺开在我们的眼前。

　　王唯铭的苏州河叙事有一种不同于历史学家、地理学家、社会学家的特别魅力，尽管在他的叙事里不乏这三种要素。但他以文学家的身份统摄了另外的三个身份。特别是他对近代苏州河历史史料的收集整合，对它们如家谱般的津津乐道，其间的繁复，肯定是一般文学家很不容易企及的。同时，他对苏州河一路行来历史沧桑的文学柔化的叙述，也是历史学家、社会学家力所不逮的。他使我们自以为熟悉的苏州河焕发出了许多令人好奇的陌生化效果：原来苏州河有着如此丰富而错杂的内涵，就像它的河道一样蜿蜒曲折。但我总直觉地感到，唯铭写苏州河时的雄心太过于壮阔，让苏州河携带了太多的支流。有些地方的叙事显得稍过衍生和庞大。过多不舍割爱的苦心收集的素材，拦住了作家自由的舞步。当然，因为没有人为苏州河做过如此精心的 3D 肖像，作家心情的急切也是可以理会的。王唯铭的苏州河叙事，丰富了我们对母亲操劳的理解，加固了上海人的文化记忆，以及对自己文化身份的认同。

　　在这代作家中王唯铭是最早有着自觉文化意识，身体力行地践行着自己作为文化记忆书写者神圣使命的作家。我和唯铭早在上世纪 80 年代初就已认识。我保留了一张当年在上海作家协会小楼前的合影。合影集中了当时风云初度的青年作家。前排端坐着钟望阳、吴强等一批德高望重的老作家。年轻的唯铭矜持而若有所思地排在后面。1986年,中国当代文学最风起云涌的时候,作为当时的优秀青年作家,他是上海作家协会举办的"青创会"的第一期学员。那个班涌现了殷慧芬、金宇澄、孙甘露、阮海彪、程小莹等一大批日后在中国文坛叱咤风云如日中天的人物。王唯铭也是其中的佼佼者。我曾应邀去那个班上做过讲座。次年,他们在《红岩》杂志集体亮相,发表了四篇小说。我为他们撰写了题为《城市·文学·人》的评论。唯铭和同学合作的小说《夏日最后的骚动》塑造了一组散发着廉价烟味的上海男子汉的群像。他们试图用迪斯科的节奏冲击人们的灵魂。他们代表一座城市在骚动。几乎从一开始,王唯铭就有了他非常清醒的创作意识,很快就确立了他的文字写作和上海这座城市的内在联系。《欲望的城市》《妖媚的城市》《叫喊的城市》《斑驳的城市》《女人的城市》《游戏的城市》《少数人的上海》《与邬达克同时代》……他被人们称为城市的狩猎者。确实,三十年来,他始终像一个伏在草丛中的彪悍猎人,守候在城市的夜色中,以极其敏捷锐利的目光观察、捕捉着这座城市最新变化的每一丝风吹草动。同时,又用类似外科医生手术刀般的精准,深入到新的社会现象的肌理深处,做出了出色而富于青春激情的文学表述。尽管三十多年过去了,唯铭的写作有了极为成熟的老到。但难得的是,他的文字几乎始终保持了文学火红年代独有的气息,华丽、前卫和这座城市的"洋气"。哪怕浮光掠影的时尚,到了他的笔下,就有了一股子内在的硬朗骨子。

三十年,始终不渝的钟情守望,王唯铭以十几部非虚构写作的作品,构成了近三十年上海生命的一部连续而鲜活的变迁史、生长史。这个时代这座城市需要唯铭这样钟情的忠贞不渝的守望者、记录者。城市的发展像疾驰的高铁，对每一片崭新的风景都没有片刻的逗留，从我们眼前一晃而过。如果我们不去抓住，真的是电光火石，稍纵即逝。仅就住房而言，二十年前高贵无比的虹桥地区侨汇房，其建筑风格、所用材质在二十年后已经落伍得令人很难想象当年开盘时的盛况。曾经普遍的全家老小六七口人蜗居在十来平方米斗室的窘况，如今基本已经成为过去。而曾经千篇一律的收入如今悬殊到难以想象。整个城市物质和生活水平的抬升，就像黄浦江和苏州河的堤岸，一厘米一厘米，从我儿时到今天，抬升了十几米。王唯铭忠实地记录了这个时代这座城市的巨变，特别是巨变中的"人"，以及人的思想感情、价值观念、行为方式、文化娱乐和物质消费那令人难以置信的变化。伟大的恩格斯在论述巴尔扎克时说："他用编年史的方式几乎逐年地把上升的资产阶级在1816年至1848年这一时期对贵族社会日甚一日的冲击描写出来……他汇集了法国社会的全部历史，我从这里，甚至在经济细节方面（如革命以后动产和不动产的重新分配）所学到的东西，也要比从当时所有职业的历史学家、经济学家和统计学家那里学到的全部东西还要多。"（见《致玛·哈克奈斯》）虽然王唯铭不是巴尔扎克，没有巴尔扎克的那份伟大，但他的文学叙事切切实实地为将来留存了一份最为感性最为鲜活的社会切片。将来的读者和学者，将会像他叙事尾声里一百岁的陈老太面对午后苏州河平静的流水而心潮起伏那样，读着王唯铭的苏州河叙事。再说一遍，苏州河，我来了。

苏州河，上海不朽的母亲河……

2015.7.14

灼烧过心灵的文字

　　一个软弱的妇人靠板棚的土墙坐着，在讲述斯大林格勒是怎样被焚的，由于疲倦，她说话的声音很平静。

　　天气干燥，尘土很多。微风吹过，把一团团的黄土卷到脚下。那妇人的脚被烧伤了，没有穿鞋。她一边讲一边不住地用手把温暖的尘土刨聚到发炎的脚底下，好像要用这个办法来止痛。

　　萨布罗夫大尉看看他自己的笨重的皮靴，不由得后退了半步。

　　他默默地站着听那妇人说话，一面从她的头顶望过去，在那尽头的一排小屋旁边，有一列军车就直接在草原上卸车。

　　草原后面的咸水湖在阳光照耀下宛如一条白色的练带；这整个情景，看上去仿佛是世界的尽头。现在，在九月里，这里的火车站是通往斯大林格勒最后一个，也是最近的一个……

　　窗外，是五月明媚的阳光，澄澈蔚蓝的天空，有鸟雀欢快地叫着飞过。五十多年过去了，我依然如此清晰地记得，西蒙诺夫《日日夜夜》开头的这段文字。依然记得那个眼睛像一潭清澈的湖水，上唇长出依稀绒毛的青涩的大男孩,手里捧着一本四百多页大书,身子沉浸在同样弥漫着春天气息的五月里,那颗心却飞向了遥远的到处散发着硝烟和焦土味的斯大林格勒,时光回到了他还没出生的二十年前。纸张不好,不是白的是黑灰的,捧在手里很厚很厚,和他的年龄很不配。工人新村的孩子很少有他这样如痴如醉成天抱着一本书的。之所以还记得,实在是小说开头的这几百字,像一张出自大画家的水彩手笔,简约随意,寥寥几笔,几乎不动声色。画面、人物、动作、景色、表情,一应俱全。平静日常的诗意中已然可以闻到战争揪心的气息。

我,一个年轻的还在孩子和青年交界处的小读者,没想到自己会追随着炮兵大尉萨布罗夫的身影,置身、穿行、奔跑在那么密集地从头顶呼啸过去的枪林弹雨中。子弹"嗖嗖"地擦着耳边飞过,可以听到德国士兵近在身边的呼吸。

随着阅读的徐徐展开和书页的掀动,大尉萨布罗夫和他的战士,在瓢泼的大雨中渡过了波涛汹涌的伏尔加河,强行插入被德军包围得水泄不通的斯大林格勒。他们就依靠一个金鱼池的掩护,夺下了市中心的三座大房子,在德军坦克、大炮疯狂的反击下,日日夜夜坚守着这三座房子。斯大林格勒沿伏尔加河将近五十公里的窄长地带像蚂蚁一样聚集了苏德双方的三百万大军。从1942年草木葱茏的夏天血战到风雪交加的第二年严冬。大战中,双方的胶着争夺已经不是用公里,也不是用街道,而是用房屋,甚至是用墙壁来标记的。许多街区被炮火削平,一眼就可以望到尽头。小说写尽了这场战争的惨烈,我们看到在"他们进攻了"的面前,所有的渺小的私利和占有的欲望被彻底摒弃,代之以生的希望和牺牲的无畏勇气,在惨烈中升腾起一股英雄主义的烈焰。我看到从战士到指挥员,一具具年轻的躯体在我面前倒下。钢铁般的意志在黑暗的地窖里闪光，在战壕里跃动。两天两夜的阅读，文字像子弹一样穿过我的胸膛，炙烧着我尚未成熟的灵魂。阅读最后的那个夜晚，看到萨布罗夫大尉将为了掩护他而牺牲的亲密战友埋在他们用生命守住的房屋的石板下时，我和兄长一样的年轻大尉一起在清冷月光下，满眼噙着那些夺眶而出的泪水。连同小说一开始就牺牲的连长的那对"亲切的棕色的眼睛"，一直在我眼前闪烁着。

后来我曾在严冬挖备战备荒的防空洞，年轻瘦弱的臂膀将一锹锹方方正正冰冻得很沉很沉的泥土掘起来，累得吃不住的时候，会想到《日日夜夜》里的萨布罗夫和他长眠在斯大林格勒废墟下的战友，想起他们挖掘战壕的情景。今天当我们面对汹涌而来近乎席卷一切的时代狂潮，面对着五光十色诱惑而目迷心摇的时候，我们是多么需要像保卫斯大林格勒的每一寸焦土的勇士那样守住我们的灵魂，守住我们良知和真知的那几座房屋啊。人活着，总得要有点英雄主义的，哪怕失败、死亡。

伟大的西蒙诺夫是了不起的小说家，还是出色的诗人。除了回肠荡气的《日日夜夜》，他还写过一首隽永得刻骨铭心的小诗《等着我吧》。不长，一共只有三节。每节都以"等着我吧"开头，忧伤而富于韵律。"等着我吧——我会回来的。／只是要你苦苦地等待，／等到那愁煞人的阴雨／勾起你的忧伤满怀，／等到那大雪纷飞，／等到那酷暑难捱／等到别人不再把亲人盼望……"朴素地倾诉着远离爱人的那些年轻战士炽烈的思念和憧憬。最后诗落在："亏了你的苦苦等待／在炮火连天的战场上，／从死神手中，是你把我拯救出来。／我是怎样在死里逃生的，／只有你和我两个人明白——／只因为你同别人不一样，／你善于苦苦地等待。"爱情的决绝哀婉深沉，足以令石人落泪。不知为什么，后来它常使我想起古乐府中的《上邪》。这首诗不胫而走，传遍战火纷飞的前线，成为那些战士不断射击、射击,把仇恨的子弹射向法西斯、战胜法西斯的最重要的情感源泉。战士们写信给诗人说,您的诗以及在诗中表达的对亲人的深切的爱,支持我们度过战争岁月。这首诗也在朦胧中开启了我们丰富的情感世界,隐约触摸到了爱和美。记得五六年级的时候,流行把歌曲印在比扑克牌小点的照片上。一天那些梳着小辫子的女同学们很神秘地凑在一起,看着一张小歌片轻轻地哼唱着。那是卫国战争中流行的歌曲《小路》:"一条小路曲曲弯弯细又长,一直通向那迷雾的远方,我要沿着这条曲折的小路,跟着我的爱人上前方……"曲调舒缓含蓄宽阔。那时正是我们身体隐秘生长的时候,也是特别严肃禁欲的时代,唱这首歌就有点偷摘禁果的意味在里面,既害怕又好奇。就在志忑中学会了这首歌。后来,这首歌曾伴我度过了那些动乱迷茫充满忧伤的岁月。即使是战争,俄罗斯的文学艺术,也像西伯利亚大平原风雪中挺拔的白桦,出落得亭亭玉立楚楚动人。

　　五十多年过去了,总还记得阅读《青年近卫军》时,和顿巴斯矿区小城克拉斯诺登地下英勇反抗法西斯的团员青年们相伴的日日夜夜。小说结尾,他们大多数被叛徒出卖,英勇牺牲。那些年轻战士的全体英名被镌刻在高高的方尖碑周围。小说第一部的结尾近卫军战士在听到死神敲门之际,平静地讨论着今天我们依然热议的话题"幸福"。他们最后的结论是:"我们死后,愿留在世界上的我们的人能够幸福!"在个人主义、利己主义、拜金主义毫无顾忌地长驱直入,荡涤、占领着我们精神领地的今天,这些声音是多么的振聋发聩啊!

　　原来总以为,这些小说已经"陈腐",已经不屑一顾地被当代人彻底扔进了阅读的冷僻的角落。为了唤起记忆的细节,我到网上搜索了一下,发现依然有比我年轻和更年轻的读者在被《古丽雅的道路》《卓娅和舒拉》"真切地感动"着。

  历史不可复制，伟大的精神却可以永恒。七十年前在青春殷红的热血和俄罗斯皑皑白雪中生出来的文字，五十年前那些曾经灼烧过我灵魂的文字，依然活在今天年轻人的心里。

2015.5.8 世界反法西斯战争胜利七十周年之际

有意味的啰唆

——王安忆小说《阁楼》

正值改革开放四十周年,《小说选刊》等选出了四十年中四十部最具影响力的小说。那些大名鼎鼎的小说都入选了。其实不入选的,甚至知之甚少的小说未必不佳,甚至有品相质地极佳的。很多年前,虽然中国文学艺术界正处在一个思想解放的活跃期,但就像早春的天气,乍暖还寒,时不时会有小股寒流袭来。年轻的小说家和评论家们必须相濡以沫,互相支撑,共同抵御迎面袭来的冷枪和流弹。那时一个人出一本书是非常稀罕的事情,大家彼此赠书成风。我这里几乎有从《雨,沙沙沙》开始的王安忆所有早期的签名书,今天已经弥足珍贵。我个人特别喜欢的是她1990年4月送我的《海上繁华梦》中的那个打头篇《阁楼》。我每次讲座几乎都以此为例说明何为风格。小说的主人公住在虹桥路1118弄34支弄3号,相貌平常还有点小小难看。他叫王景全。小说就写他改革煤球炉节约用煤的事。我都不敢用故事这个词,实在是没有故事啊。你说一个人天天对着今天已经成为历史的煤球炉,乌烟瘴气,有什么可写。然而,王安忆在几乎无法写小说的地方写出了小说。她写这个王景全在抬不起头的阁楼里,面对着月光下的三个煤球炉,写他拎着自己革新的煤球炉四处推销,到处碰壁、受骗。这篇小说非常体现王安忆的叙事风格，啰唆。我喜欢这篇小说，一是题材的高度独特性，高冷；二是叙事的高超难度和相伴叙事的高超技巧；最后是它的被忽略、冷落，很少有人关心。

我认为真正的艺术精品有几个特性。第一，不可复制性。精品具有强烈的个性印记，是个人最好状态时想象力的产物，别人不能复制。一复制就被人看出来。艺术精品具有不可模仿性。艺术家在创作中要有对艺术把握的自信心。艺术创作有两类天才：一类是简洁和朴素，千言万语用一两句话概括出来；一类是把一句话变成千言万语，而且别人喜欢听。当你把一句话变成千言万语，但人家觉得你啰唆得像祥林嫂的时候，就不是天才而是庸才了。不是人人的啰唆都有艺术价值的。王安忆是一个"啰唆"的天才，她在寻找题材的时候敢于寻找非常独特的东西，绝处逢生，在啰唆的叙事中缓缓地流露出忧伤和艰难，倒影了一个时代的荒谬和人性的无奈、挣扎。第二，一个天才的作家必须保持终身的创作或者保持相当长时间的创作。第三，漫长的创作始终在一个相当高的水平线上下浮动，不是说今天写得万人空巷、洛阳纸贵，明天就一落千丈。王安忆的《长恨歌》一出来我就认定这是一部了不起的作品。我曾写过一篇《谁是鸽子》，在这篇文章中我提出把王安忆比作张爱玲并不妥当。张爱玲是流星，她仅仅是深深轰动了抗日战争时期万马齐喑的上海孤岛，后来没有写出特别好的作品。王安忆是恒星。历史会证明王安忆在文学上的贡献是超过张爱玲的。五次作代会张光年做的报告中，新时期青年作家排名第一个的是王安忆。安忆和我的共同朋友陆星儿生前对此多次说过，王安忆写得这么啰唆，为什么读者接受而且喜欢。她不敢写得这么啰唆，怕读者没有耐心。我认为这句话表现两层意思：第一，王安忆相信自己的啰唆是与生俱来的，她有自信能征服人，自信读者能够接受；第二，王安忆的天性当中有这种化啰唆为奇趣的叙事能力。为什么啰唆得有趣,请大家再看小说,特别是结尾。那是真正的豹尾。能把一个社会底层没有工作的小人物写得那么浩浩荡荡,恐怕非王安忆莫属了。

  四十年前曾经相濡以沫,四十年后我们相忘江湖。时代艰难而不可阻挡地前进了。

2018. 11. 1

阅读与印象

——为马克思诞辰二百周年而作

马克思生于1818年5月5日德国普鲁士邦莱茵省特利尔城。今年是他诞辰二百周年。

1883年3月14日马克思在伦敦逝世。3月17日他的遗体被安葬在伦敦城北的海格特公墓。与他并肩为着无产阶级解放事业的理想战斗近四十年的挚友恩格斯在葬礼上用英语发表了充满深情和睿智的《在马克思墓前的讲话》。值得指出的是,此前,恩格斯于1881年12月5日曾在马克思夫人燕妮墓前发表过令人潸然泪下的悼念讲话。在马克思墓前,恩格斯回忆说:"3月15日下午两点三刻,当代最伟大的思想家停止了思想。让他一个人留在房间里还不到两分钟,当我们进去的时候,便发现他在安乐椅上安静地睡着了,但已经永远睡着了。这个人的逝世,对于欧美战斗的无产阶级,对于历史科学,都是不可估量的损失。这位巨人逝世以后形成的空白,不久就会使人感觉到。"讲话最后恩格斯深信,作为一代伟人,"他的英名和事业将永垂不朽"。在我看来,这是迄今为止对马克思最为科学最为简约最为适合的评价。

众所周知,1999年在人类满怀激情迎接千禧年之际,在英国广播公司

（BBC）于互联网上举办了几周的多轮评选中，马克思被选为千年来人类最伟大、最具影响的第一位思想家。第二位是相对论的创立者爱因斯坦。正像自然科学离不开爱因斯坦那样，马克思点燃人类思想史前所未有的火炬。2008年的金融海啸最有力地印证了马克思主义对时代的伟大洞察。一个崭新的时代依然需要马克思的思想力量。

马克思的思想和学问，像大海一样博大精深，不是像我这样一汪浅水的浅薄之人可以评价的。只有那些自以为是、不自量力的人才会轻浮地去贬损、诽谤。马克思已出版的著作足以令人望洋兴叹，更何况还有大量未经整理的手稿。我和马克思的关系，只是一个普通读者和一个伟大作家的关系。

我感谢马克思，是因为他和他的著作，在我迷惘、失望、彷徨，甚至陷于绝望，看不到未来的青春岁月里，在那些长夜如磐的时光里，燃起了我生命的大火，充实了我的灵魂，给了我前进的勇气和力量。

至今我还清晰地记得，每天清晨上班时在迷蒙的雾气中和初度的晨光里，在工厂的车间里给班组里的师傅们朗读马克思著作的情景。《共产党宣言》《法兰西内战》《哥达纲领批判》《路德维希·费尔巴哈和德国古典哲学的终结》《路易·波拿巴的雾月十八日》……虽然并不全懂，但那犀利的思想的穿透力依然像透过云层的阳光，照亮了我人生曲折幽暗的小径。那像欧几里得几何一样结构严谨的思辨的力量，以及《共产党宣言》对"资本主义在先前所起过的革命作用"的肯定，对资产阶级历史作用的极为动态辩证的分析都给了我极大的震撼。还有马克思知识的渊博、胸襟的博大，从古希腊到文艺复兴，他自己就是一部欧洲的文艺百科全书。我最初对于西方文化、西方文学的了解，许多是借助了对马克思的阅读。特别是，作为一个文字爱好者，虽然经过了几道转译，依然能感受到马克思文字那大气磅礴海潮般汹涌澎湃的感染和冲击。《法兰西内战》就是一部在巴黎公社街垒弥漫的硝烟中升腾起来的《战争与和平》。在他的文字的原野上一路跋涉，真是一种永恒迷人的享受。

1973年6月18日，青工的我用积攒下来的五角钱生活费在上海机床厂的小书店里买到了《回忆马克思恩格斯》，如获至宝。拉法格和李卜克内西两人对马克思的回忆，展现了一个那么鲜活而充满个性的马克思。拉法格的文章一开始就引用了莎士比亚《哈姆雷特》的台词："他是一个堂堂的男子，／整个说起来，我再也见不到像他这样的人了。"字里行间随处都可以触摸到马克思生活学习写作的极为生动的细节。燕妮的那篇《动荡的生活记忆》，以高贵的女性视角，道尽一个为着人类幸福和真理而思考奋斗的战士一生的颠沛流离和苦难困顿，让我激动得无法自已，泪水几度蒙住了我的目光。

那种阅读是近乎疯狂的，画满红蓝色的道道杠杠。现在都很难相信，自己曾那么阅读过、亲近过马克思。这本只有170页的不厚的小书，和读过的不多的马克思的著作，深刻地影响了我后来的人生。我有幸自己年轻时读了这本书。我相信，即使今天的年轻人，一旦读到这本书，必定终生受益。那十年，关于马克思的书，我后来又从朋友那里借阅了1959年出版的红封面的《马克思的青年时代》。这是青春与青春的遭遇，确立了我一生的价值观。

特别令我震撼的是，1985年我读到刚出版的《马克思女儿家书》。马克思有三个女儿，她们都像父亲一样通晓几国语言，都有着极高的文学素养。最重要的是，她们都复制了父亲的为工人阶级献身的人生道路。大女儿燕妮作为马克思的助手，操劳过度，先于父亲在三十九岁时因癌症去世。三女儿艾琳娜活跃在伦敦东区的贫民窟，被那些苦难的工人亲切地喊作"我们的妈妈"，四十二岁时因为无法忍受的家庭生活的不幸而"自杀身亡"。最让人难忘的是二女儿劳拉，她的丈夫是法国工人党的领袖拉法格。1911年11月25日，六十六岁的她和七十岁的拉法格在周末拜访老友，当晚听了一场歌剧音乐会。第二天清晨，打扫房间的女工发现夫妇俩穿戴得整整齐齐地坐在卧室的安乐椅中，平静地离开了人世。他们双双在手臂上打了一针氰化钾。他们没有孩子。他们怕自己"成为自己和别人的累赘"，拖累了党和无产阶级事业。拉法格在遗书中写道："我怀着无限欢乐的心情死去，深信我为之奋斗了四十五年的事业，在不久的将来就会取得胜利。"落葬那天两万多人来到拉雪兹神父公墓。列宁参加了葬礼，还发表了演讲。为此，我曾在创刊不久的《文汇读书周报》上发表了书评。

在我的书柜里，至今珍藏着1972年出版的精装《马克思恩格斯选集》。豆沙色的封面压着烫金的书名，上面是单线勾勒的马恩头像。书脊上有金色的书名压在黑色的长条上。内页是当时难得一见的辞典纸。它们伴我度过了自己和我们民族最灰暗的那段时光。

毫无疑问，马克思是人类迄今最伟大的思想家。但他同时也是我们生活中的导师和亲切的朋友。他让我们从价值观上知道人该怎么活着，什么样的生活是有意义的生活。1835年8月12日高中毕业生马克思告诉我们，在选择职业时，我们应该遵循的主要指针是人类的幸福和我们自身的完美。不应认为，这两种利益是敌对的，互相冲突的，一种利益必须消灭另一种的。思想家马克思教导我们，在方法论上怎么去看待去思考我们面对的时代和世界。在《共产党宣言》的七版序言里，展现了他和恩格斯对基本原理的坚持和随着时代变化对具体观点的不断修正。面对一个充满着变化和动荡的时代，马克思为我们提供了坚如磐石的思想定力。

两百年了，马克思属于一个过去的时代，也属于当今的时代，更属于未来的时代。马克思是永恒的。人类总能从马克思那里得到很多很多……

2018.5.21

在"流过"中留下诗情

——读徐芳的《日历诗》

我尝试过各种文体写作，但我不写诗。年轻时读过大量的诗，也整本整本地抄过古今中外许多大诗人的诗。但我从不写诗。诗，是我最为敬畏的文体。她是文学皇冠上的明珠。古人说，诗缘情而绮靡。西方人说，愤怒出诗人。诗，是在感情、人生最为激烈的时刻，溅出来的灿烂火花。是一种特别需感情和才情的文体。

诗人徐芳起步于华东师大美丽的丽娃河畔，是华东师大夏雨诗社最为出色的女诗人，也是上世纪80年代最优秀的女诗人。她在诗中流露的才华才情，连我们的老师施蛰存先生这样才子气十足的文学大师都禁不住为她喝彩，说她的诗"正站在她手帕的边缘上，要回她的青春"。鼓励她继续去追，去追回诗的青春。我想，徐芳是一直记着施先生的这些话的，直到今天。但是她当年的花手帕已经丢失了，现在满世界的雪白纸巾。现代社会现代生活，灰色而浑浊，喧嚣还有点无聊。很难说，这是抑或不是一个诗的年代。

徐芳的《日历诗》是对诗既定的文体的挑战。在那些感情并不如火的寻常而略有涟漪的时日，在锅碗瓢盆、柴米油盐酱醋茶的琐碎里，创造普通人看得到撩得着摸得到的诗。这是对遥远青春的诗性的中年回声，是对"逝者如斯夫"的连绵不断的时间的回应。于是高贵的诗的女神，有了世俗的气息，有了与芸芸众生相同的人间烟火的气息。

时间，流过。在日常凡俗的生活中流过。在灰尘般细碎的细节中流过。在我们经常空无的思想里流过。徐芳试图用诗的触角抓住那些"流过"，用诗的语言把"流过"像琥珀一样晶莹剔透地凝固起来。

禅宗说，我心即佛。徐芳是，我心即诗。在传单一样撒落的每一张日历中，在生活的流水账里，寻觅诗意。流水无意，落花有情。于是，几乎类同的每一天的肌理深处就有了诗的意味，散发出了诗的淡淡的芳香。"时间在蒸锅里打个滚/馒头已熟香"。韵味、香味，一起扑面而来，缭绕在你的心头。和越剧表演艺术家袁雪芬那么熟悉，却没想到她"属于江南"。袁大姐的形象和江南的意象，在一张日历里折叠在了一起。我接触过多少年、稔熟在心的越剧名角就这样有了诗的意象。在漫长焦灼、反复咏叹地"想你、想你"声中，最后，想到的是黄梅季节期待的一个"大晴天"——"一个过长延迟的/太阳的蒙太奇……"青春时代对爱情的焦灼、渴望和热情，变成了如此日常的对天气的等待，变成了每一个江南人共同心理的诗化吐露。在《日历诗》里，徐芳把一个天天在都市里忙忙碌碌的现代人，一个生活在都市里的主妇、母亲，触目所见，小到牵牛花开的一个清晨、一碗热汤，大到"5·12"汶川大地震被撕裂的母亲的心、那架永远迷失在茫茫大海深处的MH370缥缈的踪影，一一变成了在读者心中跳跃前行的诗行。还有顽强活在现代都市里的古典的流传了千百年的节和节气，它们精灵般地如期到来，每每都会在诗人的心头，撩起一股淡淡的云烟般的情愫。诗人徐芳同时把低头所思写在她的日历上，有各种各样的思绪、情绪，随着时间的脚步，集合到她的笔下，滚烫的、冷峻的，浅浅的、深深的。她似乎随手就能把现代都市女性微妙的丰富的内心世界的瞬间律动捕捉到诗的巢穴里来，生出一个个探头探脑的文字小鸟。我特别感动于，一个诗人母亲对儿子的一往情深，在仿佛絮叨的字里行间，含蓄而有节制地情感表达。从一月到十二月，从今年到明年，岁月更替，徐芳可以这样慢慢地一直地在日历上写下去。写出一卷当代的诗的《清明上河图》，把21世纪的日常生活的情感细节，白描式地呈献给未来。我有意地尽量回避诗句的直接引用，是怕亵渎诗的神圣庄重。任何应用都会割裂诗的美丽。哪怕它写在日历上，写的是最寻常的"过日子"。诗，其实是用心去读的，不是让理性来分析的。

把唠叨，把一碗热汤，把打盹，把读报、一朵花、一条小鱼、一次外出旅游、一辆疾驰而过的地铁列车，把所有最日常的东西，点铁成金。在写了几十年诗以后，徐芳继续在路上，在探寻诗的新的路径，让诗能在都市生活的寓所、马路里自由地徘徊。当读到《日历诗》的最后一页，我知道，诗人成功了。她，使高贵的诗的脚步，走进了我们这些无诗的人的生活里。她使我想起了白居易，但，她不是白居易。

2016.7.16

永远的玫瑰,静悄悄地开

——陆萍诗集《玫瑰兀自绽放》《生活过成诗》合序

像沉寂了多年的火山,再度喷发出烈焰火光岩浆,诗人陆萍在远离诗坛多少年后,居然在同期内推出了两本诗集《玫瑰兀自绽放》《生活过成诗》。那么强烈,那么耀眼!诗歌是文学皇冠上的明珠。今天,这颗明珠拭去岁月的尘土,重放璀璨。我们曾经对她有过那么漫长的期待,得到的只是沉寂的休止符。其实,陆萍何曾离开过诗。诗,是她的生命,是她的生活,是她的阳光空气和水,是她的通灵宝玉,是须臾离开不得的。她远离的是空气有点污浊的诗坛,而不是像生命清流般淙淙流向远方的诗。

火山喷发有酝酿的过程,是地球板块的移动、撞击,是地火岩浆在地层下的蓄积、潜伏。陆萍,其实一直在诗中生活着,在诗的情感和幻想中生活。像河蚌育珠般地生成为诗的美丽幻象和意象。那些从心的深处流出来的诗句,诗行连缀起来的诗笺,从来就不是为了发表。它们洗净了功利的灰尘,没有博人眼球的喧哗,没有取悦世人的媚笑,而只是静静夹在自己情感和生命某一刻的一枚书签。甚至只是活着必需的喘息,日夜不停奔流的血液。

陆萍是我们这代人中最早蜚声于文坛的诗人。她二十来岁就开始写诗。那是一个特殊的文化年代。一度万马齐喑，百花凋零。1970年她在《解放日报》副刊《朝花》发表第一首诗作。1972年，她以一首《纺织工人学大庆》的歌词唱遍大江南北。虽然歌词免不了那个年代的昂扬和口号的色彩。但"纱锭日夜转，一根棉线长又长，纺出细纱闪银光。梭子来回飞，绸缎多漂亮，织出彩练映朝霞"的歌词，是她十年间在纺织厂细纱车间三班倒不断穿梭巡回的汗水中蒸发出来的文字，是诗意匮乏年代的诗意。其中对于纺织女工劳动的那种由衷、真切而朴素的歌唱，在特殊的文化氛围下，显得特别的清新动人。就像我们在沙漠里猛地看到、捡到一片玫瑰的花瓣那样令你惊喜不已。人，其实很难超越时代的。只要超越了一点就很了不起。陆萍是那个时代了不起的诗人。那时还没有追星，也没有粉丝，但陆萍是诗坛绰约的玫瑰，迎风摇曳，是我们这代人从心里喜欢的诗人。她的第一本诗集《梦乡的小站》在1985年获得了首届上海文学作品奖。当年获奖作者一起去千岛湖、富春江，饱览湖光山色，我们有幸同科、同行。她的诗人的活跃和爽朗，感染了我们一路的行程。第三本诗集《有只鸟飞过天空》被列入上海新诗丛。我们只要看看诗丛的阵容，有舒婷、张志民、邵燕祥、林希、公刘、牛汉、周涛、辛笛、杨炼、白桦、严阵、韩作荣……就知道陆萍在当年中国诗坛的地位和影响了。这本诗集放在我书柜醒目的位置，在我灵感枯竭才思阻断之时，我会抽出来激发一下自己的艺术感觉。我特别喜欢鸟群飞过天空的意象：群鸟振翅掠过蓝天的开阔，一只鸟从树梢飞过留下的孤独的身影。她的诗有《细雨打湿的花伞》的细腻，有《梦乡小站》的空灵。但正如评论家任一鸣在《放飞爱的天空》中评论的那样："飞翔，使我们看到了从意识深层获取灵感的女诗人所特有的、完全成熟了的写作姿势。"

《玫瑰兀自绽放》和《生活过成诗》保持了诗人一贯的勇敢、自由，从情感和意识最深处起飞，然后翱翔诗国天空的那种大起大落尽情飞翔的美。

飞翔的起点，是诗人的眼光和取材。陆萍使我情不自禁地想到著名的俄罗斯诗人安·阿赫玛托娃。亚·特瓦尔多夫斯基在评价这位女诗人时说，阿赫玛托娃在读者印象里，主要是爱情抒情诗的同义词。的确，各种不同类型、多半具有戏剧冲突的爱情主题，乃是她诗歌最突出的主题。但他同时指出，她的特点似乎只是在于，其精心描写的诗歌主人公不是他，而总是一个女性——一个正在恋爱，正在忍受着未被理解抑或失去了爱的痛苦，一个具有独特"内心回忆"的女性。自进入新时期后，陆萍就始终把目光投入自己的内心，投入自己的情感世界，展现了自我的"内心回忆"。陆萍早年写过一首《冰着的》：

我的痛苦是一块绝望的冰/因为绝望，才冷得透明……朋友，你如看见它，可千万别碰/世界上最怕的就是你的手温/我不愿让它轻轻融化/只因为在绝望中冰着我最初的纯真。

冰，一块绝望的冰。但我们在它的晶莹剔透中分明可以听到波涛的汹涌和烈焰升腾的呼啸。诗人冰夫发现，阿赫玛托娃也多次在诗中用冰的意象抒发渴望和战栗交织的内心。1988年3月，陆萍在印度亚洲诗歌节开幕式上亲自朗诵了《冰着的》，掀起了一阵"冰"的旋风，一举奠定了她在亚洲诗坛崇高地位。

《玫瑰兀自绽放》《生活过成诗》承继了陆萍诗歌汹涌流淌的血脉和展翅高飞的想象，也更能显示出诗将语言提炼成镭锭后才有的情感浓度。如果说，陆萍早年的诗是飘香的咖啡，是清香的龙井，绝望的冰偶尔浮现在咖啡和清茶微微的热气里的话,那么,她现在的诗更像情感的烈酒,一口下去,有一种被灼烧和锐器插入肉体不可抵御的疼痛。

两本诗集以 2010 年为界。

在《玫瑰兀自绽放》的第一辑里,我们更多地可以理解作为一个诗人、一个女诗人日常情感的波涛和涟漪,还有诗歌写作的各种状态,迷茫、放纵、与神相会与灵接通的"天马行空",还有处在状态中的"我",不需要构思,"落笔自达心魂要害"的快意。我觉得,已经不能用山阴道上目不暇接来形容读诗的感受。那完全是近乎在高速公路疾驰的车窗外不断掠过的情感风景和人生场景,是快速、密集而高强度的"移动"。像子弹携着火光,直击心底。是非常有现代女性真率、直白、奔放、毫无遮掩不加修饰具有情感日记性质的"内心记忆"。

第二辑"刻在一块河石上的诗"中的二十九首诗,只要你读过就会刻骨铭心,你不能不刻骨铭心。陆萍的丈夫是一个从事航天事业的科学家。2004 年 5 月 5 日,他以自己的生命诀别了为之奋斗的飞向苍穹的事业。倒地的那一刻,口袋里还装着去"神五"现场的机票。这让我们想起为原子弹献身的科学家郭永怀,飞机失事后,人们在他紧抱着警卫员的两具躯体间发现了紧紧护在怀里的绝密图纸。一个深爱着妻子和事业的魁伟男人就永远消失在茫茫的虚无之中了。三十年,妻子和丈夫曾经多么缠绵的故事,从"箱里随便扯个残线断丝/都会活生生拖出一大段岁月"。巨大的悲痛被压抑了整整三年后,突然像被鲜血滋润过的玫瑰,鲜红鲜红地绽放了,不是一般地绽放,而是不顾一切毫无顾忌地燃烧般地怒放。情感像绝了堤的洪水瞬间弥漫开来。极大的伤痛喷薄而出。诗人明白,诗不是她的事业。诗句的文字、节奏、意象、段落,已经成为她剧烈的心跳、急促的呼吸、殷红的热血和怦怦的脉动,来自她"血肉淋漓的深处"。可以听到

"深沉的碎裂尖利地呼啸/我痛成黑洞"。那洞是灵魂无法攀爬的无底的深渊。"灵魂　有个对穿的洞/洞被血被泪洗过/光洁得不可思议……"在《落暮时分》中她"一滴滴一滴滴"地听雨，连续用了"锥、击、挖"三个动词，把雨给心带来的痛感在动作中传递过来。甚至用动词"抠"，"每一寸空气/居然抠着我最脆弱的神经"，让无形的空气被赋予了尖利的动作。全诗最后"雨还是不紧不慢/将天色慢慢弄暗"。一个"弄"字，平静里听到心潮裂岸的轰响。触景生情，情深之处，诗人的想象真的匪夷所思。"无法让有粒东西在深心安家"。有粒东西，轻盈飘忽而巨大沉重。"不知这口井有多深/落石三年才传来回声……我在井底望着飞鸟/不相信自己有过的曾经/坚固的守候被一枪打穿/手里捏着岁月　而指间却溜走了灵魂。"全诗充满了与情感一体回环往复不断咏叹犹如回旋曲般的韵律美。还有"两只小鸟停在邻家窗台"时瞬间飘来的淡淡而刻入骨髓的忧伤。

　　第三辑"生命降临悬念"。陆萍长期在《上海司法报》做记者。在此期间，她接触了大量女性犯人。她从来没有对她们有一丝一毫的鄙视。她不是庄严的法官，不是道德的批判者。她也不是圣母玛利亚，高高在上地怜悯迷途的羔羊。她是和她们一样，平等的人和生命，是和她们一样七情六欲的女人。怀着满腔的热情、温情、柔情，倾听她们灵魂的倾诉，和她们形成了灵魂的对话、互动。这些诗特别能显示出陆萍诗人德性的高贵和母性的伟大。《魔鬼情人》中诗人采访吸毒女性，发现了罪犯"痛苦的颤抖"来自一个黑夜与魔鬼情人海洛因神秘交换的"狂喜颤栗"。诗人没有直接写吸毒而是寻找侧目瞬间"着魔"的心理感觉："是什么花朵　突兀盛开/凝在半空的侵蚀/浓丽　幽怨、落寞/薄艳的花瓣莫名颤动/细长的柔茎支着诱惑//正是暮色将合未合的傍晚/是谁动了我的魂魄"。环境和意象结合得惊心动魄。诗人把疼痛变成了温暖，用温暖去融化她们压在心头的冰块。

写于2010年后的诗集《生活过成诗》共分"生命火焰""行至深处""足金成色"三辑。在诗集中我们可以看到，诗人，就是诗人。那些我们擦肩而过熟视无睹的生活的碎片和一片风景，片刻的情感火花，杭州创作之家的一杯新茶，城市生活里夏夜的心情焦虑，鲜花盛开时分闺蜜的倾诉，七宝老街河边的逗留……"无一例外地/被一种诗的性感征服"，在诗人的酒盅里被酿成了馥郁的诗的琼浆玉液。我们看到诗人"一个人坐在阳光中静静地辉煌/每个细小回忆都会幸福地燃烧"的剪影。每个诗人都会有那样的剪影：李白、苏轼在月光下翩然起舞的剪影，普希金在皇村树下静坐的剪影……诗集里的佳句犹如雨后深林里的蘑菇，触目皆是，一朵朵一簇簇。读者自有诗心，不须我饶舌。但我还是想挑两首很可能被忽略过去的诗行。很巧，都有点怀旧的色彩。《没了倚仗　猛地一个踉跄》是一首怀念母亲，歌唱母爱的诗作。慈母手中线，游子身上衣。诗人以一种近乎白话白描朴素无华的语言书写了那个活在恍惚中的"亲娘"，"猝不及防/姆妈从那头走来　还那个模样……""老屋里没了老根/老锅里没了老汤"，像歌谣一样明白。踉跄、激灵、恍惚、猝不及防，镶嵌在诗中，哀婉、不动声色，却摇撼着心灵。还有一首献给老诗人屠岸先生的《我精神原野上的一棵大树》。可能是两本诗集中最长的一首抒情诗，写得如此的气势磅礴。"你是我精神原野上的一棵大树/虬枝苍劲　大气磅礴/一回头就看见你了……"这是真正的回肠荡气，几乎没有任何花哨的修辞。宋诗有"以文为诗"一说。此诗有此境界。恐怕也是这本诗集风格和形式的特别之处。自由，散漫，率性。屠老的挂号信变作一只鸟儿："你旋即飞书如箭/还用挂号挂着一把大锁/生怕飞回枝头的一只鸟又飞了/生怕鸟一不小心又走老路。"在散文式的咏叹中把两代诗人的超越代沟的深情传达了出来。特别是收在第一辑"生命火焰"中的四十一首献给上海平安英雄的诗篇。这是为第三届上海平安英雄颁奖典礼写的颁奖辞。诗人"用颤抖的手指触摸一个英雄/精神的高度",沉浸在他们的境界里,把"辞"变成了"诗",而且是真正的货真价实的诗。没有任何官话、套话,每首诗都是从心灵深处倾泻出来的燃烧的炽烈情感。我们在诗里,看到平安英雄们面对生命危险却"天天在城市的夜色中/悄悄精彩",还有女信访员"母性慈祥的眼神"……庄严的司法有了丰满的人性。

陆萍晚近诗作的质量和深度,较之陆萍以往出版的五本诗集,似乎登上了一个更高更广阔的平台。她的即兴挥洒更加自在,取材更加广阔宽泛,语言肌理更加紧致密实,意象更具通感与穿透,具有压迫性粉碎性的"场"的张力。

在多年沉寂之后,陆萍,这位再度绽放的玫瑰诗人,在诗的技术上已经完全成熟。并且诗人的情感更加炽热,可以听见她在热烈时的急切呼吸,在悲恸时的向天嘶叫和无声抽泣。语言肌理更加紧密,充满了连续的动感,几乎有一种令人窒息的内心戏剧激烈冲突的力量。柔曼的音乐被无情地撕碎后,诗人"在宣泄的瀑布里我快意淋漓"。道路、音乐、花园、音箱、文件、瀑布、泪光,语言的场景急速移动着,以"诗的狂放/抗衡祸乱的疯狂"。意象更有穿透力,如对"毛色亮丽羽毛蓬松"的记忆之鸟的技巧的运用已进入随心所欲而不逾矩的自由境界。她对诗和诗的创作,有了更本质的理解,"在看不见摸不到的地方/水汽一样润在感觉里","将以往故事的硬核　敲碎/敲碎　察看里面的细微/品尝人生的滋味"。她甚至大胆地发散思维,把写作与性与人类受孕联系在一起,鼠标一动"从此有团血肉/在神秘中忙乎……将父母搓揉成团/捏个新的出笼"。和她从前的诗作相比,这些诗更纯粹,更本体。它们不服务于外在的目的。在陆萍心中，人的社会属性是会变动的，人的自然属性是不变的。当她再度踏上诗的大地时，字里行间都是自然而然"流出来"的"疼痛"了。她敢于撕开自己女性内心的情感的隐秘。"郁郁地关上一天　滑入梦中/米黄色的风衣却还在/一飘一动"。她写得那么自我，那么个人，那么女性，却又拥有了共同性。哪个人的一生没有米黄色风衣或者什么颜色的长裙，在眼前一飘一动，牵起过你淡淡的一缕情愫？有些诗，再回头看，连自己都觉得可以"一字不动"。我特别注意到，诗人以一种特别的敏感为自己的诗导入了一个信息时代的背景。于是，我们看到鼠标在上帝的机房"克隆"，"复制生命的密件/拷贝基因的卷宗"；看到情感世界成了一个电脑里被打开的"压缩包"。

凭着对爱与恨、生与死、情与性，对人性最幽暗无意识的探究，陆萍的诗具有了广泛激起共鸣的力量，也使她完全能毫无愧色地跻身于当代最优秀抒情诗人的行列。

一个女诗人穿越五十年时而阳光时而风雨时而平坦时而泥泞的创作道路，将激情贯穿始终，而且愈燃愈烈，坦率地说，那不是一件容易的事。陆萍做到了。她使我想起，我曾经生活过的工人新村。在公房拐角的竹篱笆旁有人种了密密匝匝的玫瑰。每到春天花开的季节走过时，都可以闻到馥郁的花香，看见娇艳的色彩。有一年地震，公房的老墙被震开了长长的弯弯曲曲的口子。唯有玫瑰毫无惧色，毫发无损，倚着篱笆尽情地展现着自己迎风摇曳的万种风情。陆萍以一种严厉苛刻对待诗："我是我自己不好对付的敌人！"这种对诗的自觉和严厉，使她将近半个世纪，成就了一株永远的玫瑰。

这个世界不需要燃烧的贫铀弹白磷弹，这个世界需要玫瑰。这个世界不需要那么多死在食人者无人机机翼下的阿富汗孩子，这个世界需要玫瑰。这个世界不需要让那个可爱的叙利亚小男孩，用熟睡的姿势永远沉默在地中海冰凉的海水中，这个世界需要用玫瑰装点孩子的摇篮、小床和睡梦。是的，诗，就是人类生活的玫瑰。

我们需要玫瑰，哪怕玫瑰枝条上有点小小的刺。

2017.1.28（丙申年三十至丁酉年初一）

生机勃勃的评论文字

——《千万个美妙之声：作家的个体创作与文学史建构》序

从1976年开始的中国当代文学创作，被史家称之为"新世纪文学"。这是一次伟大的文学造山运动。山呼海啸，天摇地动，为一个时代的进步投入了空前的全民性影响的思想活力。被压抑了十年的文学生命力量，在那个历史瞬间如井喷般喷薄而出。各种文学思潮风起云涌，一浪接着一浪。由此，中国当代文学进入了一个杂树生花草木葱茏万象更新的时代。也由此形成了今天中国当代文学的新版"地图"的格局。参与这一造山运动的两股主要力量，一是被冠之为"重放的鲜花"的50年代被错划为"右派"的作家，如王蒙、从维熙、邓友梅、李国文、高晓声、陆文夫、张贤亮……还有他们的同龄人刘心武、谌容、蒋子龙、张洁、冯骥才。还有一拨，就是几乎与他们同时在文学舞台上一展身手的，比他们整整差了二十多岁的我的同龄人。我们可以在王安忆的《叔叔的故事》里读到这一奇特的文学景观。从意义的选择到形式的选择，再到江河择地，沧海横流。关于这些作家和他们创作的评论，贯穿了整整四十来年，有多少才华横溢的评论家写了多少新意迭出的文字，几乎达到了车载斗量汗牛充栋的地步。我很难想象，关于他们和它们还能说出多少有新意的话来。在读了王雪瑛《千万个美妙之声：作家的个体创作与文学史建构》后，我的第一感是不能以个人迂腐的成见代替鲜活的现实。江山代有才人出。可不？王雪瑛不就在这张熟悉的文学版图上活生生又发现了鲜亮的新意。就像歌里唱的那样，她像一个"采蘑菇的小姑娘"在大森林绿茵茵的草丛中精心地采撷着那些自己的蘑菇，享受着采撷和发现的快乐。

文集精心撷取了中国当代文学版图中近四十年来与中国文学一起一路风驰电掣而来，在当代文学造山运动中产生过重要影响，并且至今依然像活火山那样岩浆奔涌般活跃在文坛上的钱谷融、韩少功、张炜、王安忆、苏童、吉狄马加、孙颙、赵丽宏、陈丹燕、唐颖……对于他们的评论，就王雪瑛而言，包含着一个雄心壮志，即通过他们进行文学史的建构，由他们展示出近四十年，尤其是进入新世纪以来中国当代文学新的格局和气象。用她自己的话来说，就是要切入中国当代文学的纵深处，深入探讨作家与自我和写作、作家与现实和历史、作家与城市和乡村、作家与文化和经典的关系，通过考察作家个体的创作历程与中国当代文学生动流变的关系，揭示两者之间复杂而丰富的互动关系。

王雪瑛，和我们的不少评论家相比，有她自身非常独特的优势所在。作为女性评论家，她有着特殊细腻的艺术感觉。她是个才女型的评论家。她的导师钱谷融先生自己就是一个艺术感觉超常的文艺理论家。他对于《雷雨》中人物的一句可能被我们忽略的台词，都能发掘出背后我们完全没有发现的一层又一层的意义。他特别重视研究生的作文成绩。事实上，一篇作文几乎就能看出一个文科生的才情和未来。1988年我在《上海文论》主持"重写文学史"的编务，主持人王晓明拿来时年二十出头的王雪瑛的《论丁玲的小说创作》。我兴奋地读完后，在刊物"编后絮语"中写道，作者王雪瑛，以其女性的细腻考察丁玲的创作心理轨迹，对其享有盛誉的《太阳照在桑干河上》提出了自己的看法，并且启发我们历史和人性的思考，创作的悲剧存在于人性弱点和历史缺陷的镶嵌契合处。诚如她自己所言，三十多个春秋的时光流转，人生大河的蜿蜒奔流，她从少年到了中年。此时，她既有了女性的敏锐，又有了成熟的睿智。对于女性评论家来说，这是一个最美好的写作年华。

　　这本文集，我首先感兴趣的是它独特的运思和结构。不同于一般评论集只收评论，雪瑛的这本文集中对话与评论对举，展现了她的慧心和睿智。王国维论文有"出入说"，入乎其内，故有生气；出乎其外，固有高致。在对话中，雪瑛怀着对文学的热爱和那份善解人意的暖心，以自己对当代文学的深厚学养，对作家作品的聪慧理解，提出直击心灵的问题，然后，她细心倾听来自作家内心深处的声音。就像地质学家，倾听来自地心的声音一样，小心地捕捉作家本真原始的心跳脉搏，一步步稳健地"入乎其内"。在对话中，作家感受到了来自评论家的善意和理解，慢慢放弃了最初的因陌生而来的警觉乃至无意识的抵抗。用雪瑛自己的话来说，对话"呈现了作家的精神向度，展现了作家对生存现实的认识，对文学经典的理解，对创作手法的选择，对文学使命的自觉"。随着对话的深入，作家敞开了心扉。如韩少功对自己"散文远望，小说近观"的高度凝练的概括。同时，评论家也抵达作家创作的初心和原点，即那个灿烂的鲜花盛开的创作原野，精准地达到了文学评论"知人论世"的必须前提。

　　对话是思想学术评论的常见文体。《论语》《柏拉图对话集》展现了人类伟大哲人最初对话的深邃风采。对话既可以使思想更思辨，也可以使思想更感性、更生动。但像雪瑛这样"面对面"的对话其实不仅是文体的难度，更是直接交流的难度。我觉得，首先自然是她的诚恳，她对文学的虔诚感动着作家。但更重要的是她对文本的细读。在我看来，阅读是评论的基本功。文读三遍,其义自见。雪瑛的文章对作家几乎一言中的,弹无虚发,根本原因就在于她以巨大的文学兴趣不懈地阅读了每一个作家的所有作品。只有反复阅读,才能文心雕龙。隐藏在文字和形象体系背后的意蕴才会从云遮雾罩的朦胧中升腾出来。雪瑛这代人,如其所说,是陪伴着当代新时期文学的阅读成长起来的。在自序中她诗意回望了与自己生命成长相伴的新时期文学阅读史:

许多夜晚和白天,我坐在图书馆、教室、荷花池边或丽娃河畔;无论是校内,还是校外;在读还是毕业,阅读让我沿着心灵的通道,看到了辽阔的世界和世界中的人,他们或在身边,或在远方。身处一隅间,心主无限大,超越有限的时空,这正是阅读的魅力。

阅读,让我抵达深远的世界,阅读,让我感受文学的魅力,通过文本的世界去探寻现实的世界,又从对现实的世界的认识和理解中,去分析好解读文本的世界。阅读,是我成长的过程中,不可或缺的重要环节,文本细读,也是我的重要起点。

唯有建立在对文本深度的大量的阅读基础上,对话双方的作家和评论家才能建立推心置腹深入对话所必须有的信任。而且,对雪瑛来说,她不是机械冷漠地阅读,她是用自己的心去阅读。用心的触角感受文本的肌理,以对文本肌理的把握、底蕴的心领神会,和作家一起神游其文学世界。我们可以想象无数个长夜,雪瑛在阅读中,专心致志地倾听、捕捉"思想开花的声音"的动人情景。阅读,是中点。一头连着对话,一头连着评论。事实上,唯有用心去阅读,才能真正走进文本的深处,把深层的特别有"意思"的内蕴开掘出来。如果说对话是直抵作家心灵的"入乎其内",那么,评论就是超然理性的"出乎其外"。二者构成了一种有趣的互文关系。彼此纠缠着,彼此说明着。这样就会有非常不同寻常的发现。在阅读张炜作品时,她发现了散文《融入野地》,以此切入与作家的对话,然后又以融入/野地的双重主题在评论中解读450万字的十卷本长篇小说《你在高原》,在新的向度上开掘了这部长篇小说的宏富内涵,让我们看到了,"写实高原上的诗意之花"次第开放的精神过程。

王安忆的小说被无数评论语言覆盖到无以复加了。王雪瑛敏锐地揭示了"生长的渴望"。这渴望是小说作为艺术的渴望,也是作家笔下人物的渴望。在艺术不断生长的同时,从纯黄色路灯下的雯雯开始,在城市和农村背景上不断出现的女性也在不断地向着人性的深处生长着。生长性赋予了王安忆持续四十年源源不断的创造活力。

和我们司空见惯的学院式文学批评相比,王雪瑛的文学批评没有一二三四罗列的枯燥和高头讲章拒人千里之外的冷峻。文字里充满了对被评论作家作品的充满灵性的理解和诗意灵动特别有感染力的文字。同时,也不失学院派的严谨,不做媚俗虚妄之言。她对自己导师钱谷融先生的对话、评论,既充满感情又有学理的阐发。

作为新一代的评论家,雪瑛还有一点特别值得注意的地方,即她对自然科学有浓烈的兴趣,具有特别开阔的精神视野。她不仅把作家、作品放在当代文学历史的河床里加以考察定位,又能关注到21世纪的时代在全球化背景下的深刻变化,关注到当代中国作家作品的人类性。事实上,现时代的中国作家已经开始了对人类精神困境的关注,正试图以作品探讨人类面临的精神难题。如吉狄马加的长诗中如雪山旭日般庄严升起的民族血脉和人类意识的宏大主题,韩少功、张炜几十年如一日站在原乡的土地上对广袤大地复杂地貌的观察和思考。

我非常有幸先睹为快。在雪瑛对这些作家精神肖像的描摹过程中，在她建构当代文学的动态流程中，回忆自己作为见证者和参与者，与这样一段文学时光相伴相随的动人情景。1986年夏末，彝族诗人吉狄马加从大凉山深处寄来的《初恋的歌》，那种质朴热烈一下子勾起了我少年时看影片《达吉和她的父亲》的感觉。还有1993年张炜《九月的寓言》在《收获》发表时，他精心地把《收获》和他的新作重新装订后给我阅读时的满怀欣喜。我和文集中的作家们一起蹚过了一段大时代的滚滚洪流，抵达了一个陌生而充满着希望的世纪。

　　7月5日早晨，雪瑛给我发了一个图片微信。图片底部是地平线般一线排开的城市楼群。左下角一株风中摇曳的树，枝叶伸向天空。蓝天白云间，有一架红白相间正在飞翔的飞机，眼看就要飞出图片的画框。我想，雪瑛曾经耽搁了一些时日，而现在她就是那株向上生长的生机勃勃的树，就是那架加满了油，朝着远方飞去的飞机。她，仍然有着远方……

2017. 7. 18

仰望长天

——《仰望长天：怀念我们共同的朋友赵长天》序

仰望长天。

长天是我们头顶的那片空间。白天一片蔚蓝，有透明的阳光闪耀，悠悠的白云飘过。入夜，有疏星朗月点缀在上。长天是曾在我们生活里走动、说话，曾给过我们支持、关爱的那个人，是我们共同的朋友。雨果说过，世界上最宽阔的是海洋，比海洋更宽阔的是天空，比天空更宽阔的是人的心灵。长天就是一个心灵特别宽阔的人。

在他去世两周年之际，我们聚在一起用文字怀念他。这里有和他朝夕相处的亲人妻子儿子，有和他一起度过学生时光的老师同学，有在高山雪域和他一起站岗放哨的部队战友，有和他一起用文字记录时代生活内心情感的作家，还有他生前倾注过大量心血的年轻作家……在这些朴素的文字缅怀中，读者不难看到一个亲切、鲜活、平易，酷爱文学，愿为文学付出生命的赵长天，看到一个在大时代的阳光风雨里生活并渐次成长、匆匆走完生命历程的中国人上海人，他生命的轨迹，他日常生活精神世界的方方面面。读者也不难看到，这些朴素文字背后蕴藏的人和人的情谊。总说文人相轻，在这里，我们看到的是上海作家的文人相"亲"。

在林中踱步、沉思的作家赵长天。

在人均生命期待已经达到八十多岁，超过了许多发达国家的上海，长天生命的步履显得有点匆忙、急促。但他活得充实、结实、坚实。甚至有点璀璨。就像闪电，瞬间划过夜空，却照亮周边的世界。他不但用自己的文字复现了这座城市这块土地的情绪和沉思，他更用精卫填海式的决绝，用一种近乎献身的精神，通过《萌芽》这份曾经哺育无数文学青年的杂志，通过举办标新立异的新概念作文大赛，为正处在困难转折之际的文学燃起了一把熊熊大火，特别是给进入新世纪的中国文学乃至中国文化，输送了一股强健的青春的活力。可以说，长天把自己一生最成熟最富于光华的岁月毫无保留地献给了上海的文学事业。

关于人活着的价值，以及为什么活着，已经耗费了几千年哲学家的冥思苦想。直到今天，依然在苦苦地折磨着每一个匆匆赶路的现代人。在我看来，它既可以复杂到车载斗量汗牛充栋玄之又玄，也可以简单到一言以蔽之。其实就是三个字：做好人。一个事业、一个地方、一个民族、一个国家，大家都想做好人，都有情有义，就有希望；大家都只顾自己，损人利己，唯利是图，不怕堕落，不怕伤天害理十恶不赦，把坏事干尽干绝，世界就不会好。我们怀念长天，其实是在怀念一个"好人"。好人，当然不是没有弱点、缺点和过失的人，而只是努力想按一种美好理想去充实生活的人。

诗人臧克家纪念鲁迅时写过一首诗《有的人》："有的人活着/他已经死了；/有的人死了/他还活着。"长天是后一种人。因为，他是好人。

感谢所有为此书付出心血的人们。我知道，在这个时代，每个人都是那么的忙，也知道大家能在繁忙的节奏里挤出时间是多么的不易。谢谢大家，你们让一个人活在了你们的文字里，然后，活在了其他人的心里。

2014.2.26

飘荡在水面的美丽文字

——《寻梦江南》序

  青浦是我常去休闲、驻足的江南形胜之地。境内既有如明镜般打开供天光云影徘徊的一碧万顷的淀山湖,也有依水而枕人文荟萃的古镇朱家角,还有近年建起来的散落掩映在绿树丛中的风格各异的现代建筑。年轻时,我特别喜欢春天田野上开满一望无际的油菜花,那种黄,黄得令人惊心动魄;喜欢在微风中起伏不定的碧绿的稻田,那种绿,绿得令人心驰神往,绿得深沉,绿得心醉。这些年,则喜欢坐在朱家角水边的小饭店楼上,凭窗依栏,饮三两盏小酒、嘬四五碟湖鲜小菜,听着耳边嘈嘈杂杂的市声、隐隐约约飘来的弦音和小曲,望着放生桥上熙熙攘攘、川流不息的游人,让自己的心和眼前的流水、天上的流云一起,任意东西,不辨魏晋。

  曹伟明的《寻梦江南》,不仅令我怀想起在青浦度过的那些心无羁绊的时光,更令我不仅在空间上走近,更在精神气质上走进了青浦,走进了青浦的自然深处,走进了青浦的历史文化深处,感受到了一个有血有肉、有情有义、美轮美奂、饱满立体的青浦。一方朴实娟秀的蓝印花布,在竹匾和桑叶间蠕动的胖乎乎的蚕宝宝,一座座彩虹卧波曾经沧桑的古老石桥,一条条深邃安详的藏着人间无数故事的水巷,吃口清爽水灵的练塘茭白,晶莹饱满的青浦薄稻米……无限风物扑面而来。特别是作者笔下的淀山湖,像梦幻中的美丽少女,以她一日三时、一年四季丰富多变扑朔迷离的表情,久久吸引着每一个居于斯游于斯的人,终生无法忘怀。是曹伟明的这些摇曳生姿,深入青浦风景神髓的文字,让我由表及里领略了青浦田园风光的妙处所在。江南好,江南好,好就好在她通体上下里里外外有一种含蓄湿润温柔且景致迷离的梦幻的诗的情调,让你走千里,走万里,永远地牵挂着她。曹伟明用他的文字再现了江南的烟雨朦胧和如梦似幻。

曹伟明是个文化人。他的目光除了留恋于乡间的自然山水、风俗人情,同时深入追溯到文化的根脉。青龙村一方唐代水井凝聚的先民智慧,和稻作文化一样悠远的节奏明快质朴的从心间流淌出来的田歌,才女管道升和大文人赵孟𬱖凝聚着水乡灵性的爱情故事……江南的河港湖汊,阡陌巷弄,流传着多少充满人文气息的传说和故事。特别是让作者引以为豪的穿越六千年时光而成为上海源头的崧泽文化,在作者的笔下得到了茎脉分明的清晰显现,不啻是上了一堂生动丰富的上海乡土课。令人心动的还有杏林神医,即行走在江湖草泽乃至宫廷之上,悬壶济世的何氏中医家族。他们从1141年南宋第一代何彦献到当代的何时希,绵延二十九代,历时五百五十余年,竟贡献了三百五十六名大夫。仁心仁术,何等辉煌,多少垂危的生命因他们得而复生,多少疾病因他们而根治。而且还为这个世界留下了360万言的煌煌医著,世世代代造福后人。

贯穿在曹伟明写青浦的这些文字中,几乎每一行、每一页都流淌着这位在青浦的土地上成长起来的江南之子的浓浓乡情。都可以听到这位呼吸着青浦的空气,饮用着淀山湖的清水长大的文化工作者的炽烈心跳。他怀念外婆手工做汤团那精巧如艺术般的动作;他把外婆做鞋的全部过程刻画得细腻入微栩栩如生；他写水乡的各式舟船气象生动，气势壮观，樯橹齐动，撼天动地。而在大上海从青龙镇启航的遥远缅怀里，在望族席家散落在青浦的足迹里，在课植园一草一木的咏叹里，在对三泖灯塔的仰望里，作家的乡土自豪之情跃然纸上。特别是说到青浦拥有的许多上海"第一"，我们甚至可以看到作家脸上洋溢着的骄傲表情。文字不是无情物，一笔一画总关情。青浦久远的历史，在作家写作时，已经完全内化为他心中情感的波涛，内化为他精神世界的一部分。

曹伟明的《寻梦江南》抓住了江南水乡青浦最为动人的梦幻般的情调，和这情调背后的神韵，即那个无处不在的精灵——水。在字里行间，我们不仅深入了解了青浦的历史人文风土人情的方方面面如"百科全书"式的知识，重温了置于每个人心头的对故乡故土的那份深深情思，在默默中寻找着属于自己的文化之"根"，更可以感受到曹伟明如水一般流畅而婉约的文字风采。曹伟明的文字不事雕琢，少有花哨，明白晓畅，朴素无华，不故作高雅，不哗众取宠，在平凡中见深情，在朴素中见修养，而且常能小中见大，由浅及深。在一草一木、一人一事的记叙抒情中，逐渐沿着他的思路，不知不觉走向清明澄澈的境界，正像有首流行歌曲中唱的那样"明明白白我的心"。文章之道可以说得天花乱坠、千千万万，但"明明白白"是基本要义。正如我们先贤说的那样："辞，达而已。"达，看似容易，其实是最为难到的境界。达，就是明明白白。所以，读曹伟明的这本集子，对仍然忙得不可开交的我来说，实在是一次难得的放松和欣赏。读着读着，我仿佛看见那些美丽的文字，像江南的春雨，淅淅沥沥地飘落在淀山湖的水面上，清新清冽而可人……乡里情、故土情，是人类的普遍情感。曹伟明的散文，可以撩拨起蛰伏在我们心灵深处的那些乡情、乡愁，就像清晨淀山湖上迷蒙的雾气。

1 长虹卧波：青浦古镇朱家角的放生桥，送往迎来，穿越四百多年的风雨沧海。（摄影/吴为忠）
2 夕阳晚照，淀山湖畔的江南水乡，美得让人心醉。（摄影/刘树春）

曹伟明说来是我的同事，我在市文广局供职，他在区文广局负责，平日工作中有不少来往。他对自己的这份工作深感责任重大，极为认真负责。这本集子中最后一辑的文字，可以看出他对水乡文化发展的兴奋之情和宏伟想象。这些年，青浦水乡文化的有声有色和他的这份文人情怀、赤子之心，大有关系。同时，我们也有一份小小的私谊。我1982年毕业于华东师大中文系，他1981年早我毕业于同校同系。说来我比他痴长几岁，但师出同门，我倒是他的师弟。现在师兄让师弟为序，敢不从命乎？

总之，我是把这本书，作为江南大地的儿子献给江南母亲的赤子之歌来看、来读的……

2013. 7. 15

碎影与碎言

——《海上洋人》序

关于上海的书,现在是越来越多,车载斗量了。因为上海的国际化,因为上海的现代化,因为上海的机会,因为上海的文化,因为上海的舒适,因为上海的非比寻常的魅力,人们越来越多地开始上海故事的书写、上海历史的叙事,也越来越多地开始从书本的字里行间和生活的饮食起居里阅读上海。上海是个千面人,她经得起人们一千次一万次地书写阅读。

徐茂昌的《海上洋人》从百年时光的粼粼波光里打捞起了一片片"碎影",或者说是"倒影",让我们获得了一个阅读理解上海的新的路径。他从和上海有着几乎刻骨铭心记忆和重要人生联系的"洋人"这条线索,解读了上海的前世今生。他们在人生的重要时刻邂逅上海,上海成为他们一生施展自己的重要舞台。我不是上海史专家,但我在帮陈伯海先生主编《上海文化史》的时候,也大体了解过上海开埠后的风云变幻,其中少不了所谓的"洋人"。不管你是爱还是恨,喜欢还是厌恶,肯定还是否定,你都无法回避"洋人"在上海这座城市的存在和曾经发挥过的积极和消极的重要作用。这种存在和作用很难用简单的二元对立的价值判断下结论。他们令我们屈辱，用坚船利炮，把不平等条约和租界强加在一个主权国家的身上，以殖民主义者对财富的疯狂掠夺，富足了自己的母国。但他们同时也让我们看到了不同的文明，使我们有了文化文明互补兼容的可能。"洋人"，在作者的笔下不是一个固化的社群，而是一个相当丰富多彩的社会存在。有以武力为后盾胁迫中国官员签订城下之盟、并且开启了租界大门的英美使节巴富尔、阿礼国、巴夏礼，有强暴蹂躏中国主权并残杀中国同胞者华尔、白奇文、戈登，有在上海发了"洋"财也同时为上海现代工业、金融、房地产增添了传奇一页的大亨巨贾，也有满怀着友好向世界昭示着中国苦难和抗争的新闻记者鲍威尔、斯诺、卡尔·克劳，有让欧美大陆迷上中国文化中国文明的女作家赛珍珠、史沫特莱、项美丽，有在上海把生命献给了人类反法西斯正义事业的情报人员，还有为东西文化交流架设桥梁的一代文化巨匠……他们都在上海这块土地上留下了他们深深的或光荣或耻辱的足迹，也是上海区别于中国其他城市的特别的传奇。说到上海，我们喜欢追溯她遥远的历史，这是人类的寻根意识所致。但真正的上海的城市性格和文化气质，依我看和1840年鸦片战争后的开埠有着最为直接不能一言以蔽之的联系。甚至可以这样说，没书中的这些"洋人"，很可能上海就不是今天的上海了。就此而言，言说上海，除了主体的上海人、中国人，当然也少不了"洋人"。缺了"洋人"角色的上海近现代史的叙事，多少有些重要的缺憾。

　　因为自己的阅读和工作，我对《海上洋人》里次第登场亮相的"洋人"虽谈不上熟悉，却也大多有所耳闻。徐茂昌是《解放日报》的资深记者，为写此书，他查阅大量历史资料，确保了历史和人物的真实性。经过他历史学家般的广征博引又兼以文学家的妙笔生花，这些散落在各种典籍里的只言片语变成了丰富完整的传记，让我们看到了他们的人生，他们的个性，他们和昨天上海及今天上海的因果关系。中国有纪传文学的悠久传统，现在西方流行非虚构文学。徐茂昌的笔法，二者兼有，婀娜多姿。这些洋人初来中国初来上海，大都孑然一人，怀着一颗冒险的心。然后无所不用其极，在上海打拼出一方天地。这些凌乱的素材，经过作家的精心编织，就像一块镶嵌在历史大墙上的挂毯，充满了旖旎的色彩。在书中，我们看到了阿礼国在上海豪夺土地时与道台吴键彰之间权力斗争的波澜起伏、刀光剑影。看到了如今已经灰飞烟灭的哈同花园主人的财产被转移到沙逊名下那秘为人知的经过。我很小的时候，每次走过外滩，父亲就会指着和平饭店绿色的尖顶，讲"跷脚沙逊"发迹的民间传闻。这些传闻，在作者的笔下有了准确、完整而且读来愉悦的解答。在上海人眼里"洋人"大多是高鼻子、蓝眼睛的西方人，而作者的视野却别有只眼地有趣地纳入了"东洋人"尾崎秀实、中西功，还有一般人很少注意的韩国义士尹奉吉、金九。他们在上海出生入死，乃至视死如归的曲折壮丽的人生和人生结局，今天读来依然令人心潮澎湃热血沸腾。当然，还有罗素、爱因斯坦、萧伯纳、泰戈尔这些文化巨匠在这座城市留下的永久的声音，和播下的总在开着花的科学文化的种子。

我想，《海上洋人》一定是上海人重温乡土历史的一本好读物，也会赢得许多新上海人和对上海有兴趣的中外读者的欢心。

作为一个生于斯长于斯的上海人，我深深地爱着我的上海，我脚下这片曾经苦难深重如今欣欣向荣的土地。每次走过外滩，看着一栋栋大楼顶上有五星红旗在蓝天白云的衬托下迎风招展，我心里都会涌上一股自豪感：我们进入了一个新的时代。我永远不会喜欢殖民时代、殖民主义，哪怕它们被涂脂抹粉得非常"美好"。再"美好"的殖民，也是殖民。何况，它们的"美好"实在是应了时间久远而被想象出来且所有的苦难都被遮蔽了的结果。我只希望一个新的时代，我们和"洋人"有不同于旧时代的平等而和谐的相处。

徐茂昌自谦他的文字是"时光里的碎影"，那么我的粗陋的文字，只是一堆不太匹配的"碎言"吧。

2016.5.13

日常生活的呼吸

——《假如我再活一次》序

在国家舞台艺术精品工程紧张而颠簸的旅途中，我见缝插针断断续续读完了俞志清（晓喻）创作的小品集《假如我再活一次》那厚厚一摞校样。对于长期从事专业文艺工作的我来说，这是一次全新的陌生的阅读体验。在阅读过程中，作者于字里行间所燃烧的热情、激情，令我深深为之感动。在那些质朴无华的书写言说中，我听到了日常生活如此真切平凡的呼吸，也看到了志清这位长年累月在群众文化第一线创作的作者对这种呼吸急切而真挚的呼应。

志清的这些作品集中体现了群众文化创作的一些最值得珍视的品质。在他的笔下，看不到光怪离奇炫人耳目的东西，也很少有呼风唤雨叱咤风云的名人贵胄。活跃在他作品中的主角都是日常生活中再寻常不过的平头百姓：穿行在绿色邮线的押运员、把大路修到天边的筑路工人、疏通下水道堵塞的疏通服务社员工、高层大楼的检修工、里弄干部、下岗工人、远离故土家乡的外来民工……他们中有不少人在舞台上匆匆掠过，甚至没有来得及留下姓名，就消失在了幕后的灯光里。但是，他们作为普通的劳动者，以自己最平凡也最投入、最献身的工作，创造了生活的全部快乐和美好。这些多少被专业文艺所陌生所忽视的人们，给我们的舞台，也给这座城市的文化，增添了勃勃的生机。作者像热爱家人一样地热爱他们，像熟悉家人一样地熟悉他们。他像一具敏感的雷达捕捉着他们喜怒哀乐的情感曲线，包括他们的爱情、婚姻等。我想，作者做的这份工作是功德无量、无人可以替代的。他实际上做了一个大时代普通人命运情感人生的书记员。他让我们看到了普通老百姓在大时代的日常生活场景中想了些什么，又做了些什么。

正是普通老百姓组成了社会最基本最壮观的"草根阶层"。志清在他的作品中着力讴歌了草根阶层旺盛的生命力和美好的生存愿望。邮车押运员大龙在漫长的邮路线上，倾注了人生最美好的时光，也赢得了妻子的理解和挚爱。让我们的心和这位绿色天使一起迎着太阳上路。一个灾区的姑娘将自己的爱情献给了在抗洪抢险中受伤截肢的抢险队长，前者的奉献和后者的拒绝，同样闪烁着金子般的光彩。普通劳动者的工作、生活、情操在作者笔下得到了由衷的肯定。值得注意的是，作者精心塑造了许多无名无姓，甚至身体残疾乃至生命垂危的小人物。他们面临着死亡，面临着人生极限的挑战，在生命的刀锋边缘行走，却依然期待着在某一个雾气弥漫的早晨，让自己的生命诗意地放飞。他们将没有实现的爱情顽强地进行到底，直到白发苍苍垂垂老矣，如一个老头面对眼瞎了的老太，义无反顾地做出"我的眼睛就是你的眼睛"这样暖人肺腑的爱情表达。张三、李四、王二、麻子在下岗俱乐部里同病相怜地找乐、逗乐，沉重的生活始终没有压垮草根那纤细又韧性的脊梁。当台上只剩下张三一人时，我们知道，他们都在绝境中杀开了血路，找到了新的出路。张三说得好："天无绝人之路！"我们多么真心地期待"等明天雨停了"之后，张三不再玩牌，他精神抖擞的身影出现在新的工作岗位上。作者笔下的所有人物都抱着美好的希望和愿望而生活而工作。他们的故事体现了群众文化基本的美学特征和乐观昂扬明朗向上的情绪。俞志清的小品，就有着这样一种体格质朴强健的质地。而这样的质地完全是由于扎根在百姓生活的沃土上。几乎近二十年的时代变化，各行各业的变化，都可以在他小品中找到印证。而在表现这种变化的时候，俞志清对处于时代变化中的男女主人公倾注了极大的热情。他把一个一心扑在苏州河改造工程上的工程作业队长的家庭风波，写得充满了温馨。可以说，作为一个群众文艺工作者，俞志清也难免会有一些受命之作、急就之章，但是不管是什么作、什么章，他对自己笔下的人物都真正是"爱到深处"了。

而且俞志清的小品在艺术上也是极其讲究的，无论表现风格、艺术结构，都是多种多样的，就像生活本身一样的丰富多彩。有的平实质朴得像一件优秀的白描作品，有的隽永精致得像一帧小诗，有的是写实主义的，有的是象征主义的，有的是现代主义的，有的凸现人物的性格，有的精心于故事的叙事编织，有的开门见山，有的旁敲侧击，有的撷取一个片段，有的横跨人生的长河。而要把这么些作品写得各具风采，作者是动足了脑筋，下足了功夫。可谓煞费苦心、惨淡经营。所以，小品本身虽小，但把他的小品放在一起，倒也不乏长江大河浪花奔涌的气度。而且因为变化多端，每一朵浪花也自有其独特的形态、独特的美感。即使是现实题材，哪怕是比较尖锐的题材，他也会在结构上、表现上加以独具匠心的构思。我曾现场看过他创作的小品《红色康乃馨》的演出。一对下岗离婚的夫妇，在心香花店重逢。妻子已经成为花店的主人，丈夫却到花店求职。旧情与尴尬，就如此戏剧性地发生了。每发展一步都有一些小小的悬念，令你有些小小的牵肠挂肚，令你为两个人的命运未来去猜想。小品虽小，但小中见大，世态人情、哀欢离合，一个不缺。难得的是作者还写得那么的节制而不乏轻巧的喜剧性。

　　上海的群众文艺是上海文化的重要组成部分，是上海文化的骄傲，也是上海这座城市的一张重要的文化名片，曾为上海争得过许多重要的荣誉。上海城市精神的基座是群众文化。只有有广泛而自发的群众文化，一个地方的文化才有真正可持续发展的不竭动力，专业的文化才有生长、发育、呼应的空间。同时，群众文化是一种彼此交融、彼此感染的文化气氛、文化场。这种文化场有助于人与人之间界限、等级、隔阂的消解。正是在这个文化场中，人和人产生了亲和。这样重要但又很少功利色彩和目的的文化场需要一群热心人来维系。俞志清就是这样的热心人。二十多年来，他在这个世界上只是埋头做好一件事：为群众文艺写小品、写小戏，让老百姓喜闻乐见。他使我想起儿童时读过的一篇苏联小说。说的是一群孩子玩军事游戏。傍晚的时候，大家回家了。只有一个孩子还站在游戏指定的岗位上，守卫着。我想，二十年来，俞志清很像这个单纯得有点冒傻气的孩子，固守着自己的创作阵地，没有挪动过。这本集子是对他忠诚的一份回报、一份奖赏。当然，值得庆幸的是，他并不像那个孩子一般孤独。在他身后有一个同样热心的团队，就是他在"后记"中点到名或还有许多无法点到名的群众文化工作者。正是这些热心人共同撑起了上海群众文化云锦灿烂的天空。

　　志清把自己的集子取名为《假如我再活一次》。我猜想，他是否有这样的想法，假如自己再活一次，仍然会爱上小品小戏，为群众文化光荣地创作一辈子小品小戏呢？

2005. 10. 3

秋草的声音

——《秋草赋》序

米兰·昆德拉说，人对权力斗争是记忆和遗忘的斗争。我想补充说，记忆和遗忘的斗争是人和时间的斗争。在一个变化急剧的时代，天天都有新的活色生香的戏剧在上演，各式人等走马灯似的在我们眼前掠过，所有的生活都变成了拉洋片。此时，时间成了权力，成了主宰生活的霸权，它以极为可怕的力量，几乎毫不讲理、毫不犹豫地"覆盖"着历史，"覆盖"着昨天。时间不间断地"推陈出新"。用五光十色的"新"去覆盖对新潮不屑一顾的"陈"。

但是，时间的覆盖是天然合理的吗？它的覆盖的合法性、正当性在哪里？在被时间尘土厚厚覆盖下的昨天和历史，就真的全部只能落入被遗忘的深渊，就真的没有了它们浮出水面的价值了吗？山高月小，水落石出。在历史深邃浩淼的空间里，我们不是明明可以听到月亮和石头历尽千年劫难后的深深呼吸吗？

在这里，我们当然可以责备时间粗暴地覆盖。但同时，我们难道不应该反省一下我们自己对历史，对昨天，缺少温暖的回忆和必要的尊重吗？正如一首流行歌曲唱的那样："有多少爱可以重来！"重要的是，我们是否还拥有一颗柔软而安于历史气息的心,有没有眼光去发现被时间覆盖了的有价值的东西,哪怕是一枝秋天的草叶,有没有责任和毅力刨去时间上厚厚的尘土,让值得记忆的东西重新擦拭出金子的光辉,倾听秋草在风中摇曳歌唱的声音。

作为上海文化精神的重要载体,上海文化传播的重要阵地,上海美术馆成立五十年了,年轻的陆权和樊晓春,用笔开掘时间的岩层,发掘了一位正在被遗忘的人物:陈秋草。

作为上海美术馆的第一位馆长,他筚路蓝缕,在新中国百业待兴的时候,为上海美术展览事业呕心沥血,以出色的行政管理才能,为上海美术馆的发展做了最初的奠基性的工作。同时精心策划了大量优秀的中外美术展览,为上海美术界和广大美术爱好者,创造了一个彼此交流切磋艺术、拓展艺术事业不可或缺的艺术平台。

作为美术教育家,他个人出资,先后创办了白鹅绘画研究所、白鹅绘画实习学校,培养出了江丰、沈之瑜、张雪父、费新我、程及、赵无极、杨可扬、邵克萍,甚至女作家萧红,这样一大批蜚声中国美术史和文学史的重要艺术家。为中国当代美术人才的培养做了不可磨灭的贡献。

作为美术活动家,他创立了名重一时的白鹅画会,主办良友的《美术杂志》,组织成立上海美术家协会,筹备大大小小的各种美术展览。在一个动荡的时代里,使美术家有了一个如沐春风、如遇故人的"小气候"。

作为优秀的画家,他出入中西绘画两个领域。他的西画有着坚实的写生素描功底,在造型和色彩上都有独特的追求。他同时又是中国画改革的勇敢倡导者和身体力行的实践者。我曾在崇源雅集欣赏过他的绘画作品,确实在中西绘画均有相当的修养。尤其是他的国画,不露痕迹地画出了光影变化的造型元素,既有国画味,又有时代感。在中国画走中西结合的道路已经成为一种强大的艺术潮流的今天，又有谁记得早在上世纪五六十年代就已经有陈秋草这样的画家，以坚实的脚步走在国画改革的道路上，成为一代艺术风格变化的先驱者。

陈秋草离开我们的时间并不久远，可是他的名字已经被淡忘，很少有年轻一些的艺术家知道他、了解他。陆权和樊晓春做了一件很好的事，不仅重新肯定了陈秋草的艺术生活，而且提醒了我们应更多地关注那些被时间覆盖和湮灭的艺术家。这也是我乐意为之作序的原因。

2006.7.25

艺海浮游

——《穿越,写在舞台边上》序

秦来来和我是同龄人。因为个人的喜爱和工作,我和秦来来的关系是很纯净的读者和作者的关系。我是他忠实的读者,凡是署着他名字的文章,我大都是很虔诚地拜读的。因为读他的文章,正应了一句古语:开卷有益。所以,用今天的话来说,我算是他文字的"粉丝",自谓"秦粉"。让一个读者为一个自己喜欢和仰慕的作者作序,我的心情实在是忐忑得很。但"恭敬不如从命";更何况,写这序,我和秦来来中间,还有一个"他",一个古道热肠的、我们共同的朋友牵线。

上海文艺记者是一支极有文化素养、充满敬业精神和理想主义热情的队伍。上海舞台上的每一丝变化、每一个动静,经过他们的妙笔生花,不仅事件、演出本身的艺术价值得到了有力的彰显,虽无彩凤双飞翼,却入寻常百姓家,成为千家万户饭后茶余说不尽的谈资。而且他们采访的文字本身也变成了一件可堪玩味的艺术品,令你一读再读,放不下手来。秦来来是这支队伍中的一个佼佼者。

他从1983年担任上海人民广播电台的文艺记者起,将近三十年在文艺界里起早摸黑地采访写作,摸爬滚打。在这个领域里,他深厚的资历,加上他为人的热情诚恳、工作的负责投入，特别是他用一颗炽热、真诚的心去体悟、琢磨那些演出背后被人们不经意忽略的精妙之处，常常能使他发现艺术"潜台词"的意义、价值。同时，秦来来不仅是一个足迹遍布上海大街小巷的文艺记者，他还是上海许多重大文艺活动的组织者、策划人。在上海，他先后主持过《星期戏曲广播会》《评弹天地》《星期书会》等许多产生过重大社会影响、为人津津乐道的重要的文艺活动、文艺栏目，从另一个侧面，为上海的文艺事业做出了独特的贡献。

收在这本集子里的文艺文章，集中记录了秦来来从2003年至今的记者生涯、煮字岁月。不少文章当年读来就十分受用，对我加深理解艺术规律、了解艺术动态，很有补益。如今重读，不仅有与故友谋面的那份亲切，而且仍然新意盎然扑面而来，富有启迪。我认为，秦来来的这本文集有如下几个值得称道的特点。

首先是鲜活传神的人物刻画。秦来来写艺术家，限于篇幅，大都不长。但他能把握人物的精神气质和内心世界，在平易之中散发出冲淡而悠长的文化气息。所以，尽管他很少直接用笔墨去描写那些艺术家的外貌衣饰，但往往寥寥几笔就让笔下的人物栩栩如生，呼之欲出。比如他写京剧净角表演艺术家裘盛戎，就着重从弟子方荣翔拜访师母写起，写出了这个京剧世家在师父去世后，师父、师母和弟子，师母和孩子，方荣翔和师弟之间温存、亲切的情感关系，裘家后代和京剧的血脉相承。虽然没有正面写裘盛戎本身，但处处流露出大师无处不在的影响，颇有"不著一字，尽得风韵"的情韵。他写曹禺大师的"担忧"，王汝刚的"腔调"，张洵澎的创新求美，茅善玉的演艺与做官，张军的"折腾"，梅兰芳、俞振飞长达几十年的深厚情谊……都是以小见大，展示了他们的艺术家情怀。

我十分喜欢他文章中一部分写党和国家领导人的文字。这些为中国革命出生入死的革命家,他们在艺术家面前亲切自若,就像和自己的家人相处一样,其乐融融。卓琳同志在来来的笔下,就是日常生活中一个神色慈祥、神态和蔼的老人在和我们无拘无束地聊天,朴实的话语中流露出对京剧艺术的深刻理解。儒帅叶剑英,幽默地扳评弹艺术家杨振言的"岔头"。作为中国文化宣传系统的最高领导丁关根自己修改"家"的唱词又自己演唱,还特别关照演员秦建国不必按他改的稿演唱。还有上昆进中南海,中央领导进场时谈笑风生,习仲勋对俞(振飞)老生活、身体的关心,让我们如沐春风,温暖亲切。老一辈革命家对艺术家的关怀爱护和深厚的文化修养,是多么地值得我们各级领导认真学习啊!

文无定法,各臻其妙。秦来来用笔不重浓彩偏于淡墨,不重工笔偏于白描。就像图画当中的白描小品,小得明白、小得丰富、小得有味道。

其次是晓畅无碍的语言叙述。秦来来知道自己面对的读者既有修养颇深的文化人,更有寻常大众、芸芸众生。他必须尊重那些热爱他、阅读他的普通读者。秦来来的文章从来不做云里雾里的沉思状、高深状。他总是用最明了的文字去概括最复杂的事物,用最浅近的文字去表达最深刻的艺术道理。比如,一部厚重的京剧史,在他的笔下竟然神奇地写成谭门七代人生命的延续、艺术的传承。只要通过他的文字去"读懂马季",你就知道了相声界关于"歌颂"性相声作品的重大论争。而在对上海大世界似乎漫不经心的回眸一瞥中,几乎浓缩了一部上海各剧种发展的戏剧史。我一直认为,艺术中有各种天才,繁复富丽是一种天才,简洁晓畅也是一种天才,声情并茂是一种天才,平淡无奇也是一种天才。就像唐诗中李白、杜甫、白居易,都是伟大诗人一样,秦来来显然倾心于后一种天才。我甚至金针度人,窃以为,他的这种文风,和他的电台经历有关。因为在电波里,听众对他的阅读,是用耳朵"听读"而不是用眼睛来"看读"。"听读"就必须明白如话，一遍过，一遍懂，而不能真像读书一样，再回过头重读的。

复次是令人深思的思想含量。在一个处处充斥着娱乐化、娱乐至上、娱乐至死的时代，秦来来坚持艺术应该有自己的坚定品格，有自己的价值导向。艺术是娱乐，有娱乐的成分，但它们本质上不是娱乐的工具。艺术是人类精神生活里的春雨，它"随风潜入夜，润物细无声"地洗涤、滋润着我们的心灵。艺术家则在自己漫长的舞台生涯中，悟出了艺术与人生的真谛。他写谭门七代人，突出了一种生死无悔、生死相依的文化传承精神。他写袁雪芬教诲弟子方亚芬，表演上"要站在舞台中间"，舞台下面也要站在"中间"，要求艺品和人品的统一。他写梅兰芳、俞振飞的交往，突出他们亲切无间地切磋艺术；俞住梅家，俞听梅讲戏，梅跟俞拍曲，展现"高山流水有知音"，艺人相亲的大师风范。卓琳同志在大家批评京剧界有些不良习气时，十分内行地提出了让我们深思的想法。比如，有人批评锣鼓太吵时她担心对演奏人员的伤害。有人批评伴奏喧宾夺主时，她建议为演奏人员主办专场。为演员喝彩时，她提醒别忘了让笛师和主演一起谢幕。在上昆十位艺术家集中展示舞台风采、笙歌缭绕的风光时刻，秦来来的思绪在兴奋之余，又不免有一种对民族文化传统精髓能否传承、光大的出自内心的深深忧虑。对于文化事业发展、繁荣的强烈的担当意识，渗透了作者的字里行间。自觉地为民族文化"鼓"与"呼"，构成了文集鲜明的思想特色。

最后是真切细腻的艺术分析。秦来来几十年如一日奔走忙碌在上海、中国的戏曲界，接触最多的是戏曲界的大师名流。"转益多师是汝师"，在观看众多大家的舞台演出，与众多大家的亲密接触中，他耳濡目染，极大地开阔了自己的艺术视野，提升了自己的艺术品味。他常常能在艺术家于舞台上的一举手、一投足、一句唱腔、一段念白中，品出其中常人难以尝到的"味道"来。所谓"外行看热闹，内行看门道"，来来讲的是唯有用心的内行才能看出的"门道"。比如，他对张振华的"说"，吴君玉的"书"，张洵澎的"戏"，分析得十分细腻到位。对方亚芬演出的玉卿嫂，张洵澎的两出折子戏《秋江》《幽会》的评论，头头是道，确是行家里手的心得之言。现在上海滩一批年轻的文艺记者，已经初露锋芒，虽然也有极个别喜欢追踪明星绯闻、做狗仔队者，但大都有才气、有想法，然而比起艺术的感觉、能得戏曲此中三昧来，仍有很大差距。来来的这本文集，是年轻的文艺记者提高基本功的好教材，也是我们文艺爱好者提升自己艺术趣味的好读物。

  秦来来给我的邮件里列举了他近年的一份采访名单，这份名单上大都是上海乃至中国艺术界如雷贯耳、大名鼎鼎的人物。就让我们静下心来，读读秦来来的这本文集，那正如月白风清之夜，漫步在一条风光无限、群星灿烂的星光大道上！

2011.8.29

有趣的交汇

——读《我和徐家汇》

《我和徐家汇》居然先后读了三遍。

第一遍自然是作为《新民晚报》的忠实读者，在《夜光杯》副刊征文专栏读的。那时读的是一种大感觉。只觉得在这些作者们的笔下，曾经无数次路过、驻足、歇息、购物，乃至栖息过的徐家汇，竟以一种如此熟悉而又陌生的形象矗立在我的眼前，它火树银花人流滚滚的气息如滚滚热浪，扑面而来。

第二遍，是受邀作为征文评委，静下心来逐字逐句细读的。混沌的感觉中的徐家汇，它的肌理、质地，它的甚至超过纽约曼哈顿、东京银座的繁华气象背后人的情感的默默流淌、心血和劳动的奉献。确实，徐家汇是值得我们用心去书写的。它的过去自然拥有一份足以自豪的历史，有那么多中国近代文化的"第一"，诞生在徐家汇。这些"第一"给了它实现自己久远梦想的不竭的文化动力。改革开放后的徐家汇，没有辜负它拥有的这份历史的光荣。

三十多年来，它把徐光启遥远、朦胧的梦想，变成了每个人都看得见摸得着，可以共同享用的现实。这种变化是徐家汇历史上从未有过的，也是人类历史上前所未有的。四十五个人，有我熟悉的友人，也有未曾谋面过的陌生人，他们都从个人的记忆深处打捞出了沉淀在过往岁月里的丰富而生动的细节。在我看来，徐家汇的最大特点是一个"汇"字。它不仅是上海曾经的城市和乡村的交会地带，也是因着徐光启和利玛窦的交往而成为上海和中国的中西文化的交会起点，更是开风气之先的传统和现代的文明交会纽带。而在我与徐家汇的交会点上，我们看到了过去的历史与当下的生活的奇妙而有趣的交会，以及南来北往的人的亲密交会。他们中有：上世纪60年代曾经在徐家汇朗月清风的怀抱里谈情说爱的年轻人，他的儿子女儿如今都在为徐家汇辛勤工作。而他箱子里居然还藏着一条徐家汇牌子的衬衫。二十年前，孤身只影从淮北大地来到徐家汇默默清扫着街道的农村姑娘，与上海青年联姻，徐家汇给了她一个幸福的家。大名鼎鼎的电视剧编剧王丽萍调来上海后就成了徐家汇人，在这里她走向事业的辉煌。小提琴协奏曲《梁祝》的作曲家在上世纪30年代百代唱片公司留下的那栋红色小楼前，与中国早期流行音乐前辈的灵魂身影不期而遇。每一个在上影工作过的人都会缅怀中国电影远逝的流金岁月和赵丹、白杨、张瑞芳、秦怡这些闪耀在自己生活里的明星。大教堂、气象台、藏书楼、土山湾，还有那些宽大的梧桐树绿叶在头顶结成一条绿色长廊的街道，徐家汇的多少旧梦又在新时代的枝条上结出了它饱满的硕果。新与旧，就像一幅意识流作品浑然一体地呈现在人们面前。徐家汇真是个神奇的所在。如果不是神奇，我们如何解释在纪念徐光启诞辰四百四十五周年，《几何原本》翻译出版四百周年活动的开幕式上，徐光启、利玛窦、熊三拔的三位后人于四百年后握手、相聚。创造这个奇迹的就是徐汇区文化局。说徐家汇，是说一个地区、一个空间，更说的是在那里生活工作学习的人，那些创造着奇迹和文化的人。每一个踏上徐家汇土地的人，都不会忘记今天徐家汇港汇、东方、汇金、美罗城的繁华商圈。永远的人头攒动，永远的火树银花，永远的旅游者购物者的天堂。东方的礼品、美罗城的电脑……已经成为城市响亮的名片。它们和华亭宾馆、八万人体育场一起参与了徐家汇的沧桑巨变。世道的变迁就是这样，既要建设新的，又要保留旧的。于是在讲述中我们看到，在昨天和今天的交会之际，那些不为人知的决策之夜的不眠和风险，那些难以想象的艰难，以及决策者和人民群众一起克服艰难的勇气、智慧、力量。这是一本让读者有趣、思考、回味的书。

第三遍读到的是刚从印刷厂取来的样书。文字依然是初读时那样的亲切平易，地方气息和人间情怀对我的感动也依然如旧。特别让我欣悦的是它不一般的书品。精心到质朴得几乎不动声色。封面上，硬边构成的浅棕色树叶状的徐汇区地图安详而醒目地摊在一片浅黄的颜色里，书名谦虚的、小小的。封面封底都是折页，打开折页，分别是徐家汇新旧地名对照表和历史文物地图，像徐家汇一样一缕缕散发着幽幽的历史气息。书脊裸露，左翻右翻，切口处徐家汇地图隐约可见。全书以上世纪30年代徐家汇景观老照片老地图作为引子，以今日徐家汇火树银花不夜城的璀璨作为正文的开始，又以徐家汇商圈和绿树环抱中的百代红楼结束全书的叙述，回味悠长。几乎每篇文章，都有精心配置的图片，读来赏心悦目。特别是，简明的链接把知识、人文、历史交代得一清二楚，就像徐家汇那样对人关怀有加。硬壳书套两面开口，既保护了书，又方便读者抽书阅读。对于爱书者，阅读、欣赏、收藏，三者兼备。

乘着月色，我又忍不住打开了《我和徐家汇》。

2014.6.5

小处不小

带着"红色诗人"桂冠的桂兴华,一直是写黄钟大吕大江东去的长篇政治抒情诗的。这次他的摄影集却有趣地取名"小处"。其实,大小不是绝对的。大是小的集中,小是大的基础。

桂兴华是我们的同代人,我们有差不多的文化背景、社会阅历、人生道路。但在今天这个时代,像他这样的人物越来越稀缺,越来越罕见。我自己在文艺界工作,在文学界工作,深感做桂兴华,是要有点堂·吉诃德的坚持、固执,甚至是偏执,而且还很孤独。要忍受一些人对他的不理解。事实上,一直有人在问,桂兴华为什么老写这样的诗。但他不管外面的风吹浪打,不管有时的逆风千里,始终坚持着一种歌唱者、战斗者的立场和姿态。而且,有点像西天取经的孙悟空,终成正果。

其实政治抒情诗曾经是我们这一代文化生活中极为重要的阅读资源。苏联诗人马雅可夫斯基阶梯式的政治抒情诗《列宁》《开会迷》曾狂热地风靡过我们年轻的心。贺敬之、郭小川,更是我们这代文学青年的心中偶像。这种崇拜,即使"文化大革命"的狂风也没有被吹熄过。我自己就在那些灰暗的日子里,抄写过贺敬之《放声歌唱》的全篇。直到今天,依然保留着当年的手抄本。今天的年轻人已经很难想象和理解，我们当年对政治抒情诗的热情与饥渴。它，属于一个远去的时代。

桂兴华要在"以经济建设为中心"的时代重建、重振政治抒情诗。他一直激情着、高亢着、讴歌着，经过他几十年来不懈的坚持和努力，现在桂兴华已经成为当代政治抒情诗的一个代表性人物和一个品牌。只要写中国当代诗歌史，写到政治抒情诗这一章，"桂兴华"这三个字就无法绕开，无法回避。所以，我觉得桂兴华的坚持很了不起。

为什么了不起？桂兴华有诗人高昂的激情，但一个人几十年下来激情不减，不是件容易的事。他的诗歌创作在一个始终亢奋饱满的过程中，慢慢攀上了自己写作的山顶。我看《邓小平之歌》，有些诗句确实写得很感人："一个九十三岁的老人几度走出漫漫冰雪，他一身的力量就是温暖中国所有的寒冬。"桂兴华，找到了政治抒情诗的诗意。

桂兴华的诗也经过了一些变化。一个从大到小的过程。他原来的诗，总是写的场面、结构都很宏大，包罗万象，现在他开始慢慢从大的当中向小的方面归拢。前不久，他的一本诗集到文化基金会来申请的时候，大家就觉得要关注他的写法和构思上有了新的变化。第二是从空到实，慢慢将比较空的和号召性的东西落到了生活的结实的地方。而且，也因为他的执着和他持续的激情创作，我们对他很有期待，过一阵子就会想到，桂兴华最近在写什么，他怎么还没有动静，重大的节日少了桂兴华好像就不太热闹。

为了创作，桂兴华带着简易的照相机、手机，走南闯北地深入生活。他边走边看，以他的慧眼慧心随手抓拍下了沿途的山川人物建筑，断断续续就有了数万张的照片。这些照片，记录了他的踪迹，也袒露了他的心迹。

因为他不是职业摄影家,和他的长篇政治抒情诗相比,他的摄影更带有诗人的浪漫率性,带有随机、随意、富于日常性生活气的特点,以小见大,在一个个生活细节中,彰显了一段历史、时代的时而大步流星,时而缓慢艰难的流动轨迹。这个时代许多不经意中被遗忘被忽略的场景、表情、记号,许多已经远离我们的轰动过的"热点",因为它们的提醒而在我们的记忆中活跃了起来,使我们想起了曾经的沧桑和欢欣,想起了一些人和事,以及我们共同走过的那些岁月。这些摄影没有"伟大"只有平凡。是他那些"伟大"的政治抒情诗的最人间最平易的注解。

希望《小处》能激起每一个读者内心的一点情感和思想的涟漪。

2015.12.21

空碗不空

——读姚育明新著《手托一只空碗》

姚育明女士是我当年在上海作协工作时的同事。她为人谦和心地善良，对人对事常常挂着浅浅的笑意，很少去争什么。读她的散文新著《手托一只空碗》，首先打动我的是那份回味往事的亲切。这份亲切是建立在我们这代人相似的人生背景上的，但她同时令我好奇：空碗？真的一无所有？作者想往空碗里装点什么？读完以后，我有一种久久不忍离去的感动。感动于作者手中托的那只沉甸甸的空碗。空碗装的不是令人目眩神迷的金钱和财宝。它装的东西那么充盈却仍然是空的。是作家自己的一生和况味，是作家浓浓的情思，以及她对生命和世界的独特的感悟。它们虽然"空"却直指我们的灵魂，直指我们许多略显苍白空洞却贪欲无穷的灵魂世界。

在书中，作家用她如水般柔弱的心回味着自己和他人的遥远而寂寞的童年。我们从中闻到童年田野里农作物的清香漫过岁月的堤坝向我们袭来。她在"远离母亲的哭泣"声中体会着人生的种种苦楚。她"用自己建立的天堂"给生活添加亮色，重新点燃起生活的烛光。最后，她和我们一起分享品尝人生的各种滋味，体悟升华人生的种种真谛。作者告诉我们世界上的所有，都有着他、她和它的生命。一个牲灵、一根草、一棵树、一条河,都有着自己的生命。而所有的生命都值得我们以一种老人所说的"菩萨心肠"去给予关爱。她无法忍受在阳光下捉弄螃蜞的小男孩。她看到被囚的犯人充满了将恶转化为善,并开出美丽的花朵的期待。在世界渐渐暗下来,所有的人都走了以后,她仍在大昭寺前五体投地跪拜,直到完成自己内心定下的数量。我自己是无神论者,但我尊重尊敬所有有信仰的人。信仰使人充实,而虔诚的信仰更能使我们的心和大地一样坚实。世间的狂风可以吹走各种时尚的沙土,但有信仰的灵魂却和大地永在。有信仰就能在人生颠簸的小舟上享受心灵的宁静和满足。

姚育明用她的著述和人生引导我们去做好人。而"好人"不仅好在生死的关键时刻,更好在日常的平凡生活中。就是要拥有一颗跳跃在凡俗生活中的大悲悯大慈祥的心,且并不拘泥于吃荤吃素的形式,是所谓"我心即佛"。

作者感叹小时候看见乞丐乞讨的那只空碗,在不同人家门口讨到了不同的结果,是一种缘。感叹人们的贪婪,愿意要更好的,却不愿放弃已有的。她告诉我们,唯有空碗才能接受世界的恩赐。所以人生的空与不空都是相对的。

最后,我还要说,育明的叙述文字,兼有女性的敏感质地和母性的慈祥仁爱。因她的信仰,文字上还蒙着一层东方特有的神秘主义色彩。

事实上,当我们手托的那只空碗盛满了实实在在的那些物化的东西后,我们的生命可能已经不需要那只空碗了。人生的最高境界是对生命本体存在意义的参悟,《空碗》作者在参悟,也引领我们去参悟。谢谢姚育明给了焦灼不安的现代人一只载满意义的空碗。

2008.1.15

赤子丹心照汗青

——《赤子三人》序

今年是毛泽东发表《在延安文艺座谈会上的讲话》八十周年，是大年。《讲话》，顾名思义，是毛泽东对当年云集于延安解放区的文艺工作者所做的一次关于文艺问题的演讲。这次令人振奋的演讲涉及了文艺事业和文艺创作的诸多方面，提出了文艺在革命事业中的地位，文艺工作者的态度问题、立场问题、工作对象问题，文艺与生活的关系问题，普及与提高、歌颂与暴露、学习马克思主义等一系列重要命题，特别是高屋建瓴地指出了我们的文艺是为人民大众的，首先是为工农兵服务的方向，并且科学地从理论和实践两方面做出了有力的回答和解释。《讲话》发表的1942年正是中国人民伟大的抗日战争处于黎明前黑暗的艰苦相持阶段。它像一道长空闪电照亮了历史的天空，像嘹亮的号角唤起了文艺工作者奔赴决胜前线，迎接新中国胜利曙光的信心和意志。正是在《讲话》精神的指引下，解放区文艺得到了空前蓬勃的发展，涌现了赵树理、周立波、柳青、孙犁、阮章竞、贺敬之、郭小川、马可、瞿维、寄明、郑律成、古元、罗工柳、王式廓等一大批作家、艺术家。诞生了《白毛女》《小二黑结婚》《李有才板话》《铜墙铁壁》《荷花淀》《漳河水》

《王贵与李香香》《兄妹开荒》《夫妻识字》以及抗战版画等许多有着崭新时代气息、雅俗共赏、喜闻乐见的优秀作品。《讲话》是一部具有历史性和当代性统一的不朽著作。毛泽东的《在延安文艺座谈会上的讲话》是几乎每个中国文艺人入门的必读书。一直记得多少年前那本白色封面，左上角一块红色长条里印着黑字书名的薄薄的《讲话》单行本。我至今还珍藏着一份巴掌大小的请柬，上方是烫金的宝塔山延河桥，一轮红日，两朵白云。"请柬"两字也是烫金的，衬着淡淡的百花图案。打开请柬，印着华国锋的一段手写语录。这是上海文艺出版社、《上海文艺》编辑部于1978年5月印发的。过去，每年《讲话》发表的5月23日，都会有庆典式的文艺演出和文艺活动。

对于这样一部曾经产生过伟大历史作用，并且未来仍将发挥其深刻影响的伟大著作，我们可以以各种方式纪念它。郑标的《赤子三人》就是一个特别的纪念。

关于延安文艺座谈会与会人数，因为各人记忆，加上缺乏精确征信，始终没有准确的数字。三次会议出席者多少不等，有80人、140人、150人的各家说法，还有延安纪念馆的112人说，即使5月23日吴印咸拍的106人合影，也不能确定就是当天的全部参会人……真如我常喜欢引用的那句唐诗"此情可待成追忆，只是当时已惘然"。历史上的许多重大事件都是后人追认的，在它发生的时候，也许就是日常的生活形态，并没有人意识到它日后会成为一个历史的节点和分水岭。但是有一点却是精准无误的。那就是河北省的一个也许并不那么人人皆知的县级市，它东离石家庄65公里、离天津220公里、离北京240公里，地域951平方公里，2020年人口59万，它就是辛集市，1942年居然有三位文学家、艺术家出席了那次延安文艺座谈会。而这三位出席者，每一位都在历史的长河上留下了自己深深的足迹,以他们的作品感动过无数的中国人。我童年时住在上海离军营不远的郊野,几乎每天清晨都可以听见嘹亮的军号,和战士们"向前向前向前,我们的队伍向太阳……"的雄壮歌唱,它们穿透天际的黎明霞光传来。《中国人民解放军军歌》的歌词就出自辛集的参会者,诗人、学者公木。还有那首今天不时传唱的《英雄儿女》的插曲《英雄赞歌》,甚至在"文革"被禁的年代中,我和同学偷偷油印了歌曲,在没人的时候唱着过瘾。真正的美是任何力量阻挡不住的。我还记得中学课堂上语文老师讲解的《挥手之间》,特别是那个毛泽东奔赴重庆谈判,站飞机舱门前举起深灰色盔式帽,告别延安军民的庄严的历史瞬间。"举得很慢很慢,像是在举起一件十分沉重的东西。一点一点地,一点一点地,举起来,举起来;等到举过了头顶,忽然用力一挥,便停止在空中,一动不动了"……这段文字细节透露的领袖的无畏从容、人民的目光和担忧,让我那颗喜欢文学的心为之驿动不已。以至于"文革"中不时在小报上得到方纪被斗的消息,一直为他担心,这个作家能不能活下来,有没有生命危险?至于任桂林先生,我进入文艺界工作后不久,就从中国京剧院、中国戏曲学院和艺术家朋友们的口里,知道了他深湛的戏曲造诣和在戏曲界的地位、影响。

无巧不成书。现在,有一个当代辛集人,用专注、深情的目光凝视、聚焦三个已走进历史苍茫里的辛集人,以弥漫着浓浓故土故人的乡梓之情的记忆缅怀,满足了我和读者强烈的好奇心。他们的生命从那块名叫辛集的土地出发,不约而同,历经艰险,奔赴延安。人的一生总需要一次刻骨铭心的精神洗礼。延安文艺座谈会的熏炙,就是他们的精神洗礼。由此,他们奔向广阔的人生。赤子,是他们共同的名字。《赤子三人》勾勒了他们献身中国文艺的不同人生轨迹。让我们看到,《讲话》如何让他们浴火重生，他们如何在名利面前保持艺术家必需的赤子之心。我们曾经天天迎着一轮旭日高歌"东方红，太阳升，中国出了个毛泽东……"，经常看见的署名是李有源作词、李焕之编曲，还有不少其他署名的版本，公木从不计较。很少有人知道，公木亲自创作、整理了《东方红》的全部歌词，且收入了他和何其芳编注的《陕北民歌选》。因为《赤子三人》，我们深入了历史和时光的肌理深处。1932年11月25日公木到鲁迅先生府上邀请，促成11月27日鲁迅在北师大的演讲。他在抗大四期一大队的政委是二十三岁的胡耀邦，队长是后来的海军政委苏振华。在没有乐器，打拍子哼唱中，二十八岁的公木和二十四岁的作曲家郑律成完成了《八路军大合唱》。作家方纪十七岁出任河北三县县委书记，茅盾亲赠鲁迅手迹。他还曾是解放区大生产运动的纺织模范，慧眼识珠，他刊发了孙犁的名著《白洋淀》。而戏剧家任桂林曾和《红灯记》中李奶奶的扮演者高玉倩、电影演员崔嵬、魏鹤龄同学，还和程派名家赵荣琛同台出演《游园惊梦》。作者用许多细节丰富、透亮了历史和人生的鲜活。

我感怀，他们和新旧中国一起经历了那么多的苦难，却始终未改赤子之心。公木，这位1938年入党的战士、诗人，这位中国作协文学讲习所的负责人，为新中国培养了邵燕祥、流沙河、雁翼、张永枚、玛拉沁夫、邓友梅等作家。1958年他被错划为右派，开除党籍二十年之久，却在一片"凄风冷雨"中，苦研《诗经》《老子》和中国诗歌史，取得了杰出成果，以一代大学者的身份再度傲然屹立。同时代的作家石英始终记得方纪在惨烈的批斗中"从来不胡说"的坚贞人格，无法写文章了，就左手习字临池，终成"方纪左手"的一家书法面目。

知人论世。感谢《赤子三人》，以简约的风格、明快的文字和朴素而真挚的情感，再现了公木、方纪、任桂林三位曾亲耳聆听过延安文艺座谈会讲话的辛集人，他们的文学、艺术和人生，特别是他们为了实践《讲话》精神而捧出的那颗始终炽热燃烧、至死不渝的赤子之心。历史是不能忘却的。《赤子三人》就是一份为了不能忘却而写的特别的纪念。它以它的特别的叙事丰富了我们对于《讲话》的认识。

2022.3.9

诗画中国

——《中华诗词精粹：名家绘画点评本》序

身为一个中国人，我们有足够的理由为自己自豪。放眼四顾，江山如诗如画。天山明月照耀着皑皑雪线，喷薄的东海朝阳送千帆竞发。朔北大漠的漫天飞雪和天涯海角的连天波涛，彼此呼应。辽阔的大地上黄河长江万古奔流，母亲般哺育着我们。几千年来，我们的祖祖辈辈在这块土地上日出而作，日落而息，击壤放歌，春播秋收，辛劳地耕耘，和平地生息、繁衍。雄州雾列，俊采星驰。正是在这广袤的土壤上，我们伟大而智慧的先人放声歌唱，用美丽而形象的文字创造了不朽的诗篇。

2014年10月15日，习近平同志在文艺工作座谈会上的讲话中深情简约地回顾了"从诗经、楚辞到汉赋、唐诗、宋词、元曲以及明清小说"的中国古典文学走过的漫长道路。从我们遥远先民歌唱大地劳作的《击壤歌》，然后北方的《诗经》、南方的《楚辞》，像黄河长江灌溉、滋润着我们的文学创作，培育了中国文化大地上，意境幽眇、韵律优美、开得漫山遍野的语言花朵——中华诗词。她们璀璨夺目、美不胜收、生生不息，不仅历经岁月的风霜雨雪永不凋零，而且像一汪清澈又深不见底的美丽湖水，每个华夏儿女随着年岁和阅历的不断增长，都能更加感受到其独有的迷人的魅力。可以毫不夸张地说，中华诗词和每一个龙的传人朝夕相伴，终生相伴。在我们生命的每一个瞬间，都会有美丽动人的诗句不期而遇地向我们走来。每一个炎黄子孙的精神脉管里，都奔腾、流淌着中华诗词的文化血液。历朝历代迁客骚人挥毫写下的那些千古流传的诗篇，不但让我们展开想象的翅膀，自由翱翔于精神的天地之间，而且以其深邃的思想穿透力激发我们思索探寻，以火炬燃烧般的不息信念给了我们穿越苦难不断走向未来的力量。这是深沉坚毅、百折不挠、积健为雄的精神的力量。

中华民族在五千多年连绵不断的历史长河中创造了浩瀚博大精深的中华文化。这是我们祖先留给我们的最可宝贵的文化遗产，也是我们为人类文明创造的不朽财富。那些不朽的中华诗篇像日月经天，高悬在每一个中华儿女的精神天空，也像灿烂的群星闪烁在人类文明的苍穹上。

中国是一个诗的国度，名篇佳句都是经过时间的大浪淘沙留下来的美的心灵结晶。雕镂组绣，字字珠玑，彰显着中华诗词的盎然文采和强大的文学感染力。为了使读者能更准确更深入地理解古典诗词，更广泛地传播中华民族的优秀文化传统，更理解更亲近中华诗词，砥砺意志，丰富完美自己的人格，从中汲取我们战胜各种艰难困苦，不断走向未来，实现中华民族复兴的伟大中国梦，东方出版中心以新时代的文化担当和文化智慧，精心编辑出版了这本将会受到广大读者由衷喜爱的《中华诗词精粹：名家绘画点评本》。全书选编了起自《诗经》《楚辞》，止于毛泽东诗词《忆秦娥·娄山关》，共八十九篇脍炙人口的诗词。同时，逐篇串讲、点评，以便读者理解阅读。中国诗歌历来有"画说"的优良传统。诗画互动，相得益彰。宋元以降，尤为兴隆。本书特约沪上著名画家戴逸如先生为全书精心创作配制了八十九幅国画。戴逸如极具文学造诣，是一位能以独特的匠心欣赏理解诗文境界的艺术家，曾为鲁迅、巴金等许多文学巨匠的名作名篇绘过插图。他的画生动明快,讲究境界。这次他更是精心构思,以笔墨、线条、色彩、形象诠释诗词的背景及义理,达到了画境和诗境的呼应。

本书在编排上并没有采用简单的纵向的叙事方式,而是以创新性思维,用文学、音乐写作的整体构思编排全书结构,把引用的诗词作为创作要素,重新编排,使诗句与诗句整合成一个有着有机联系的、有着起承转合结构的文学整体。开篇即"不畏浮云遮望眼""风物长宜放眼量",高屋建瓴,大气深邃,为我们直面当前国际形势的风云变幻、防范化解重大风险提供了坚定的信念和力量。紧随其后的是"大鹏一日同风起,扶摇直上九万里",间不容发,昭示了我们战胜艰险、一往无前的大国风范。随后,笔锋轻轻一转,将目光回溯到烟雨楼台的红色起点和红船精神,我们听到了中华民族伟大复兴需要"济济多士"的历史呼唤。然后,峰回路转,移步换形,犹如交响乐的发展部,多向度多侧面地层层展开、推进……最后以"雄关漫道真如铁"的雄浑乐章结束。全书不仅在叙事结构上首尾呼应,而且彰显了在实现中国梦的伟大征程中,十三亿追梦者、奋斗者、奔跑者,不惧任何艰难险阻,永远在路上的豪情壮志。这样便使全书有着一种一气呵成、气脉贯通的阅读效果。

八十九首诗词,此起彼伏,壮丽辉煌,鼓舞我们为中国梦的实现而不懈奋斗。同时也为文学爱好者和广大读者学习、欣赏古典诗词辟出了一条林中小道,便于大家顺着这个台阶,一步步走进古典诗词的恢宏艺术殿堂,领略古典诗词光耀千古的风采。

说来也巧。全书杀青之时,正是岁月交替之际。《精粹》点评的最后一篇是毛泽东描写红军娄山关大捷的《忆秦娥·娄山关》。2020年新冠病毒肆虐江汉大地,横扫欧美强国。唯有中国四万多医护人员、三百三十支医疗队，逆风而上，与死神决战，人民至上，生命至上，取得抗疫斗争的伟大胜利。今年是伟大的中国共产党百年华诞。我们正站在一个新的历史起点，向着美好的未来，"雄关漫道真如铁，而今迈步从头越"。

2021 年 1 月 3 日 15：55

漂泊，我们向何处

——《E 时代的戏剧批评》序

前不久，我在《独立而真诚的精神守望》中指出："今天是一个文艺众声喧哗特别需要文艺批评的时代，也是一个文艺批评闪烁无定相对缺失的时代；这是一个文艺创作数量空前繁荣人们对文艺批评抱有极大希望的时代，也是一个文艺批评自身陷入判断迷茫令人失望的时代；这是一个文艺批评从未有过的可以大展身手的时代，也是一个文艺批评信誉相当低下的时代；这是一个文艺批评应该令人瞩目的时代，也是一个文艺批评备受轻慢的时代。"作为一个三十多年把生命和光阴浸泡在文艺批评中的人，我一直生活在矛盾的悖论中：一方面，我有强大的定力，坚持文艺批评的写作，从未间断过，即使在上世纪 90 年代经商大潮滚滚而来，几乎让人陷入没顶之灾的极为艰难的时刻。另一方面，我一直寻找支撑自己的文艺批评的价值所在。我说的不是文艺批评给我带来光环、荣誉以及其他的身外之物，而是它实际上对文艺的现实究竟发生了什么作用。必须坦率地承认，这个问题像梦魇一样苦苦地纠缠着我。如果失去了和对象的互动，批评何为？

历史转瞬之间进入了一个令人陌生且眼花缭乱的 E 时代，一个信息、数据大爆炸的时代。现在，一天内互联网的内容高达 1.68 张 DVD、邮件 2940 亿封，相当于美国两年的纸质信件；社区帖子 200 万个，相当于《时代》杂志七百七十年的文字量；卖出手机 73.8 万台，高于全球每天的婴儿出生数 37.1 万。IBM 研究表明，人类文明的 90% 的数据是过去两年诞生的，而离我们不远的 2020 年将达到今天的四十四倍。

据不完全统计，我国戏剧舞台现在每年新创作上演的剧目约在四千左右。仅就数量来看，也是极其繁荣的。

E 时代的戏剧批评，是三个命题的交集：批评、戏剧、E 时代。

上海戏剧学院是我国最负盛名的戏剧教育、研究的重镇。丁罗男教授是上戏名师，毕生从事戏剧研究，学养深厚。他不仅能做书斋里的学问，同时，又始终保持着一份年轻的心态，一份介入现实戏剧实践进程的热情和学术研究的敏感嗅觉。是这个领域我敬重的学人。在这样的时代和学术背景下，2014 年 5 月 17 日，由上戏主办、丁教授主事的"E 时代的戏剧批评"学术研讨会，显得格外引人注目。这是学院不甘心完全困守在象牙塔，走出经院，走向思想、学术前沿，走向民间的一次勇敢地突进。各路神仙才俊云集盛会，口吐莲花，脚踩祥云，发表了他们的高见。当然，发言精彩纷呈的同时歧见也同样的纷呈。可见，当下的时代，共识是多么的艰难稀缺。如何评价 E 时代的戏剧批评，E 时代戏剧批评的主阵地在哪里，谁是 E 时代戏剧批评的主角，E 时代戏剧批评的面貌是清晰的还是模糊的，E 时代戏剧批评的本质在哪里。欣喜者有之，悲哀者也有之。令人好奇、神秘的是 E 时代在网络上风云红火的两位匿名批评家。一个吊足大家胃口，提交了一份"书面发言"，依然不露真容。一个压根没动静。然而大家字里行间都在言说他们。此情此景，令我们想起歌剧院无所不在的那个"魅影"。不管 E 时代还是什么时代，我们的戏剧界永远不缺的就是

"戏剧性"。

我极为认真地浏览了一遍论文集的内容。从中大体窥见了E时代戏剧批评风云舒卷的大场景。作为观察者,我注意到,E时代在线的戏剧批评是对传统戏剧批评的反拨。应该承认,传统戏剧批评被老精英们垄断已久。而精英们对戏剧的言说,以不变应万变,一直拿着那张过时的旧船票,重复着自己说了多少遍的"正确的废话",用冠冕堂皇的庙堂和书斋的话语,掩盖自己占据话语霸权的动机。坏话不敢说,好话又说不到点子上,实实地让相信他们的读者和观众失望。在线批评,实际上是对传统媒体精英话语失望的一种反抗。传统媒体严格审稿的门槛,在线上被拆除,批评的大门豁然洞开,大批民众拥进门来,堂而皇之地登堂入室,无拘无束地吐槽。这是非精英化的草根狂欢的王国,只言片语的碎片、情绪化的宣泄,还包括非理性的冲动谩骂,不喜欢就打入地狱,喜欢就捧上天堂。匿名化的批评写作,可以完全不顾虑被批评对象与自己的现实关系。这些就赋予了在线戏剧批评发表、评价的前所未有的巨大而自由的空间。这些批评数量大、类型多、速度快,铺天盖地,看不胜看。但事实上,恕我直言,价值密度极低,而且最终在其中脱颖而出的仍然是匿名的精英和准精英,是受过专业训练的写作者。因为,戏剧本身的技术和艺术含量规定了批评写作的基本素质要求。而且,令人欣慰的是,所有线上批评和线上写作,其佼佼者,押沙龙也好,北小京也好,甚至更大名鼎鼎的如韩寒、郭敬明,仍然要通过传统主流媒介的平台,借助纸质文本的出版,确立自己文本的传播,特别是名声的保留、远播。

E时代,我们的精神像信息和数据海洋里的一叶孤舟在漂泊。2014年,全球有近70亿个手机,中国有近13亿个手机,从理论上讲,每个手机都是一个终端,都是一个独立的自媒体。"一片汪洋都不见,知向谁边?"当我们唯恐成为 E 时代被巨大信息抛弃的孤儿的时候,其实我们已经变成了内心充满恐惧的孤儿。丁罗男教授给出的建言很好,即重建批评的信心。是的,我们必须重建信心。我们必须学会删除,而不是简单地接受!

2014.12.3

精致的写作

在写作变得如此随便轻率的年头里，刘雪玑是为数不多小心翼翼、惜墨如金对待写作的人。她有才情，这有她的文字为证。但她很少稀释自己的才情，与读者见面的文字极少，以致与同时代名噪一时的女作家相比，显得寂寞冷落，知道她的读者并不多。但是读过她散文的读者，都会有阅读刹那间的会心和心动。

她是那种精致写作的人。她的文字有点像景德镇的上品瓷器，写得典雅而高贵。这种典雅高贵不是西洋贵族式的华丽，而是出自中国传统书香门第独有的那种文史书卷气息，是出自现代女性笔下的青灯黄卷，充满了对中国古典文化一往情深的美丽憧憬和留恋。虽然是一介女子，她却钟情于历史，她的文字游走在岁月的苍苔中，游走在六朝金粉中，游走在夕阳下的长安古原中，游走在张家界历史鏖战的金戈铁马声中，游走在与西施齐名却不传于史的郑旦凄迷的背景中，游走在欧阳修、辛弃疾、苏东坡这些一代词人骚客对大红灯笼的吟咏中，也游走在绝代词人李清照婉约的词风中。当然有时也出入在柏拉图、达·芬奇、康定斯基、金字塔这些西人构建的文化遗踪之中。

她用敏慧的诗心穿越悠悠的岁月隧道，倾听历史深厚博大的呼吸。于是，在与千年历史神游的瞬间，她的思绪升华了、超越了。在霍去病墓前那块朴实的石头面前，她领略了"千古一骑英雄泪"；在云岗、敦煌、大足，她匍匐战栗在那些无名工匠用刀斧劈出的佛祖前，想象着六合千秋拈花微笑的深长意味。她思绪的提升、超越也大都不脱于中国文人的哲学境界。比如她对生命意识的体悟："'第一'毕竟只是个别，而'第一'之外却有无数，除却巫山不是云，可那天际的无边白云依然悠悠地飘拂千载。"这体悟的禅境，可以感受到老庄"无为""自然"言说的余韵流响。面对斑驳的明故宫老墙，她不仅听到，已经和光同尘了的千年羽扇透出蜀相诸葛亮穿越千年的喟叹，更感受到了"岁月凝固的呼吸"。而这岁月的呼吸"形成了万事万物内在的气脉。一呼一吸，一张一弛，一兴一废，有形无形间便形成了清浊之气"。这篇题为《岁月的呼吸》的美文，上下古今，思接浩渺，极具阅读张力地体现了岁月的苍老和对"天人合一"中国古典哲学核心的认同。张家界原始美的山水则和中华大地的名山胜水一起，传达着"天地有大美而不言"的奥义。

　　在她的笔下，无论古典还是偶尔一瞥的现代，都蕴含着一种无奈，一种有分无缘或有缘无分的无奈。正是这种无奈情结，使得她的文字典雅、简约，有着一种楚楚动人的凄美。

　　但是，我总觉得，她似乎仍然可以适度地放松一些，写得稍稍多一些，而不要精致得过了分寸。

2000. 3. 5

妥协也是一种智慧

华东师大的同学们，大家好！最近因为疫情防控管控，长期住在学校里，对大家的坚持和坚守，我非常感动。受胡晓明馆长的委托，让我给疫情防控中的同学们推荐一本书。我是你们的老校友，华东师大1982年中文系毕业的毛时安。那么我今天推荐的这本书名字叫《妥协——政治与哲学的历史》，是一位美国作家阿林·弗莫雷斯科写的。

我为什么推荐这本书？主要是有感于今天中国和世界正在发生的种种思想、学术、政治、社会的现象。妥协，无论思想还是行为，长期以来很少引起过大家的关注，遑论研究。妥协，在我们的观念当中是一个不光彩的词，而"坚持""斗争"则被认为是一种英雄主义、理想主义的范本。并且在西方的文化传统当中，妥协也是一个被污名化为肮脏的词，是被喝倒彩的概念。

在很多人眼里，妥协就等于软弱，等于投降，等于无能。在今天我们的社会生活中，在学术界、在思想界都有很多争论，而且这些争论愈演愈烈，非常激烈。

譬如在经济领域市场经济和计划经济的对立，亚当·斯密和凯恩斯的谁对谁错，还有在现代化进程中究竟是先发有优势还是后发有优势，还有社会管理、中央集权和地方分权的问题，还有社会价值中个人主义和集体主义到底是一种什么样的关系，还有在我们文艺事业的发展中，特别是一些古老、传统的艺术样式，坚持传统还是坚持创新。特别是最近俄罗斯在乌克兰打响了特别军事行动，然后我们这里挺俄派挺乌派，争论激烈得不可开交，这种激烈甚至让许多朋友退出了他的微信群，然后多年的朋友撕破脸，视同陌路。

在这个时候，我们来看这本书，它有非常特别的意义，因为事实上人类如果不会妥协，一定会陷入僵持、混乱、冲突，甚至战争。

所以，在我们日常生活也好，在思想和学术的交流中也好，在国与国的交往当中也好，究竟需要不需要妥协，是一个很重要的问题。我们不能只有坚持，没有妥协，在日常生活当中妥协也是必需的。

我们讲文化多元化，我认为多元化的彼此相处的核心就是在对话和磋商当中，既有所坚持又有所妥协。如果不妥协，事实上我们今天生活当中经常发生的现象就是二元对立，互不相让，你死我活，结果，两败俱伤。所谓合作共赢，其实就是坚持和妥协的统一。

可见，今天这个时代，当今的世界，提倡关注一下妥协，研究一下妥协，是非常有必要的。其实我们古人也是同时既有坚持也有妥协。比方说孟子，就是坚持当中有妥协，他的妥协就表达为他在论辩用语中对对方的尊重和启发。他经常用一些委婉辞令来解决可能剑拔弩张的争论。孔子讲的和而不同，其实也就是大家有所坚持有所妥协。如果只有坚持没有妥协，就不可能有和，如果只有妥协没有坚持，也不可能有生动活泼的"不同"。所以，我愿意推荐这本书。

第二就是从做学问的角度，这本书有一个很大的好处，就是它的切口很小，抓住"妥协"这个词语在西方文化中发展的历史和认识，给它树立了一个概念史，然后形成了关于"妥协"的一个非常完整非常有意思的看法。

比方说，他认为直到今天妥协依旧是公开使用暴力的唯一替代的方法。妥协，就是为了达成本来不可能达成的协定而彼此迁就；同时，它也非常有弹性。他说不妥协的立场在政治活动中的危险不需要证明，不过，将妥协作为最卓越的政治方法而无条件采纳的做法也同样危险。

正因为如此，我愿意给大家推荐这本书，大家也可以从这本书中看到，英国和法国它们对于妥协的不同的看法。所以，这既是一本很学术的书，也是一本很有趣的书，同时，也能给大家研究学问做学问，带来一些思考性的方法。最后，希望这本书对大家有所补益，然后让我们的社会，让我们的世界，在坚持和妥协的张力当中，能够不断地健康地理想地往前发展推进。谢谢各位同学！

2022.4.28

代跋　外公，我最喜欢的人

　　我的外公是个著名的文艺评论家。客厅和书房里的每个角落都是书，书柜里装不下，地板上也一直堆着，堆到屋顶。有文艺理论的、历史的、文学的、美术的、戏剧的，古今中外什么书都有。还有外公自己写的书，也有巴金老公公和我们小朋友喜欢的儿童文学作家秦文君、郑春华送给他的签名书。外公的书看起来很乱，但他需要的时候，马上就能找到。就像外婆找家里的衣服一样，熟悉。我从小就在他的那些书堆里游戏、玩耍，在他的书堆里长大。外公戴着眼镜看书，入神的时候，真像一个书呆子！

　　外公很忙，总有人请他，永远有开不完的会。外公除了去全国各地开会，就是写作。有时候半夜我上洗手间，透过书房橙黄的灯光，可以看见外公面对电脑写作的侧影。有时候外公带我去看戏，身边时常会有许多很有风度的艺术家，围着他问这问那。外公非常认真地回答大家的提问。我听不懂他们说的内容。

　　但我心里在想，外公真的那么重要吗？在我心目中，外公就是外公，一个慈祥的老人。我很小的时候，他陪我坐在地板上一起搭积木。当我搭成一座五彩缤纷的房子时，他像孩子一样大声地笑着。有时候还听我的指挥，从椅子下爬过去。在桌子下和我一起躲避外面的风雨。外公知道很多很多事情。我从小和外公一起睡觉。睡前听他讲故事。他给我讲《三国演义》里武艺高强的赵子龙在长坂坡抱着阿斗杀出重围的故事，讲少年英雄岳云保卫岳家庄的故事，还有秦文君的《调皮的日子》《男生贾里》。外公讲故事很生动、很形象，让我听得入迷。很多时候，我就是听着外公的故事进入梦乡的。有一天我半夜醒来，看见外公在微弱的灯光下，拿着柔软的汗巾，在我额头擦汗。他非常小心翼翼，擦得很轻很轻，好像我是一件碰到就会碎的珍宝，眼睛里满是疼爱。夏夜外公有时就整夜醒着，生怕蚊子咬到我。

外公脾气很好，一点也不凶。他从小就和我说，人要讲道理。去年我考试成绩不太好，回到家里外公一句也没骂我。他让我拿出卷子，我们像朋友讨论问题那样一题题分析，错在哪里，是粗心还是不懂。外公总是鼓励我，没关系，只要努力了就行！你行的！这都给了我学习的信心和力量。

我喜欢外公给我讲故事、聊天、陪我玩。我七岁半的时候画过一张成长树的画，记录了我的成长经历。树旁我画着两只小鸟，嘴里衔着一张纸，纸上写的就是："外公又去开会了！他又要走了！"虽然大家都需要外公，但我还是喜欢外公经常在我身边。明天早上他又要拎着那个装着电脑的重重的包，穿着一件灰色的长风衣，出去开会了。

陈诺（10岁）

2019.4.1

成长树

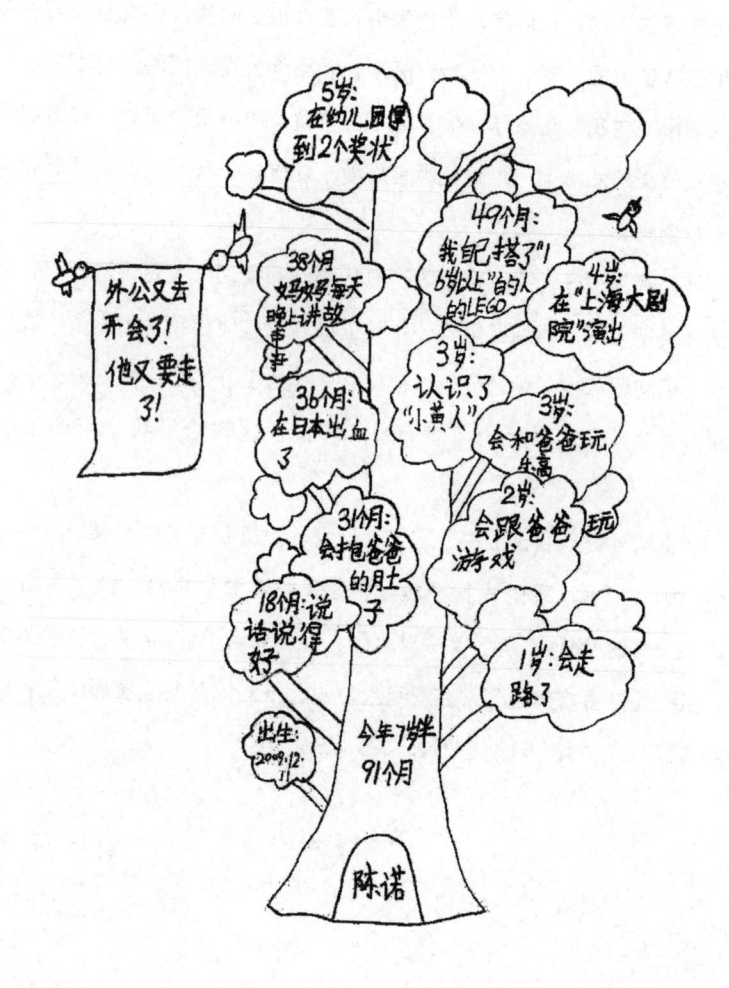

陈诺，7岁半

图书在版编目（CIP）数据

秋天的天气是最可爱的/ 毛时安著. -- 上海：上海文艺出版社, 2023（2025.2重印）

ISBN 978-7-5321-8745-4

Ⅰ.①秋… Ⅱ.①毛… Ⅲ.①散文集－中国－当代

Ⅳ.①I267

中国国家版本馆CIP数据核字(2023)第074331号

发 行 人：毕　胜
责任编辑：陈　蔡
装帧设计：钟　颖

书　　名：秋天的天气是最可爱的
作　　者：毛时安
出　　版：上海世纪出版集团　上海文艺出版社
地　　址：上海市闵行区号景路159弄A座2楼 201101
发　　行：上海文艺出版社发行中心
　　　　　上海市闵行区号景路159弄A座2楼206室　201101 www.ewen.co
印　　刷：上海中华印刷有限公司
开　　本：890×1240　1/32
印　　张：11.875
插　　页：2
字　　数：292,000
印　　次：2023年9月第1版 2025年2月第2次印刷
Ｉ Ｓ Ｂ Ｎ：978-7-5321-8745-4/I.6892
定　　价：78.00元

告 读 者：如发现本书有质量问题请与印刷厂质量科联系　T:021-69213456